CHAGRIN DE VIE

7-13, boulevard Paul-Émile-Victor - Île de la Jatte
92521 Neuilly-sur-Seine Cedex

Roland GIRAUD

CHAGRIN DE VIE

Roman

Michel LAFON

Merci à :

Jean-Jacques Farge, pour sa patience et son écoute de tous les instants.

Huguette Maure et Corinne Naa, pour les conseils dont elles ne m'ont pas privé.

Il n'y a pas de mensonge heureux.

Paris – aujourd'hui

– Mon pauvre Pierre, je suis sincèrement contente pour toi mais d'un autre côté, je ne peux m'empêcher de te dire que ça sent le sapin à plein nez !

Adri a toujours su trouver les mots qu'il fallait pour réduire le périmètre de ma tête quand il avait tendance à augmenter. Je pense que ça fait partie d'un ensemble de raisons qui m'obligeront à ne jamais cesser de l'aimer. Je l'aime mais elle m'agace.

Vraiment !

On vient à peine de me prévenir que je serai cette année l'heureux récipiendaire d'un « Molière d'honneur », je réserve à ma femme la primeur de l'annonce et tout ça pour m'entendre balancer à travers le combiné du téléphone que ça sent le sapin ! C'est un comble d'envoyer des trucs pareils à la figure. Ça ne lui aurait pourtant pas écorché la langue de dire quelque chose d'agréable, du genre : « Tu l'as bien mérité, tu es un grand acteur, tu reçois enfin la juste récompense de ton talent. » Bref, tout un tas de banalités essentielles dont la formulation ne nécessite pas un effort surhumain. J'essaie délicatement de le lui faire comprendre mais je me heurte à un mur.

– Je ne me fais aucun souci pour toi, il y aura des dizaines de personnes qui sauront le dire à ma place. Peut-être même qu'ils – ou elles – y mettront des formes encore plus onctueuses que tu ne l'imagines.

Ouais. C'est possible.

D'un autre côté, si tout le monde réagit comme Adri, ma statuette je la recevrai dans l'indifférence et j'irai l'arroser au bar-tabac du coin. Je préfère raccrocher en admettant qu'elle a, une fois encore, raison. Je ne veux pas la contredire. C'est mon profil grand seigneur. En attendant, elle a presque réussi à gâcher ma joie.

Presque.

Elle n'a pas foncièrement tort. Le « Molière d'honneur », c'est géant mais c'est aussi le signe que l'on est plus proche des réductions Carte vermeil que de la catégorie du meilleur espoir. Bien entendu, le premier qui ose me chambrer avec ce genre de détail pourra s'attendre à recevoir mon poing dans la figure, histoire de lui rappeler que la boxe se pratique aussi en catégorie vétérans... et il a une sacrée pêche, le vétéran ! Mais bon, Adri étant mon épouse préférée et bien plus que ça encore, j'accepte la remarque. Je prends tout avec le sourire.

À part la réplique du sapin !

Parce que s'il y a une chose dont je suis certain, c'est d'être vivant. Bel et bien vivant. Il y a quelques mois, la question aurait pu se poser différemment vu l'état dans lequel je me suis retrouvé : amoché. Pire encore.

Brisé.

Mais c'est du passé. Je repars pour un tour et plus si affinités. Oublié le boulevard des Illusions ! Je file désormais à cent à l'heure sur les routes de l'espoir et ne comptez pas sur moi pour faire marche arrière. Rien ni personne ne pourra m'empêcher d'arriver à bon port, celui du bonheur retrouvé.

J'ai souvent comparé la vie à une autoroute sur laquelle chacun circulerait avec la voiture de son choix. J'ai longtemps préféré l'option pépère, diesel, démarrage tranquille et dépassements prudents. Et puis un jour...

Un jour...

J'ai essayé la conduite sportive, j'ai pris goût aux berlines puissantes, aux accélérations qui décoiffent et aux pneus qui crissent. J'ai passé quelques années en excès de vitesse, grisé par mes propres audaces. Pour beaucoup, l'accident était prévisible, inéluctable. Pour moi, il fut soudain et violent. Très violent.

Ma sortie de route s'appelle Clémence.

Ces huit lettres m'ont entraîné dans un rythme en surrégime constant, ont donné le coup de volant qui m'a envoyé au fond du fossé pour finalement me permettre d'en sortir. Pas indemne du tout, mais vivant et qui sait, peut-être plus fort... L'avenir saura me le dire.

Tu vois, Adri, c'est ici que tu as tort.

Ça ne sent pas encore le sapin.

Paris – mars 1994

Max a eu peur. Derrière son apparence de brute épaisse et malgré ses dénégations viriles, je vois bien qu'il n'était pas loin de se faire dessus. Il est comme ça, Max. Un quintal de muscles qui ferait reculer un troupeau d'Anglais dans une mêlée mais une montagne de trouille dès qu'il s'agit de monter à califourchon sur ma moto. J'apprécie ces moments, j'en profite au maximum. Je sais parfaitement que dans un affrontement en lutte libre, il me retournerait version crêpe à la Chandeleur mais là, assis derrière moi, le colosse est à ma merci. Il serait prêt à accepter toutes les concessions concernant mon rôle pour peu que je roule moins vite.

J'adore ce type !

De tous les metteurs en scène avec qui j'ai pu travailler, je le classe facile dans le top cinq. Ça fait une compensation avec cette pièce dans laquelle il m'a embringué et qui m'ennuie un peu plus à chaque répétition. On ne devrait pas laisser la camaraderie dicter ses choix. Tant pis, c'est trop tard.

– La prochaine fois, on prendra le métro. On se les gèle vraiment sur ta bécane !

Le coup de l'excuse météorologique pour expliquer le tremblement qui agite encore ses mains au moment d'ouvrir la porte de son appartement... Franchement mesquin !

– Tu verras, je crois qu'on a trouvé un concept novateur et très design pour le décor. Seulement j'ai un problème de lumière. Ce con de Marcel est infoutu de se servir correctement de sa console. Si j'ai le malheur de lui faire la moindre réflexion, monsieur prend la mouche. J'ai trouvé la parade : la fille d'un de mes amis est photographe-muséographe, tu vois le genre ?

– Pas franchement, non...

Max semble emballé.

– Elle fait des expos photo dans des musées, si tu préfères, ce que tu peux être ignare quand tu t'y mets !

Venant de Max, j'apprécie le compliment.

– Elle s'y connaît un peu en éclairage. Je lui ai demandé de passer nous rendre visite, ni vu ni connu, histoire de me donner son avis. Je ne peux pas l'engager, Marcel risquerait d'en faire une jaunisse. Mais un petit coup de pouce extérieur ne sera pas de trop. Tu veux quelque chose en l'attendant ?

Et comment ! Grand amateur de bières, l'homme possède un bataillon d'amis belges chargé de l'approvisionner à hauteur de ses besoins. Je ne veux pas l'avouer par crainte de me montrer désagréable mais j'ai très peur de son « concept novateur et très design ». Je sais que Max est capable d'avoir des goûts franchement inattendus en matière de scénographie et je ne suis pas certain qu'une pièce de Feydeau soit le meilleur support pour se lancer dans des délires créatifs. Je préfère me taire avant qu'il me traite de vieux ringard, ce qui serait un comble au regard de cet affreux papier peint qui orne son salon et qui me semble avoir échappé aux idées avant-gardistes de mon pote.

Vingt-cinq minutes plus tard... J'en suis à ma deuxième bière, dans la position du hooligan avachi. Et toujours pas de photographe-muséographe à l'horizon. Si l'exactitude est réellement la politesse des rois, la demoiselle en question ne doit pas être gênée par le poids de sa couronne.

Enfin la sonnerie ! Max va ouvrir.

Contrition de la retardataire, excuses liées à la circulation parisienne, absolution, excuses renouvelées pour le même motif et je vois apparaître, au sortir du vestibule, un volumineux carton sous lequel dépasse une paire de jambes achevée par de ravissantes sandales blanches. J'adore les sandales blanches, surtout lorsqu'elles laissent deviner un cou-de-pied aussi délicat.

– Pierre, permets-moi de te présenter Clémence. Elle ne fait pas partie de l'équipe mais c'est tout comme !

– Enchanté.

Elle l'est aussi. Du moins je le suppose puisqu'elle ne le formule pas spontanément. Elle est jolie. Pas le genre de beauté qui se remarque immédiatement, mais jolie. J'ai toujours eu le « nez » pour deviner l'âge d'une femme. À deux ou trois ans près, je me trompe rarement. Clémence doit avoir une bonne vingtaine d'années de moins que moi, soit une petite trentaine.

Malgré ses cheveux blond cendré, elle me fait penser à Audrey Hepburn dans *Vacances romaines*... Que voulez-vous, on a les références de sa corporation. Son visage ne porte aucune trace de maquillage. D'habitude, je préfère les femmes un peu plus sophistiquées – mascara, eye-liner et rouge à lèvres –, mais je dois avouer que ce côté naturel n'est pas pour me déplaire. Son pantalon beige sur lequel flotte un chemisier en lin légèrement transparent lui va à ravir. Je remarque immédiatement la manière qu'elle a de garder la tête haute, la tête fière. Ses yeux gris-bleu me bouleversent mais je reste de marbre.

Je suis très fort à ce petit jeu. Je monte sur scène depuis des années. Feindre les sentiments – l'indifférence, en l'occurrence – est une de mes spécialités.

Autour de sa bouche, au coin de la lèvre supérieure, deux grains de beauté qu'elle a travestis, façon « mouche ». Les bijoux fantaisie autour de ses poignets tintent à chaque mouvement de ses bras.

La jeune femme semble avoir des atouts. J'attends de voir la suite.

Clémence répète avec enthousiasme à quel point elle est heureuse de participer à cette pièce en tant que consultante. Avec une certaine circonspection, je l'écoute nous expliquer les différentes possibilités d'éclairer la scène ainsi que les acteurs avec l'assurance de celle qui a tout imaginé, tout prévu et parfaitement potassé son dossier. Je ne suis pas certain que Marcel se réjouisse de l'arrivée, même discrète, de mademoiselle je-sais-tout.

Enfin, quand je dis qu'elle « nous » explique ses intentions, je devrais nuancer car la belle ne s'adresse qu'à Max. Moi, je sens le gaz. À moins qu'elle ne m'imagine trop limité pour comprendre les subtilités du projet. Sur ce plan, Max avait entièrement raison, le concept est novateur. Feu monsieur Feydeau serait, à mon avis, assez surpris de voir le fruit de son imagination se dérouler dans un cadre à la limite du futurisme.

– Mais vous vous y connaissez vraiment en lumière ?

Alors celle-là, il faudra que je l'encadre ! Ça fait une heure que je les écoute discuter tous les deux de détails techniques tout en me creusant les méninges à la recherche de la répartie qui tue, et là, en plein milieu d'un blanc dû à une intense réflexion, j'envoie la niaiserie qui m'achève. Max lâche un rire nerveux. Je vois bien qu'il a honte de la platitude de mon intervention. Quant à la fameuse Clémence, le regard noir qu'elle me jette en dit long sur l'effet produit. Si je devais traduire, cela donnerait en substance : quel crétin, ce type !

Filer un coup de main à Marcel... Un des meilleurs régisseurs sur la place de Paris.

N'importe quoi !

Une fois l'artiste partie, je me plains auprès de mon hôte du peu de cas que l'un et l'autre ont accordé à ma présence. Surtout l'autre. Je n'ai pas pu en placer une – enfin... ma niaiserie mise à part – alors que je n'attendais que ça. La déformation professionnelle, sans doute. Je suis comédien, que diable ! Reproche-t-on à un boulanger de faire du pain ? Non ! Alors qu'on m'accepte tel que je suis. Parfois je m'emballe tellement que j'en deviens odieux. Adri m'a surnommé « monsieur pardon de vous couper la parole ». C'est crispant, je sais, mais c'est ainsi, je suis d'un naturel communicatif, à condition que l'on soit au moins deux et que quelqu'un m'écoute. Sinon, autant faire des conférences sous sa douche.

– Il faut t'y résoudre, ton charme est rompu, Cendrillon ! Tu as beau t'appeler Pierre Bartoli, tu n'intéresses plus les jeunes femmes.

Il devient lourd, le Max. Je préfère m'en aller avant de le haïr. Il me semble bien qu'en prenant congé je le traite à voix basse de « gros con ». Je trouve l'image bien choisie.

Je rentre à la maison. Après-midi bizarre. Moi qui, en règle générale, m'endors comme un loir, je ne parviens pas à faire une sieste digne de ce nom. J'en ai pourtant besoin. Pas longtemps. Un somme d'un quart d'heure me permet de recharger les batteries. Je peux m'assoupir n'importe où. Il suffit que je ferme les yeux pour sombrer dans un profond sommeil. Tenez... Au théâtre, par exemple, je profite de la moindre pause. Comme ça cinq ou six fois de suite, par tranches d'une dizaine de minutes. Même sur un plateau de cinéma, entouré de vingt personnes, j'ai la faculté de m'isoler du bruit. Faculté qui me rend service lorsque je dois apprendre mon texte. Vous ne pouvez pas imaginer l'énergie que je dépense à mémoriser.

D'abord, je révise bien avant le début des répétitions, au contraire de certains autres comédiens qui attendent de franchir la porte du théâtre pour se mettre au boulot. Je ne peux pas faire deux choses à la fois. J'ai besoin de maîtriser la pièce pour pouvoir me concentrer ensuite sur mon jeu.

Première phase : seul, chez moi, dans mon lit, je répète mon rôle allongé ou bien je l'enregistre sur cassette. Dès que je suis en voiture – ce qui m'arrive fréquemment, j'adore conduire – j'écoute la bande quinze fois de suite, inlassablement, j'écoute et je parle sur ma voix. Je m'imprègne. Si un passager m'accompagne, je discute tout en prêtant une oreille à mon texte.

Je ne travaille en général jamais plus de quatre heures de suite. Au-delà, je fatigue, mon cerveau déconnecte, alors je dors.

Deuxième phase : je peaufine en faisant appel aux services d'une répétitrice avec laquelle je rabâche jusqu'à ne plus pouvoir la supporter. Signe alors que le rôle m'appartient. Ensuite, je laisse reposer la pâte quelques jours puis j'y retourne. Je m'arrange alors pour prendre une semaine de vacances dans un hôtel avec comme seul objectif de trouver une femme de chambre ou un réceptionniste qui accepte de me donner la réplique en échange de quelques billets. Face à un ou une inconnue, j'ai le sentiment de ne pas faire semblant, vous comprenez ?

J'ai envie d'écouter de la musique, sans parvenir à choisir le CD qui pourrait me convenir. Du coup, je me rabats sur la télévision. Hélas, entre la série policière allemande et le talk-show destiné aux ménagères de moins de cinquante ans, mon cœur n'arrive pas à faire une sélection impartiale. Je choisis donc une autre option : revoir mon rôle dans lequel subsistent encore certaines zones d'ombre. Mauvaise pioche, le manuscrit me tombe des mains. Néanmoins, je pique le roupillon que je n'attendais plus. J'aurais dû commencer par là. Au réveil, je suis un homme neuf, tonique, déterminé, plein d'initiatives... le parfait moi !

Je décide d'aller frapper chez Adri.

Ma tendre moitié depuis bientôt trente ans.

*
**

Je n'en avais que vingt-trois lorsque je l'ai connue au cours d'art dramatique que nous fréquentions tous deux dans l'espoir de devenir de parfaits comédiens. J'avais besoin de plaire. J'avais besoin qu'on me reconnaisse et qu'on m'aime. Les planches me semblaient être le moyen idéal de parvenir à mes fins. J'étais persuadé qu'Adri était mariée, à cause des tailleurs stricts qu'elle portait. L'habit ne faisant pas le moine, je me suis tout de même renseigné. Bingo ! Celle qui m'avait tapé dans l'œil était aussi libre que l'air.

Nous n'avions encore jamais travaillé de scène ensemble. Afin que la belle pénètre dans mon antre, je lui ai proposé de répéter une pièce de Marcel Achard,

Domino. Une fois chez moi, il ne me restait plus qu'à mettre à exécution mon plan diabolique : celui du soufflé au fromage. Depuis j'ai un peu perdu la main mais à l'époque, j'étais expert en la matière. Plutôt que de basculer froidement mes conquêtes sur le canapé, je me mettais aux fourneaux. Lorsque le soufflé sortait du four, je savais rien qu'au regard de la fille si elle me tomberait dans les bras. J'avais au moins une chance sur deux que ça marche !

Avec Adri, le bide total.

Pour la première fois, le soufflé n'est pas monté. Je peux même dire qu'il tirait une sacrée gueule. Aurais-je dû voir là un signe ? Je n'allais tout de même pas me laisser démoraliser par cent grammes de beurre et de farine, un demi-litre de lait, cinq œufs et un morceau de gruyère ! Il en faut plus à Pierre Bartoli pour renoncer. Puisque mes talents de cuisinier n'étaient pas appréciés à leur juste valeur, il me restait la panoplie du grand séducteur. Sans plus de succès. Face à tant d'obstination, Adri s'est empressée de me remettre les idées en place, avec cette légère pointe d'accent hollandais que j'aimais tant.

– Tu sais, Pierre, des copains, j'en ai. Je veux bien travailler avec eux mais pour la bagatelle, c'est la porte immédiatement.

J'étais refroidi. Plus encore : glacé. Un autre que moi aurait abandonné. C'est mal me connaître. Dans tous les domaines je suis de ceux qui persévèrent. Mon entêtement a fini par payer. Tel le footballeur qui marque un but in extremis à la dernière seconde du match, j'ai obtenu d'Adri un baiser. Mais à l'arraché !

Nous n'avons pas vécu tout de suite ensemble – le concubinage n'était pas encore de mise – mais nous nous fréquentions assidûment. Qu'est-ce qu'elle me plaisait ! Pas seulement parce qu'elle était grande, mince, blonde, et jolie, rien que de très banal. Non, ce qui m'attirait le plus en elle était son sérieux et aussi la manière qu'elle avait de ne pas rire bêtement à chacune de mes blagues.

J'adorais les chapeaux qu'elle portait, des chapeaux plus fous les uns que les autres, des chapeaux en tout genre assortis à chacune de ses tenues. Quant à son talent... Ma femme était et est toujours une excellente comédienne qui possède un jeu très particulier, profond et authentique, presque unique. Elle n'avait alors rien d'une jeune première. Tout du moins elle n'en prenait pas les poses. Adri se contentait d'être elle. D'être vraie. Son côté grave n'entravait en rien son sens du comique incroyable, lequel contrastait avec ses allures de jeune fille de bonne famille. J'ai été conquis par ce curieux mélange de retenue et de spontanéité.

Ce mélange aigre-doux.

Et voilà le travail ! Un an après notre rencontre, nous étions fiancés, puis mariés.

J'étais heureux. Adri aussi. Du moins c'est ce que je croyais. Pas si facile la vie à deux. L'énumération des détails de notre quotidien serait fastidieuse. Disons que nous nous entendions sur beaucoup de points, notre métier par exemple, qui était au cœur de notre relation, mais que pour le reste... Pour le reste, ma femme m'a gentiment fait comprendre – car Adri ne prononce jamais de mots blessants ni de phrases définitives – que *nous n'étions peut-être pas faits l'un pour l'autre, mon chéri.* Ce qui voulait dire, dans le langage de mon épouse bien-aimée : tu n'es pas un bon amant. Si on appelle bon amant un homme qui non seulement fait l'amour mais écoute, console et réconforte, alors j'admets ne pas avoir été un bon amant.

Trop de travail...

La bonne excuse, penseront certains. On voit bien qu'ils ne savent pas ce que c'est que de courir les cachets. Il fallait bien que je gagne notre vie ! Remarquez, de ce côté-là, Adri ne rechignait jamais à mettre la main à la pâte. Pour quelques grammes de beurre en plus dans les épinards, ma femme pouvait se transformer en caissière ou en couturière, laissant son amour-propre de côté.

Je rêvais de « réussir ». Pas de recette miracle, si ce n'est le boulot. Je me déplaçais en tournée, parfois longtemps. J'étais absent régulièrement. Je maintenais notre lien en appelant plusieurs fois par jour à la maison. J'avais besoin d'entendre la voix d'Adri. Rien que son « allô » à l'accent chantant était déjà un apaisement. Mais nos retrouvailles manquaient quelque peu de passion, selon elle. Sexuellement parlant. Il paraît que dans ce domaine, j'étais loin d'atteindre des sommets. Pour résumer, j'étais nul au lit, quoi ! En tout cas avec elle. Les choses n'étaient pas exprimées aussi clairement mais il y a des regards qui se passent volontiers d'explications de texte.

Quand j'ai compris ces allusions, le ciel m'est évidemment tombé sur la tête. Il est vrai que lorsque nous nous « fréquentions », ma femme et moi, les relations intimes n'étaient pas toujours inscrites au menu. D'ailleurs, je n'ai pas épousé Adri dans l'espoir de devenir le meilleur étalon de la planète, j'ai épousé Adri dans le but de fonder une famille.

Nuance !

Enfin... Faux prétexte soufflé par l'amour-propre. Au lieu de crever l'abcès, d'évoquer le problème clairement, je me suis senti blessé dans mon honneur de mâle par les quelques sous-entendus de mon épouse concernant mes performances nocturnes. Je ne voulais pas aborder le sujet. Et puis j'avais bien d'autres qualités dont Adri profitait largement : je savais me montrer tendre et généreux.

Pas suffisant, Pierre, pas suffisant...

Pourquoi ai-je refusé d'en parler, d'essayer d'améliorer la chose ? Nous n'aurions certainement pas atteint le nirvana mais nous aurions pu trouver un terrain d'entente, une sorte de modus vivendi qui nous satisfasse tous les deux. Mon orgueil n'a pas supporté. Et puis Adri ne cessait de répéter :

– Les Français sont légers, on ne peut pas compter sur eux.

Puisque ma réputation était faite, je n'avais plus de raisons de me gêner ! J'ai cherché dans les yeux d'autres femmes un remède à ma virilité bafouée, sans que mon épouse – loin d'être dupe – ne me fasse aucune scène à ce sujet. Jamais. Puis, au bout de quelques années de ce régime un peu particulier, j'ai préféré partir. Vivre dans la culpabilité est épuisant, surtout lorsque l'autre sait et qu'il ne demande rien en retour. Une bonne scène de ménage nous aurait sans doute fait le plus grand bien mais Adri ne m'a jamais balancé ni injure ni assiette à la figure. À désespérer !

Ma femme ne pas m'a rendu ma liberté puisqu'elle ne lui avait jamais appartenu. Elle a simplement accepté que je fasse mes valises car nous nous ne pouvions décemment plus habiter sous le même toit. Elle complice, moi coupable. Adri a plusieurs fois émis le souhait de divorcer. Moi non. À quoi bon ? Le jour où elle aura trouvé un homme qui la rende heureuse, je ne dis pas. Pour le moment, j'aime autant qu'Adri garde mon nom.

Nous vivons à présent dans deux appartements séparés

mais dans le même quartier, dans le même immeuble et sur le même palier. Ainsi, je suis libre d'aller et venir comme bon me semble. Ce que je ne me privais pas de faire auparavant, certes. Mais je n'ai plus à me justifier aux yeux de celle qui me regardait partir en silence. Je vois Adri aussi souvent que je le veux, c'est-à-dire régulièrement. J'ai gardé les clés de notre ancien appartement, qu'elle occupe. Lorsqu'elle s'absente, je prends son courrier, j'écoute son répondeur, lui transmets ses messages. Je suis un peu son homme de main.

À défaut d'avoir été son homme tout court !

*
**

En 1969, quelques années après notre mariage, nous avions quitté notre vingt-quatre mètres carrés, métro Laumière, chiottes sur le palier, pas de salle de bains, pour dénicher un petit appartement rue des Trois-Frères, pourvu d'une douche... Le bonheur ! Lorsque mes cachets sont devenus plus consistants, ma femme et moi avons acheté un cinq pièces au pied du Sacré-Cœur, dans ce quartier à la fois populaire et touristique qui me vaut encore aujourd'hui quelques *bonjour monsieur Bartoli* ou des *t'as vu, c'est l'acteur, il est mieux à la télé*, mais pas mal de tranquillité aussi car je suis tout sauf une vedette internationale. Les Allemands et les Japonais qui arpentent le boulevard Barbès se fichent pas mal de ma renommée dans l'Hexagone. Ma tête ne leur dit absolument rien et c'est tant mieux. Je ne cherche pas le regard à tout prix. La vie de Monsieur Tout-le-Monde me convient très bien. J'apprécie de pouvoir aller acheter mon pain et mon journal sans qu'une horde d'admirateurs me tombe dessus. J'ai horreur des familiarités. Signer un autographe, échanger quelques mots, d'accord. Une photo ? À la limite, pourquoi pas. Mais qu'on vienne me taper cent euros dans la rue sous prétexte que je suis connu et que je ne dois pas faire le bégueule, c'est non. Et pourtant, ça m'arrive encore. Au début, je cédais, par faiblesse, pour me donner bonne conscience. *Tu gagnes bien ta vie, Pierre ! Tu pourrais partager, non ?* Mais le trop bon s'est transformé en trop con, la nouvelle s'est répandue dans le quartier. Je n'étais plus sollicité pour mon talent mais pour ma planche à billets...

Je n'oublie jamais à quel point la vie m'a gâté. J'ai énormément de respect pour mon public. Lorsque certains spectateurs m'attendent sur le trottoir après une représentation, j'essaie d'être le plus courtois possible. Je n'envoie jamais balader personne. Les gens attendent parfois des heures pour une signature ou un sourire. Qui suis-je pour leur refuser cela ? Le public se déplace, le public dépense de l'argent, nous nous devons d'être à la hauteur des efforts qu'il consent parfois pour venir nous voir. Donc j'accorde volontiers un peu de mon temps.

Mais ce temps a des limites que je ne veux plus dépasser.

Trente ans à Montmartre, un bail... Remarquez, je pourrais tout à fait vivre ailleurs. Je suis attaché à ce quartier car nous y habitons avec Adri. Mais je me rends compte à quel point je suis peu attaché aux lieux en eux-mêmes. J'ai vécu une partie de mon enfance et de mon adolescence dans le Sud-Ouest, j'ai une maison de campagne en Bourgogne et je réside à Paris. Mais si je devais vivre en Angleterre ou en Finlande, je le ferais, pourvu que je puisse emmener dans mes bagages ceux que j'aime. Les lieux géographiques ne m'intéressent pas. Je suis de partout. Mes origines sont provençales, mais je suis né au

Maroc que j'ai quitté à l'âge de six ans. Je ne suis pas nostalgique du pays en lui-même mais je cultive avec délectation les souvenirs qui y sont liés : notre appartement au rez-de-chaussée d'une villa blanche située route de Normandie (aujourd'hui rebaptisée rue Mohamed-V), près de l'océan. Nos voisins, deux retraités français – que j'appelais Tonton et Tatie –, et ce couple de Portugais dont les murs de la maison sentaient la sardine. J'aime encore cette odeur forte de poisson grillé. J'ai gardé quelques images de notre femme de ménage, Zora, qui nous invitait à partager le couscous. Je me rappelle avec horreur l'accident terrible de Maurice Bouchon, mon seul copain de l'époque, écrasé par un 4 × 4, après avoir traversé trop vite. Je me revois sur le vélo de ma mère qui pédalait comme une folle dans Rabat pour essayer de trouver le gamin, savoir ce qui s'était passé, où il était... Je souris en pensant aux tirailleurs sénégalais en chéchia que je regardais défiler devant chez nous. J'avais une poupée qui leur ressemblait, je me mettais à la fenêtre et je leur montrais la figurine en criant : « Regarde, comme toi ! Comme toi ! » Ça les faisait rire. C'était une ambiance très pittoresque. Mes parents avaient d'excellents rapports avec les Marocains, qui se montraient d'une gentillesse rare à notre égard. Nous vivions alors loin de tout ce qui pouvait ressembler au racisme. D'ailleurs, je n'ai jamais entendu prononcer ce mot avant d'arriver en France.

*
**

Je proposerais bien à Adri de l'accompagner ce soir au théâtre Saint-Georges où elle se produit depuis maintenant quelques mois, mais je me rends compte qu'elle est déjà partie. Ce n'est pas grave, je vais lui faire la surprise.

Je me rendrai là-bas à pied, ce n'est pas si loin et ça me permettra de faire un peu d'exercice. Ce ne sera pas du luxe car l'équilibre de la balance « footing quotidien / gavage nutritionnel en tout genre » a tendance à pencher vers la deuxième option et mes pantalons commencent à me le reprocher de manière étouffante.

Au théâtre, on me trouve sur-le-champ – avantage en nature contre lequel le percepteur ne pourra jamais rien – une jolie place dans une baignoire du côté. Suffisamment près pour avoir un bel angle de vue mais pas trop non plus pour qu'Adri ne puisse repérer ma présence.

Coup de coude de mon voisin que je ne connais pas mais qui, lui, m'a reconnu.

– C'est sympa de venir voir travailler les copains.

Remarque à laquelle j'ai systématiquement droit chaque fois que je redeviens simple spectateur. C'est lassant mais je fais contre mauvaise fortune bon cœur en ajoutant que « ça me change de mon boulot ». Mon voisin est content. J'ai un nouvel ami.

La pièce tourne. Mécanique bien huilée. Il y a eu quelques modifications depuis la dernière fois que je l'ai vue, ce qui, mine de rien, commence à dater. Adri est parfaite. Comme souvent. Je sais que plus tard, elle me demandera un compte rendu de sa prestation. Aussi, je note deux ou trois détails, histoire de jouer à fond mon rôle de critique. Ma femme est parvenue à me faire rire à plusieurs occasions avec des petits riens imperceptibles que ceux qui ne la connaissent pas sur le bout des doigts ne peuvent déceler. Dans la salle, ils ne doivent pas être nombreux. Mon ami voisin, par exemple, n'a pas saisi pourquoi je me marrais à certains moments où rien, dans le texte, ne justifiait une quelconque hilarité.

À l'entracte, je suis allé prendre un pot au bar où j'ai

été happé par une admiratrice très largement septuagénaire qui regrettait amèrement qu'on ne me voie pas plus souvent à la télévision. Sur quoi, de ma plus belle voix, celle qui, paraît-il, impressionne tant la femme du président de la République, j'ai répondu poliment à cette dame qu'elle ne devait sûrement pas regarder les bons programmes. C'est vrai ! Avec le câble et le satellite, il ne se passe plus la moindre semaine sans que je sois à l'affiche. L'autre jour, je me suis même vu sur une chaîne turque et croyez-moi, s'entendre parler dans une langue inconnue est plus que troublant.

Je signe malgré tout un autographe à Micheline – elle m'a épelé son prénom au cas où mon alphabétisation n'aurait pas dépassé le stade élémentaire – et mes « amitiés sincères » semblent la ravir au plus haut point. Je fais un métier formidable.

Je retrouve Adri dans les loges à la fin de la représentation. Elle m'a déjà repéré au moment du salut final. Bien joué. Nous passons le reste de la soirée à refaire le monde du théâtre – un peu –, à boire quelques verres – un peu plus – et à rire de tout et surtout de notre prochain – beaucoup ! Je la raccompagne chez elle vers les 2 heures du matin. Je le fais plus par plaisir et par galanterie que par crainte de l'insécurité, étant donné le peu de pas qui sépare son paillasson du mien !

Au moment de lui souhaiter bonne nuit, j'émets la suggestion de profiter d'un de mes derniers week-ends de libres avant mon départ en tournée pour aller faire un tour à Chablis où se trouve notre maison de campagne et pour voir son père, Gerrit, qui habite tout près. L'idée la réjouit. Bien que nous ne soyons plus amants depuis longtemps, Adri et moi aimons partager quelques moments d'intimité. J'irai la chercher en voiture au théâtre, juste après la matinée de dimanche, et nous reviendrons à Paris dans l'après-midi de mardi pour qu'elle soit à l'heure pour la représentation du soir.

La perspective est plutôt sympathique à mes yeux.

Chablis — mars 1994

Le sosie d'Yves Montand mais avec un accent hollandais à couper au couteau. Ce pourrait être le portrait de Gerrit. Je rends souvent grâce au ciel de m'avoir offert, avec lui, un deuxième père. Le mien a disparu alors que j'avais à peine vingt-trois ans. Cancer de la prostate, détecté trop tardivement. Bien que n'ayant jamais eu de rapports extrêmement chaleureux avec papa, je l'aimais énormément, pour sa droiture et son honnêteté scrupuleuse. Mon seul regret est qu'il n'ait pas vécu assez longtemps pour me voir monter sur scène.

Papa avait de vraies valeurs.

Tout comme Gerrit, mon beau-père depuis vingt-huit ans. Vingt-huit ans d'un bonheur sans nuage.

J'adore cet homme. Je le respecte, je l'admire et quand je le vois, droit comme un I et l'œil toujours vif à quatre-vingts ans passés, je me dis que si la vieillesse est une tare inéluctable, il doit malgré tout être possible de l'affronter sereinement. J'ai fait sa connaissance lorsque je suis venu lui demander la main de sa fille. Adri ne cessait de parler de Gerrit en des termes souvent plus qu'élogieux car elle ne l'aimait pas, elle le vénérait. Et il y avait de quoi. Un homme d'une telle richesse intérieure, le monde n'en fait plus.

Je savais que Gerrit venait d'une famille d'agriculteurs et que lui-même s'était lancé avec succès dans la production de légumes sous serre : concombres, melons, citrouilles et autres cucurbitacées. Je m'attendais donc à rencontrer un homme du terroir, salopette bleue, bottes en caoutchouc, caractère bourru et paumes calleuses. Je l'ai vu arriver en costume cravate. Mieux sapé que moi, le beau-père ! Même pour bêcher. Les agriculteurs hollandais ont une autre conception de la terre que les agriculteurs français. Et puis ses mains étaient longues et gracieuses. De vraies mains d'artiste !

Je voulais épouser Adri ? Eh bien que je l'épouse ! Gerrit n'y voyait aucun inconvénient. Il ne m'a posé aucune question de circonstance, du genre : « Et comment comptez-vous faire vivre ma fille, jeune homme ? » Il a simplement insisté sur le fait qu'Adri était son bien le plus cher.

– Prenez soin d'elle, c'est une fleur fragile.

Dans sa voix, j'ai senti toute l'affection qu'il lui portait.

J'ai tout de suite aimé cet homme à l'esprit vif et au regard pétillant. Il y avait en lui quelque chose d'incroyablement différent. Gerrit ne jugeait personne, laissant sa chance à chacun. Il adorait chasser mais il ne tirait jamais sur les biches, ni même sur les lapins d'ailleurs. C'était plutôt l'occasion pour lui de se retrouver entre copains car Gerrit était un homme convivial, et extrêmement tolérant.

Entre nous, ce fut un véritable coup de foudre.

Après notre mariage, pendant des années, Adri et moi lui avons rendu visite tous les week-ends. Pas seulement parce que nous ne possédions ni salle de bains ni machine à laver : parce que sa présence bienveillante nous était bénéfique. J'aurais pu être jaloux de la place que prenait Gerrit dans notre vie. Il n'en fut rien. Un homme d'une telle qualité... Comment aurais-je pu arriver à la cheville de ce père adulé par sa fille, dans la bouche duquel je n'ai jamais entendu la moindre critique à l'encontre de qui que ce soit ? Gerrit aurait peut-être préféré qu'Adri épouse un agriculteur hollandais mais il n'en a jamais rien dit. Peu lui importait que je gagne ma vie ou pas. Le plus important était que je fasse le bonheur de sa fille.

Je n'y suis pas parvenu.

Pardon Gerrit...

Adri répète souvent qu'à cause de ma relation filiale avec son père, elle a cessé d'être mon épouse pour devenir ma sœur. Mais elle aime trop son père pour lui en vouloir d'une quelconque façon. Et puis, je lui rappelle qu'il ne faut surtout pas qu'elle se plaigne de sa condition : femme, sœur et meilleure amie, ça fait beaucoup de casquettes à une époque où l'on songe à limiter le cumul des mandats.

Nous profitons de la journée du lundi et surtout d'une trêve des giboulées pour visiter les caves du coin avec pour seul objectif avoué celui d'enrichir la mienne de quelques bouteilles supplémentaires. Mes amis pourront se réjouir, bientôt, d'une telle initiative. Nous rendons ainsi hommage à une petite demi-douzaine de propriétaires-récoltants. Notre notoriété aidant, ces adorables viticulteurs n'hésitent pas à pousser loin la générosité sur les dégustations. Très loin ! En quelques kilomètres carrés, nous ratissons les millésimes les plus variés avec un plaisir non dissimulé. Seule Adri commence à montrer quelques signes de fatigue à partir de la cinquième visite. Gerrit va très bien, merci pour lui. Moi aussi. Mais de mon côté, ça devient un peu confus au niveau de la diction.

Dans la peur de passer à côté du cru inoubliable, j'achète à chaque vigneron mes douze bouteilles syndicales et je suis bien content d'avoir également fait l'acquisition, dans un passé récent, d'une voiture au coffre si accueillant. Même si la morale le réprouve, j'apprécie que la campagne auxerroise regorge d'une multitude de ce que les paysans du coin appellent « les routes à trois grammes », c'est-à-dire tout un réseau de petites départementales où aucun gendarme n'aurait l'idée d'aventurer la première roue de sa moto pour contrôler le taux d'alcoolémie de ceux qui les empruntent.

Le soir, tournée générale : aspirine pour tout le monde !

Le mardi matin, je me sens d'attaque pour une petite virée à vélo, discipline que j'adore mais que j'ai quelque peu délaissée ces derniers temps. Attitude regrettable car c'est un sport rancunier, quand on l'abandonne. Les modestes faux plats jouxtant les alentours de notre maison se chargent de me rappeler cruellement mon dilettantisme.

Pédaler en pleine campagne ou en moyenne montagne, dans le Massif central par exemple, est le seul moment où j'apprécie la solitude à sa juste valeur. En général, personne ne m'accompagne car les longues distances rebutent même les plus courageux. J'en profite pour méditer sur le sens de la vie. J'aère mes neurones tout en admirant la nature, spectacle souvent d'une incroyable beauté. Loin de tout, j'avale les kilomètres à la chaîne jusqu'à ce que les crampes me stoppent dans mon élan. Je m'arrête alors sur un coin d'herbe, dégoulinant de sueur, et je dévore mon sandwich jambon-salade avec la sensation d'être seul au monde.

À Paris, c'est un peu différent. Les rues de la capitale ne se prêtent pas vraiment au jeu. Mes deux vélos – un dans la cuisine, l'autre dans le salon – restent la plupart du temps coincés dans mon appartement. Je m'en sers peu. Mais j'aime les avoir près de moi. Dingue de voir comme on peut s'attacher aux objets.

Je rentre vers midi avec la ferme intention de désormais fréquenter plus régulièrement mon circuit favori autour de Longchamp pour retrouver mon coup de pédale d'antan. Il va quand même falloir mouiller le maillot dans l'optique éventuelle d'être fin prêt pour le départ du Tour de France parce que là, c'est loin d'être gagné ! Et puisqu'on parle de « mouiller le maillot », il faut aussi que je me dépêche de rentabiliser la salle de bains avant d'enfiler des vêtements chauds et secs parce que, mine de rien, je me suis pris une sacrée saucée sur le coin de la figure.

Vive le sport !

Soudain, alors que je profite d'une douche bien méritée, me revient sans crier gare le visage de Clémence. Comme un flash. Pourquoi maintenant et pas avant ? Je ne saurais le dire. Allez donc poser la question à mon cerveau, gardien-chef de ma mémoire. Lui seul serait capable de vous expliquer de quelle manière il stocke sur disque dur certaines images ou certaines données. C'est la première fois que je repense à cette jeune femme depuis notre rencontre. Elle m'avait beaucoup plu, c'est vrai, mais nous ne nous étions pas quittés en promettant de nous appeler. D'ailleurs, je n'avais pas franchement apprécié son attitude un peu hautaine.

Et je n'aurais sans doute jamais cherché à la revoir si le hasard ne m'avait pas forcé la main.

Aix-en-Provence — août 1994

J'adore les tournées. Pendant quelques mois, j'exerce mon métier tout en étant gratifié de congés payés. Grasses matinées à volonté, restaurants à outrance et tout un tas de gens sympathiques qui, le soir venu, se précipitent pour nous remercier de leur avoir rendu visite au fin fond de leur province. Oui, j'adore les tournées et tous les privilèges qui s'y rattachent : chauffeur à disposition et temps libre pour flâner. C'est aussi l'occasion de partager avec les personnes de la troupe que l'on apprécie des moments gourmands ou joyeux. Hélas, à cet égard, Max a commis une légère boulette en voulant absolument engager mademoiselle Caroline David pour jouer le premier rôle féminin. Théâtralement parlant, on ne peut pas lui donner tort car cette jeune femme a un talent fou mais pour ce qui est du reste, accrochez-vous ! Déjà, elle est moitié végétarienne moitié anorexique, ce qui a tendance à déclencher une petite frustration au moment des agapes périodiques. Et puis cette fille a le chic pour taper sur les nerfs, les miens tout particulièrement. Il suffit que le metteur en scène ait le dos tourné pour qu'elle le débine. Pourtant, il me semble que Max n'oublie jamais de la payer grassement chaque fin de mois.

C'est bien simple, elle et lui ne peuvent pas se supporter. Dès qu'ils se croisent plus de cinq minutes, ça se transforme en « Beyrouth sur scène ». Cette totale incompatibilité d'humeur transforme leur quotidien respectif en une partie de ping-pong où les balles sont remplacées par des noms d'oiseaux qu'ils se balancent allègrement à travers la figure.

Du coup, ça plombe un peu l'ambiance.

Mais pas tant que ça, finalement ! Leurs règlements de comptes font à présent partie intégrante du spectacle. À tel point que nous n'hésitons pas à ouvrir les paris entre nous sur l'heure exacte du début des hostilités. Bien entendu, pas un mot à Max ! Un, je ne suis pas sûr qu'il apprécierait. Deux, il serait capable de tricher pour rafler la cagnotte.

Donc, comme je le disais, une tournée... Rien que du bonheur.

Depuis une semaine nous avons pris nos quartiers d'été à Aix-en-Provence. Nous jouons dans les villes des Bouches-du-Rhône et retrouvons nos appartements dans un hôtel tout simplement génial. Chapeau bas pour le régisseur !

Repas du dimanche soir. Bonne ambiance. Dans l'après-midi, nous avons fait salle comble à Marseille et Max est heureux car, pour la première fois peut-être, tout le monde a joué la pièce dans l'esprit qu'il souhaitait. Comble de l'état de grâce pour notre metteur en scène, Caroline a profité du petit break dont nous disposons avant la prochaine date à La Ciotat pour partir quelques jours avec son mari. Du coup, le Maxou a un net regain de forme, surtout dans le domaine des histoires drôles – situées de préférence nettement au-dessous de la ceinture – pour lesquelles il peut viser le César.

Fin du premier acte et début du second.

Max déserte la tablée pour revenir accompagné quelques instants plus tard. Apparition qui, chronologiquement, coïncide avec l'arrivée des cafés.

Tiens, revoilà la bêcheuse.

– Je tiens à vous présenter Clémence, vous vous souvenez ? Elle était venue à Paris nous donner un coup de main pour les lumières. Ben alors ? Qu'est-ce que vous attendez pour applaudir ?

L'ensemble de la troupe s'exécute bruyamment au son d'un « Pour Clémence, hip hip hip hourra ! » du meilleur goût.

Sauf Marcel, le régisseur, qui tire la gueule.

Max, pendant ce temps, prend la nouvelle arrivante par l'épaule et lui impose un tour de table intégral version bibises et serrage de louche en tout genre. Pas la moindre moue de dédain : Clémence se montre docile et souriante. Je la trouve encore plus jolie qu'il y a quelques mois. Ou plutôt... aussi jolie mais plus plaisamment vêtue. J'en rends grâce à la douceur des nuits d'été provençales.

– Tu te souviens de Pierre ?

Encore heureux qu'elle se souvienne de moi !

Je saisis la paume qu'elle me tend.

Difficile de serrer la main d'une femme. Entre hommes, il s'agit d'un geste naturel où chacun, plus ou moins consciemment, met un peu de son humeur du moment : virilité franche, force sournoise ou rapidité fuyante. Avec une femme, il faut réfléchir au bon dosage. Assurer une certaine poigne pour ne pas apparaître comme un grand mou, éviter le broyage des phalanges qui nous rangerait définitivement au rayon des brutes épaisses et enfin, ne pas prolonger le geste au-delà du raisonnable dans le but d'éviter la plainte pour harcèlement sexuel. Moi qui suis d'un naturel instinctif, je me rends compte que je deviens franchement cérébral.

Cette fille me trouble.

Vraiment.

Sans doute son charme, ainsi qu'un certain détachement qui m'agace prodigieusement. Je ne suis pas habitué à ce qu'une femme me tienne ainsi à distance. Son allure gracieuse me touche mais sa réserve évidente m'irrite quelque peu. Pourtant, je ne peux m'empêcher de la trouver délicieuse. Avec le recul, je sais à présent qu'il s'agissait d'une mise en scène pour mieux me séduire. J'aurais dû m'en douter. Une femme inaccessible est toujours plus troublante qu'une femme prête à consommer. Je la regarde bavarder avec les autres, j'observe sa bouche boudeuse, enfantine, ses yeux gris-bleu impénétrables. Je m'imprègne de son rire en cascade, clair et limpide. Clémence porte un chapeau, tout comme Adri. Drôle de coïncidence. J'aime ce côté un peu rétro qui lui donne un certain genre, il faut oser sortir ainsi, le béret vissé sur la tête. Et ce béret-là lui va comme un gant. Mais pour quelle raison s'obstine-t-elle à m'ignorer ? Finalement, c'est ce qui m'attire en elle.

Sa froideur.

Comme personne ne semble se décider à la faire asseoir, je me lève pour aller chercher une chaise un peu plus loin et j'invite Clémence à s'installer à mes côtés. Inutile de prendre ma tension : j'ai un pouls qui frise les cent soixante. En reprenant ma place, je renverse ma tasse de café, maladresse assez fréquente chez moi qui suis plutôt du genre pataud mais là, je suis franchement embarrassé. Avec une légèreté pachydermique, quelqu'un se permet de lancer une plaisanterie douteuse sur la coïncidence entre mon émoi et la proximité de ma voisine. Je l'immole sur place d'un regard au lance-flammes. Heureusement pour moi, les conversations reprennent petit à petit et se perdent dans un brouhaha propre aux grandes réunions.

– Bravo pour tout à l'heure, j'ai passé un très bon moment.

– Bravo pour... le café ?

Cette fois, Clémence rit franchement, découvrant une denture quasi hollywoodienne.

– Non, pour le théâtre. J'étais à Marseille cet après-midi, Max m'avait invitée à voir la pièce.

Profitant de la perche qu'elle me lance, je lui fais part de ma déception rétroactive qu'elle ne soit pas venue me saluer dans les loges, ce qui nous aurait permis de discuter plus tranquillement.

– J'étais là avant la représentation mais une dame m'a expliqué sur un ton sans appel que vous faisiez votre sieste et qu'il valait mieux ne pas vous déranger.

Je décoche mon deuxième regard incendiaire de la soirée, cette fois-ci en direction de Françoise, mon habilleuse qui, visiblement, s'est autoproclamée ange gardien de mon sommeil. Sur ce coup, je la déteste !

Puis Clémence s'approche de mon oreille pour me chuchoter d'un ton espiègle :

– Alors, les lumières ? Je voulais savoir si la vedette doutait toujours de mes compétences en la matière ?

Décidément, j'adore sa voix chantante et la manière dont elle parle en détachant les syllabes. Ainsi, elle se souvient de tout, jusqu'aux inepties que j'avais pu dire le jour de notre première rencontre. J'ai sous-estimé la force de mon adversaire, je me sens donc obligé de faire acte de repentance et vante au contraire la qualité liée à la robustesse dudit décor.

La glace est rompue. Je n'en reviens pas moi-même.

Nous poursuivons notre discussion en tête à tête,

oubliant le reste de l'espèce humaine. En vacances depuis une grosse semaine chez son amie Florence qui vit dans un petit village des environs d'Aix, Clémence en profite pour assouvir sa passion de la photographie en prospectant tous les recoins de cette région qu'elle adore.

Ce n'est qu'au moment où les bougies cessent de se consumer, lorsque le départ successif de la plupart de mes compagnons de table rend inéluctable la conclusion de cette soirée, que je me jette à l'eau. Je confie à Clémence mon intention de visiter un peu la contrée pendant mes journées de relâche et lui propose de m'accompagner dans cette expédition territoriale. Je me maudis immédiatement, affligé par la lourdeur de mes gros sabots et terrifié par la crainte du bide qu'engendrerait un refus de sa part. Même en y mettant les formes.

Elle accepte.

Cette fois, c'est sûr, je vole !

Je sais que je la reverrai demain et cela suffit pour que je n'en dorme pas de la nuit.

Paris - aujourd'hui

Le début d'une histoire d'amour...

Difficile à décrire. Surtout si l'on veut éviter de tomber dans l'écueil des lieux communs. Trop nombreux sont ceux qui s'y sont essayés avant moi. Comment pourrais-je vous persuader que la mienne fut plus belle que les autres, pour le moins différente ? Il existe à la fois trop de mots ou alors pas assez pour exprimer sereinement ce que j'ai pu ressentir à ce moment précis de ma vie.

Et à quoi tient l'alchimie soudaine unissant tout à coup deux personnes étrangères ? À quelque chose dans l'air, aussi fort qu'impalpable. Un regard, une parole, un éclat de rire partagé, une chaise tendue au bon moment, une intervention diabolique ou bien céleste qui vous donne l'audace de proposer une balade... que vous n'aviez même pas planifiée cinq minutes auparavant ! Si j'étais poète, je dirais que les choses se sont faites parce que c'était elle, parce que c'était moi. Si j'étais philosophe, je dirais que les choses se sont faites parce qu'elles devaient se faire, mais je ne suis ni l'un, ni l'autre.

À quoi tient l'alchimie soudaine unissant tout à coup deux personnes étrangères ?

À une tasse de café bêtement renversée, parfois.

Aix-en-Provence — août 1994

Cinq minutes à peine... Autant dire rien du tout. Clémence est en retard et je me laisse envahir par le doute – viendra-t-elle ? – par l'angoisse – serai-je à la hauteur ? – par la colère – qu'est-ce qui m'a pris de proposer un tel rendez-vous à une fille qui justement pourrait être la mienne !

J'entends déjà les commentaires acerbes de certains persifleurs : ce brave Pierre, lui aussi atteint du syndrome « démon de midi » ! Mais je ne suis pas malade, que je sache. Et puis il est de bon ton de le mettre à toutes les sauces, celui-là ! Il suffit qu'un homme tombe amoureux d'une femme plus jeune que lui pour déclencher immanquablement certaines jalousies. Que les choses soient claires : un démon de midi qui dure sept ans n'est plus un démon. Et puis dans une relation, il faut être deux. Je n'ai forcé personne. La demoiselle était consentante, me semble-t-il. Cependant, la question mérite d'être posée : si Clémence avait eu mon âge, aurais-je été si épris ? Peut-être... Sans doute... Est-ce que je sais ! Ce dont je suis sûr, c'est que cette différence ne lui a jamais posé problème. « J'adore les hommes plus vieux », me lançait-elle parfois en riant. J'avais cinquante-deux ans lorsque je l'ai connue. Pas de quoi fouetter un chat. Et puis je n'ai pas l'allure d'un futur retraité, même aujourd'hui. Allez m'en chercher qui, à un demi-siècle passé, sont encore capables d'aligner cinquante pompes tous les matins. Sur les poings, qui plus est ! C'est vrai, j'ai une hygiène de vie correcte, je bois et fume modérément. Tant de précautions veulent sûrement dire quelque chose : que je suis en train de vieillir. Je ne renie pas mon âge, je tente simplement d'en minimiser les désagréments. Et puis flûte ! Je n'ai pas à me justifier. N'importe quel homme normalement constitué aurait aimé pouvoir goûter aux douceurs de la jeunesse comme je l'ai fait.

À 10 heures, Clémence et moi nous retrouvons devant la gare d'Aix.

En fait, elle est à l'heure... J'avais simplement anticipé. Spacieuse voiture allemande, élégant costume italien, il y a des jours où il ne faut pas hésiter à mettre certains atouts dans sa manche. J'abandonne à mon invitée l'initiative du parcours et me laisse ainsi guider paresseusement sur ces petites routes qui serpentent au milieu des Alpilles. J'ai tellement peur de ne pas savoir quoi lui dire que je lui parle sans arrêt. Je fais les questions et les réponses. Première victoire, Clémence a l'air heureuse. Son sourire éclatant est là pour en témoigner. De temps à autre, au détour d'un chemin, elle sollicite une pause pour faire une photo. Je la regarde s'attarder pour tout un tas de choses qui me rendraient fou d'impatience si elles venaient d'une autre. Réfléchir, choisir le meilleur cadrage possible, hésiter encore... La plaie ! D'autant que l'heure d'un éventuel déjeuner approche, et qu'on m'a indiqué une auberge typique dans les environs.

Clémence préfère continuer à se promener à pied dans cet endroit magnifique et prendre quelques clichés d'un berger sorti tout droit d'un roman de Daudet.

– D'ailleurs, je n'ai pas faim. J'espère que l'appétit de l'acteur peut attendre.

Mon appétit, à moi, était ailleurs...

D'accord pour l'aventure pédestre, mais à condition que Clémence accepte une petite brasserie branchée du cours Mirabeau, de retour à Aix.

Tout en marchant, je l'écoute. Elle me parle de sa vie, partagée entre Amboise, sa ville natale, et Paris, sa résidence professionnelle ; de son métier de muséographe qu'elle m'explique pour pallier ma totale ignorance sur le sujet. J'apprends que c'est elle qui se charge de mettre en valeur certaines expositions temporaires ou bien carrément de trouver de nouveaux concepts pour réagencer un musée. Son rêve serait de vivre de la photographie mais les ventes décrochées dans divers salons ne sont pas assez nombreuses pour simplement payer les frais inhérents à sa passion. Je lui dis mon envie de découvrir un jour ses productions.

– Menteur !

C'est faux ! J'aime beaucoup la photo – surtout depuis quelques minutes – et je serais curieux de connaître ses sources d'inspiration.

Nous sommes seuls au monde, abstraction faite des orchestres de cigales, sympathiques certes, mais envahissants. Le canal des Alpilles qui épouse notre itinéraire nous offre une climatisation naturelle face à la vigueur du soleil estival. Soudain grisé par ce décor provençal, je me plais à m'imaginer en personnage de Pagnol. À mon bras, Clémence fait une très belle Manon des sources.

Une glissade bienvenue me permet de prendre sa main, et de la garder tout en essayant de conserver l'air le plus innocent possible. Pas facile avec un cœur qui se prend pour un batteur de rock, sans que l'effort physique y soit pour quelque chose. La réussite de mon entreprise m'encourage dans ma fuite en avant. Je saisis l'opportunité d'une volte-face pour l'embrasser. Dans une telle situation, deux cas de figure sont possibles. Soit je me prends instantanément la veste du siècle et l'affaire sera pliée. Soit la preuve est faite qu'une jolie fille de vingt-neuf ans – vous voyez, je ne m'étais pas trompé ! – peut encore se laisser piéger par le caractère irrésistible de mon charme. Les quelques secondes que nous passons enlacés, un peu plus tard, nous laissent entrevoir une possible victoire de la deuxième option.

– Tu sais, je suis un vieil acteur qui a besoin de sa sieste quotidienne pour prolonger son fonctionnement... Éventuellement, si tu n'as rien d'autre à faire, peut-être accepterais-tu de m'accompagner dans ce sacerdoce coutumier ?

En état de grâce, le Pierrot ! Je m'épate tout seul.

Clémence me toise d'un air hautain.

– Vous allez un peu vite en besogne, Monsieur le comédien.

– Madame, « le temps ne fait rien à l'affaire ». Molière, *Le Misanthrope* : acte I, scène 2.

Un peu de culture n'a jamais fait de mal.

Clémence se lève d'un bond. Je prends ses deux mains tendues comme une invitation à la suivre, mais la belle me rappelle qu'un déjeuner nous attend dans une des brasseries du cours Mirabeau.

Je crois que je suis en train de tomber amoureux.

J'ai quinze ans !

Tes seins fermes tiennent à peine dans ma main. Tu caches ta poitrine menue avec un sourire forcé. Comme pour t'excuser. Ne t'excuse de rien ma Clémence, tu es comme tu es et je t'aime ainsi, avec ton parfum vanille-cannelle entêtant, tes épaules étroites, tes mollets un peu forts, tes cuisses rondes et tes abdominaux saillants. Cette tache de naissance, couleur café crème, celle qui couvre le bas de tes reins, jamais je ne me lasserai de l'embrasser. C'est vrai, avec un visage si lisse, j'imaginais un corps régulier mais le contraste n'en est que plus émouvant. Ne te cache pas mon amour, détends-toi, et laisse-moi poser ma joue sur ton ventre. Je veux rester immobile, calquer ma respiration sur la tienne, j'ai tellement peur de briser la magie de cet instant. Je caresse tes jambes tout en savourant les frissons qui parcourent mon dos lorsque tes doigts lissent mes cheveux. La pénombre est presque totale, tu as eu raison de vouloir fermer les volets. Avais-je déjà fait l'amour auparavant ? Des centaines de fois. Mais pas de manière aussi évidente, fusionnelle, pure et violente. Des centaines de fois, oui, mais pas comme ça.

Alors je reprendrais bien un peu de tes cuisses autour de mes hanches, un peu de tes pieds autour de mon bassin, un peu de tes mains posées sur ma bouche. Tu me fixes de tes yeux brillants, tu murmures tout bas « pas si fort, Pierre ! », tu me supplies de ne pas crier, la pression de tes doigts sur mes lèvres m'empêche de hurler et j'aime ça.

Dieu que j'aime ça.

Paris — aujourd'hui

Je me souviens de tout.

De cette journée, j'ai tout gardé, jusqu'à cette foule de petits détails, insignifiants aux yeux des autres, mais qui pour moi constituent autant de traces au parfum agréable. À partir de ce jour, j'ai fait mon entrée dans une nouvelle ère de mon existence. Il y avait eu la vie « sans Clémence », il y avait désormais la vie « avec toi ».

Je ne suis pas un grand spécialiste des coups de foudre. C'est ce manque de références qui m'a inquiété au départ. Je conserve de cette période un sentiment assez particulier. Instants étranges où l'on sent bien que son propre destin bascule sans savoir s'il faut accompagner le mouvement ou, au contraire, s'obliger à le freiner. C'était très agréable quand j'y repense... Je me souviens du regard étonné de Clémence lorsque je lui ai avoué mon embarras face au côté inhabituel pour moi de ce genre de romance. Alors quoi ? Je n'étais donc pas cet homme dont le métier rendait inévitable la perméabilité face aux tentations de la chair ? Si, un peu. Mais pas tout à fait.

Clémence se montrait curieuse, voire soupçonneuse. Cela m'enchantait, et je n'avais aucune envie de lui cacher quoi que ce soit. Je n'ai jamais prétendu être un saint car les femmes, ah les femmes...

La toute première, Monique, onze ans, haute comme trois pommes. D'une débrouillardise rare. Il est vrai qu'avec douze frères et sœurs, la vie se charge de vous apprendre à ne pas rester les deux pieds dans le même sabot. Ma camarade de classe prenait un malin plaisir à me harceler, me suppliant de lui dévoiler une des parties secrètes de mon anatomie. Elle voulait voir comment j'étais fait et de mon côté, je ne dédaignais pas de toucher parfois ses appas. Ce n'était là que des jeux de gamins, des jeux innocents. Je l'ai revue trente ans plus tard. Évidemment, elle avait triplé de volume. Je dis évidemment... car elle était devenue à son tour mère de huit enfants.

Quant à Gisèle... Clémence, tu ne vas tout de même pas être jalouse de Gisèle ! Je n'avais que dix-sept ans, j'étais mort de trouille à l'époque, tu penses, sortir avec une femme plus âgée que moi, dans une petite ville de province ! Je n'avais pas choisi la facilité. D'autant que la dame – d'une beauté remarquable – n'était autre que l'épouse d'un haut fonctionnaire. Ses œillades incessantes me mettaient mal à l'aise. Face à elle, je perdais tous mes moyens. Parfois nous nous croisions dans la rue lorsque je rentrais du lycée. Elle me fixait alors avec une telle insistance... Je ne connaissais rien aux choses de l'amour mais je sentais que les regards qu'elle me lançait n'avaient rien à voir avec ceux de ma mère.

Incroyable ! Comment moi, un adolescent fragile et timide, avais-je pu attirer l'attention d'une femme aussi belle ? J'étais à la fois sidéré et terriblement excité à l'idée qu'il se passe quelque chose entre nous. Un jour, vers 18 heures, j'ai vu sa voiture stopper net devant la poste, là où travaillait mon père comme directeur... Je suis devenu écarlate. Tout de même ! Mes parents auraient pu nous surprendre. Gisèle m'a lancé d'un air sévère :

– Ce petit manège va durer encore longtemps ?

– Mais, madame...

Cinq fois de suite, j'ai répété, *mais madame*, je bafouillais, je bégayais.

Soudain, le ton a changé.

– Allez, monte !

Je n'ai pas réfléchi. Bien que paniqué à l'idée que mes parents soient témoins de cette scène ahurissante – la femme du haut fonctionnaire embarquant dans sa voiture un jeune puceau effarouché –, je me suis installé sur le siège avant, direction les bois.

– Mais, madame...

Et s'il lui venait l'envie de me battre ?

Fallait-il que je sois naïf pour imaginer une chose pareille ! Inutile de préciser que je n'ai reçu aucun coup. En revanche, je ne me suis pas montré particulièrement entreprenant, et pour cause ! Personne à la maison ne m'avait expliqué ces choses-là, surtout pas mon père, grand spécialiste du non-dit. Il était même hors de question que je regarde deux acteurs s'embrasser à la télévision. Dans ces conditions, comment aurais-je pu tirer mon épingle du jeu face à une diablesse ? Il était écrit que mon éducation sexuelle se ferait sur le tas, en bûchant.

Gisèle n'a eu aucun mal à se rendre compte de mon ignorance :

– C'est la première fois que tu fais ça ?

Avouer ? Jamais !

– Non, madame. Est-ce que tu pourrais me ramener très vite chez moi ?

Qu'est-ce qui m'a pris de la tutoyer, tout à coup ?

L'angoisse d'être pris la main dans le sac, probablement. La vie de province ne fait pas de cadeaux à ceux qui vivent dans le péché. Je suis rentré chez moi telle une flèche, sans me retourner. Dans l'escalier, j'ai repris mon souffle mais une nouvelle inquiétude m'a assailli : mes copains ne m'avaient-ils pas affirmé que lorsqu'on a fait l'amour, des cernes noirs apparaissaient tout autour des yeux, à cause de la fatigue ? Mes parents allaient-ils donc lire sur mon visage les preuves de mon méfait ? Ni une ni deux, demi-tour à toute vitesse. J'ai supplié un ami qui habitait à deux pas de me prêter une paire de lunettes noires.

– Mais pourquoi ?

– Parce que j'ai mal aux yeux !

Bien entendu, je venais de signer mon arrêt de mort. Mon accoutrement ne faisait qu'aggraver mon cas : j'étais en retard, et bizarre. Ma mère m'a giflé à deux reprises et mon père s'est mis à me poursuivre pour savoir d'où je venais.

D'où je venais ?

De chez des copains, pardi ! Je n'avais pas vu le temps passer.

– Tu sais pourtant que je ne tolère aucun retard. Et ces lunettes noires ? Tu te caches de qui ?

– J'ai mal aux yeux, papa !

Lorsque j'y repense, la scène mériterait de figurer dans la catégorie vaudeville mais sur le moment, je jure avoir eu la frousse de ma vie ! Je me suis précipité dans la salle de bains afin d'ôter cette foutue paire de lunettes. Et là, ô miracle... pas un cerne. N'empêche, je ne sais toujours pas comment mes parents ne se sont doutés de rien ce jour-là. Malheureusement, peu de temps après, une bonne âme nous a dénoncés. Gisèle et moi avions en effet repris notre petit jeu. Aussitôt, le verdict est tombé :

– Tu pars en pension demain.

À cent kilomètres de chez nous !

Le mari de Gisèle avait appris, lui aussi de la bouche d'un bon Samaritain, que sa femme et moi avions des relations depuis quelque temps déjà. Je vous laisse imaginer la déflagration d'une annonce comme celle-ci, dans une petite ville de province où tout le monde se connaît. Le fils du directeur de la poste avec la femme d'un haut fonctionnaire, tous deux des notables ! Mon père n'avait pas le choix. Ou je quittais la maison, ou le scandale éclatait. Personne n'y tenait. Même pas moi car je n'étais pas amoureux. J'étais déçu, certes – Gisèle me donnait beaucoup de plaisir –, mais je savais qu'il ne servirait à rien d'aller contre la décision de papa. Je suis donc parti, pensant ne jamais revoir ma belle. Mais c'était sous-estimer sa capacité d'adaptation. Après tout, une centaine de kilomètres, ce n'est rien pour une femme éprise d'un blanc-bec de mon espèce.

Nous nous sommes bientôt retrouvés tous les jeudis après-midi à l'hôtel, sur ce lit à deux places aux ressorts encore plus bruyants que mon initiatrice. Puis je suis finalement monté à Paris. Bien qu'ayant raté mon bac, j'avais un peu d'ambition, celle de devenir chanteur. Végéter dans le coin ne semblait pas être le meilleur moyen d'accéder au succès. La capitale avait un peu plus d'envergure que mon patelin. Gisèle était triste.

– Alors, c'est fini ? Une fois que tu auras chanté en duo avec Brigitte Bardot, je ne compterai plus pour toi !

Pauvre Gisèle... Brigitte Bardot ! Pourquoi pas Liz Taylor...

Ensuite ? Ensuite j'ai troussé bon nombre de demoiselles que le destin avait eu la bonne idée de mettre sur mon chemin. Cette époque est révolue. Je le jure. Faut-il que je crache pour qu'on me croie ?

*
**

Même s'il y avait une part de fondement dans les soupçons de Clémence, j'avais besoin qu'elle me laisse une chance de lui prouver que je n'étais pas un des cousins de Casanova. Je ne suis pas certain d'avoir trouvé les bons arguments pour l'en persuader. Je me souviens de la gêne qu'elle n'a pu dissimuler face à l'alliance que je portais, et que je porte encore.

Je me souviens du coup de fil d'Adri, justement.

C'est curieux quand j'y repense, ce signe adressé par celle qui est toujours ma femme au moment précis où je succombais inexorablement au charme d'une autre...

Clémence, sans doute effrayée par l'impression de se retrouver au beau milieu d'un mauvais vaudeville, m'avait demandé s'il n'était pas préférable pour elle de sortir. Je l'avais rassurée sur la teneur de mes relations matrimoniales qui étaient loin de ressembler au mariage idéal. En effet, ma légèreté et ma désinvolture avaient anéanti les rêves d'Adri, qui finalement ne m'avait épousé que pour le pire. Nous ne nous entendions pas sexuellement et ma femme me faisait comprendre que je n'étais pas un bon amant pour elle. Moi, l'orgueil aidant, je la tenais pour seule responsable de ce naufrage. Après tout, elle n'avait qu'à y mettre un peu du sien, bon sang ! Nous n'étions tout simplement pas sur la même longueur d'onde. En amour, je dévore. Ma femme picore. Sans doute aurait-elle aimé plus de délicatesse mais j'étais plus gourmand que gourmet. Nos relations amoureuses se sont estompées. Je n'ai pas accepté de diminuer mes rations, sans qu'Adri me le reproche véritablement, d'ailleurs. Sa souffrance était pourtant réelle, palpable, mais il était plus confortable pour moi de ne pas la voir. Car j'en étais le maître d'œuvre, un maître d'œuvre qui, non content de tromper sa femme, avait l'indécence de lui avouer où et comment. Ainsi je me sentais moins coupable, puisque je ne mentais pas ! On peut appeler ça de l'inconscience ou de la torture. Si c'était à refaire, je prendrais des gants, j'y mettrais les formes. Peut-être même que je ne dirais rien.

Certains penseront : après tout, qu'elle ne vienne pas se plaindre ! Cette femme est complice de la légèreté de son mari. Soit. Mais nos relations vont bien au-delà de ça. Un lien fraternel et spirituel nous unit. J'ai sans doute mal aimé Adri mais je ne l'ai jamais quittée, jamais abandonnée. Pour le reste, c'est ma faute, j'ai placé ma femme sur un piédestal et très vite je n'ai plus su comment l'atteindre.

Comment la « toucher ».

Quant à mon infidélité chronique... Qui à ma place aurait su résister à tant de tentations ? Le métier d'acteur procure des facilités étonnantes propres à déstabiliser le meilleur des époux. Sans compter le harcèlement de certaines, prêtes à tout pour vous caser dans leur lit. Si, au lieu d'être comédien, j'avais été manœuvre, aurais-je eu le même succès auprès de la gent féminine ? Peut-être aurais-je eu les moyens d'être un mari parfait.

Certaines femmes m'envoient des fleurs régulièrement, m'attendent à la sortie du théâtre, glissent des mots doux sous mes essuie-glaces. Pour avoir la paix, par lassitude, par lâcheté ou faiblesse – vous choisissez –, je laisse entendre que éventuellement, peut-être, un jour... Qui aurait la prétention d'avoir les reins suffisamment solides pour ne pas céder ? Et puis il y a cette angoisse d'y rester que je trimballe depuis mon enfance. J'ai peur de « partir », trop vite, trop tôt, sans avoir pu en profiter. La seule parade que je puisse opposer à cette crainte irrationnelle est la certitude de pouvoir faire l'amour le plus souvent possible, plusieurs fois par jour si nécessaire. Ne dit-on pas que la jouissance est comme une petite mort ? Eh bien c'est précisément ce sentiment de petite mort qui me donne goût à la vie.

Allez y comprendre quelque chose...

Si au moins j'avais été en mesure de réparer les dégâts, comme on redresse un mur après la bataille... Je suis pourtant le genre d'homme qui prend soin de rafistoler ce qu'il détériore, matériellement parlant.

J'ai brisé le cœur d'Adri, à plusieurs reprises.

Sans jamais pouvoir en rétablir la mécanique.

En fait, je n'ai compris les raisons qui me poussaient à agir ainsi que bien plus tard, lorsque les circonstances de la vie m'ont rendu la monnaie de ma pièce, quand j'ai dû subir à mon tour les affres du chagrin. J'ai compris qu'à mes yeux, Adri n'était pas ma femme, mais plutôt LA femme, idéalisée, sœur et mère à la fois.

J'étais donc en droit de partager tous mes secrets avec elle. Même les plus douloureux.

Tu vois, tu n'avais donc rien à craindre, Clémence.

Aix-en-Provence – août 1994

Je me souviens d'avoir conseillé à Clémence de m'attendre au bar de l'hôtel, le temps que je remette la main sur ces saletés de clés de voiture qui bien entendu ne se trouvaient pas à l'endroit où elles auraient dû être. En descendant, elle est tombée nez à nez avec Max qui, surpris de la rencontrer dans les parages, l'a invitée à venir dîner avec la troupe. Nous nous sommes bien amusés à faire semblant de ne pas nous connaître mieux que la veille au soir. Je me souviens encore de t'avoir reconduite, inéluctable conclusion d'une journée de rêve, chez ton amie Florence. Trajet bien trop court à mon goût alors que je souhaitais profiter encore au maximum de ta compagnie.

Je me souviens de mon retour, seul dans mon carrosse redevenu citrouille.

Je me souviens surtout que le lendemain, tu repartais pour Paris. Déjà.

– On se rappellera peut-être ?

– On se rappellera sans doute.

Je ne sais plus qui avait répondu cela à l'autre. Dans ma mémoire, il me plaît d'imaginer que c'est toi mais j'ai peur d'enjoliver.

Il ne restait plus que trois semaines avant la fin de la tournée, soit l'équivalent d'une année-lumière pour un homme pressé... et impatient ! C'est le plus gros de mes défauts, je n'aime pas attendre. Alors je fais plusieurs choses en même temps, je me précipite, je m'agite, sans me rendre compte à quel point ce peut être pénible pour les autres. Lorsque quelqu'un m'explique quelque chose, j'ai compris ce qu'il voulait dire avant même qu'il ait terminé, *abrège mon gars*, les gens lents m'insupportent. Si je veux quelque chose, c'est maintenant.

Tout de suite !

Chablis – début septembre 1994

– C'est une conne !

Opinion extrêmement tranchée que j'essaie tant bien que mal de modérer.

– Oui, mais elle est bonne.

La tournée se termine demain par une dernière date à Auxerre.

Pour reprendre une expression utilisée par les journalistes sportifs, je joue à domicile. Max séjourne chez moi à Chablis et nous profitons de cette soirée pour passer un bon moment ensemble à discuter de tout, de rien et essentiellement de la valeur intrinsèque de Caroline David. Après quelques verres, nous transigeons sur le fait que les deux critères – conne et bonne – ne sont pas incompatibles et que cette chère enfant les possède conjointement. L'habillage en règle qui suit devrait lui permettre de passer l'hiver sans se soucier des grands froids.

Pour éviter de me voir mourir de faim, Gerrit m'a fait don d'un de ses poulets amoureusement élevés au grand air et nous rendons un vibrant hommage au volatile en le dévorant en un seul repas. Bien que mon approche de l'art culinaire soit dans l'ensemble approximative, je tire une certaine fierté de ma sauce au vin blanc. Max n'a pas l'air de s'en plaindre non plus, ce qui n'a rien d'un exploit quand on connaît la force de son appétit. Avec lui, rien ne sert de chercher la finesse, il faut du costaud, du roboratif, du remplissage de panse. J'ai encore en mémoire une de ses colères monstrueuses à l'encontre d'un restaurateur qui lui proposait des portions si congrues que Max les avait qualifiées d'échantillons.

Ce soir, l'ogre est rassasié, donc satisfait.

Fin de repas au salon, vautrés dans les fauteuils. Cognac, cigares, confidences...

– Tu vas la revoir ?

– Qui ?

– Clémence, crétin ! Ne me prends pas pour un jambon. À Aix, tout le monde a remarqué votre petit jeu, surtout le sien d'ailleurs. Elle t'a dragué en beauté, mon p'tit loup, alors soit ta vue baisse, soit tu as perdu l'odeur du gibier.

L'expression me déplaît. Je déteste cette trivialité masculine à la limite de la caricature. Je ne lui réponds pas directement et préfère l'insulter sans douceur.

– Tu n'es qu'un gros con à moustaches !

– Et toi un vieux beau démodé !

Le match se termine sur ce « un point partout » et permet l'enchaînement vers une autre conversation moins savonneuse.

Bien sûr que je vais la revoir !

Je n'attends que ça. Je ne vis que pour ça ! Je pense à elle sans arrêt.

J'en suis à écrire son nom partout comme si ces huit lettres constituaient la formule magique qui la ferait réapparaître à mes yeux. Il y a quelques jours, à Nevers, je crois même avoir laissé un graffiti sur le mur de ma loge. L'endroit était déprimant comme un documentaire animalier un jour de grève à la télé et c'est le seul moyen que j'avais trouvé pour l'égayer. Je suis fou. Fou d'amour – je l'adore – et fou d'angoisse – m'aime-t-elle un peu ? Le soir, lorsque je joue, c'est pour elle. Je la vois partout. Assise au premier rang, cachée sur un strapontin au fond de la salle sur la gauche, je crois même l'avoir devinée tout en haut du troisième balcon. Je joue pour elle et je suis bon. Putain, qu'est-ce que je suis bon !

Dommage qu'elle ne soit pas là pour me le susurrer à l'oreille.

Je m'extirpe du fauteuil informe et fatigué – héritage familial – pour aller mettre un bon vieux 33 tours sur la platine. Verdi : *Le Trouvère*. Superbe version de 1972 interprétée par l'orchestre philharmonique de Berlin, avec tous les craquements en version originale. Max râle, il déteste l'opéra. Normal quand on sait que le point culminant de ses goûts musicaux doit se situer au niveau de *Viens Poupoule*. Je ne comprends toujours pas comment un homme qui se prétend cultivé – et je ne doute pas un seul instant qu'il puisse l'être – se contente d'un tel néant dans ce domaine artistique majeur. Du coup, pour parasiter mon écoute, il bavarde.

– Tu as invité ton beau-père pour demain ?

Encore heureux ! C'est d'ailleurs sa venue qui me donne le courage d'aborder cette ultime étape provinciale.

Ça me changera un peu de mes Clémence virtuelles.

Gerrit, je pourrais en parler pendant des heures.

Ancien agriculteur, il a quitté son plat pays batave il y a une cinquantaine d'années pour venir ensemencer ce coin de l'Hexagone. Sa haute stature et ses traditionnels chapeaux font désormais partie du patrimoine local. C'est un homme de la terre, un vrai. Il est aussi éloigné du monde de l'art dramatique que Max peut l'être du *Requiem* de Mozart, ce qui ne l'empêche nullement d'être capable d'apprécier. Et de juger sans concession. Je sais qu'il ne prendra pas plus de gants pour commenter ma prestation qu'il n'en met pour arracher des mauvaises herbes. Ses critiques, à l'instar de celles d'Adri, sont d'ailleurs les seules auxquelles j'attache réellement de l'importance et pour lesquelles je ne prends pas la mouche. Gerrit me compare souvent à une Mercedes sans frein. On peut voir là un compliment, ou une certaine ironie, tout dépend de quel point de vue on se place. Avec Gerrit, je ne me pose même pas la question. Je sais qu'il s'agit là d'une marque d'affection.

Tiens, puisqu'on évoque Adri, je ne serais pas étonné outre mesure de la voir assise demain à côté de son père. Je l'ai eue tout à l'heure au téléphone et, après toutes ces années de vie commune, elle est toujours aussi peu douée pour cacher les surprises qu'elle me réserve.

En face de moi, Max s'est assoupi. Ses ronflements repus réussissent sans problème à couvrir le chœur des gitanes.

Max : 1 – Verdi : 0.

Paris – aujourd'hui

Si l'on parvient à faire abstraction de la sono dramatique et d'une coupure de courant inopportune, la dernière représentation de notre tournée fut une totale réussite. J'avais un beau trac, avant d'entrer sur scène ! Il s'est manifesté, comme à l'accoutumée, par un besoin irrépressible d'uriner toutes les deux minutes. Dans ces cas-là, je m'octroie un petit remontant, deux doigts de whisky ou de cognac, histoire de réchauffer la mécanique. Le trac... Je l'avais oublié celui-là, après une centaine de dates qui avaient rodé la pièce comme un Solex. Je justifiais son retour par la présence d'Adri – je ne m'étais pas trompé sur ses intentions – et celle de Gerrit.

Inviter des gens que l'on aime constitue un excellent palliatif à la routine, ils nous obligent à donner un peu plus et donc à retrouver cette poussée d'adrénaline, mélange de peur, d'impatience et d'excitation : le trac. Retrouver ces minutes intenses et terriblement angoissantes à partir du moment où le rideau s'ouvre – vais-je me souvenir des cent cinquante pages de mon texte ? Faites que je ne bafouille pas ! – et où les lumières des projecteurs marquent la frontière avec le trou noir de la salle avant que, petit à petit, la rétine s'habitue et permette d'identifier les visages des premiers rangs.

Ah ! Gerrit, vieux cow-boy, et Adri, fidèle complice, quel plaisir ce fut de « travailler » pour vous ce soir-là !

Après la représentation, nous avons invité tout le monde à prendre une petite coupe en notre maison chablisienne, histoire de marquer le coup. Soirée mémorable où chacun – y compris Max et Caroline – a pleinement profité d'une ambiance festive à la limite de la franche déconnade. À l'extrême limite... Le salon résonnait de la bonne humeur générale et j'ai soudain pensé qu'il ne me manquait qu'une personne pour que mon bonheur soit total... Ce fut suffisant pour que je me fasse chier comme un rat mort tout le reste de la soirée.

Je m'étais isolé pour te téléphoner. Je t'avais évidemment réveillée mais après tout, pour une fois que ce n'était pas moi qui dormais... Nous n'avions plus que deux jours à attendre avant mon retour à Paris.

Quarante-huit heures contre un avenir, ça valait le coup de patienter encore un peu.

Paris — mi-septembre 1994

J'aime les retrouvailles.

J'ai tant de fois pensé à Clémence durant notre courte séparation que son visage en est presque devenu un mirage dont la précision m'apparaît de plus en plus incertaine. J'ai fixé le rendez-vous au bar du Ritz. Endroit prestigieux, à la hauteur de l'événement. Je n'y mets jamais les pieds mais j'ai décidé de frapper fort. Pierre Bartoli n'est pas de ceux qui jouent petit bras !

Elle arrive. Presque à l'heure.

Un mélange de naturel et de distinction la rend aussi belle à une table de campagne que sous les ors d'un cadre luxueux. Elle avance élégamment, me cherchant du regard parmi les clients attablés. Certains d'entre eux se retournent sur son passage, accentuant ainsi mon orgueil d'être l'élu qu'elle va rejoindre. Je lui fais un petit signe pour annoncer ma présence. Je fonds face au sourire qu'elle me renvoie. Je dois probablement ressembler au loup de Tex Avery avec ses yeux exorbités et sa langue pendante. En tant qu'être civilisé, j'essaie de contenir la bête qui intérieurement m'ordonne de me jeter sauvagement sur elle.

– Qu'est-ce que tu prends ?

– Rien, on va chez moi !

Je n'en demandais pas tant ! Enfin, je veux dire pas si vite...

Mais puisque c'est ainsi, allons-y gaiement. Pourquoi donc s'embarrasser de fioritures ? Nous quittons le salon feutré en gloussant, sous l'œil mi-médusé mi-méprisant du serveur. Voilà un endroit où je risque d'être interdit de séjour pendant un certain laps de temps. J'assume. Traversée de Paris à moto, « la Concorde-Buttes-Chaumont » sans escale et pratiquement les cheveux au vent. Je dis « pratiquement » à cause du casque. Nous nous ruons dans son studio du XIXe arrondissement.

Quel bazar là-dedans !

La vitesse avec laquelle nous nous débarrassons de nos vêtements superflus ne fait que contribuer un peu plus au désordre ambiant. Par la suite, je proposerai un grand ménage de printemps mais Clémence préfère que ses livres restent entassés dans les toilettes. Le lit à même le sol n'est pas fait. Une des tentures accrochées au mur menace de se déchirer. Quant à l'évier, il affiche complet. Moi qui suis d'un naturel ordonné et méticuleux – Adri dirait « maniaque » –, je ne m'offusque pas un seul instant de ces détails qui d'ordinaire m'auraient franchement chiffonné ! Je n'aime ni la poussière ni le désordre. Cette obsession de la propreté amuse beaucoup ma femme qui en profite toujours pour m'asséner, dès qu'elle le peut :

– Tu ferais mieux de faire le ménage dans tes sentiments !

Bon sang, comme j'aime Paris au mois de septembre ! Il n'y a peut-être pas matière à créer une nouvelle chanson mais pour moi, il y en a suffisamment pour envisager ma vie sous un jour nouveau. C'est la deuxième fois que je suis seul avec Clémence et c'est la deuxième fois que j'ai cette impression de rêver tout éveillé. Il faut que je la regarde, que je l'écoute, que je m'imprègne de son nouveau parfum aux senteurs subtiles de mûre et de musc. Il faut que je profite d'elle avec tous mes sens pour réaliser à quel point elle existe. En fait, je voudrais que le temps s'arrête pour garder l'intégralité de ces instants.

Tout garder, pour moi seul !

Certains disent que l'amour donne faim. Dans ce cas, je dois être amoureux en phase extrême. Je me sens prêt à dévorer un bœuf. Clémence aussi, visiblement. Pour jouer à l'homme moderne et montrer mon sens inné de l'initiative, j'attaque l'exploration spéléologique de son réfrigérateur avec l'objectif de me lancer dans la haute gastronomie. Elle trouve que son petit tablier – celui avec les cochons roses – sied remarquablement à mon teint hâlé de latin lover. Elle se montre à l'inverse beaucoup moins convaincue par la qualité de mon improvisation sur le thème des spaghettis à la bolognaise. Nous finissons la soirée dans un véritable restaurant italien où la comparaison tourne très nettement en ma défaveur. Heureusement, j'ai la possibilité de prendre ma revanche, à notre retour au studio, dans un domaine beaucoup plus privé que je préfère ne pas évoquer au risque de paraître immodeste.

Ou complètement dingue !

Entre deux tasses de café – nous en buvons au moins un litre par jour chacun – Clémence et moi nous livrons à quelques ébats bougrement audacieux. En matière d'originalité, ma partenaire bat tous les records. Et pas que dans le port du chapeau. La timidité des premiers instants ? Disparue, envolée ! J'ai droit à une Clémence prête à tout pour assouvir mes fantasmes les plus fous. La belle a des ressources insoupçonnables, ce qui n'est pas pour me déplaire.

Loin de là...

⁂

Où est ma brosse à dents ?

Depuis que Clémence est dans ma vie, c'est le raz de marée. Je ne retrouve plus rien. Pas même mes esprits...

La voilà ! Je l'avais rangée dans l'armoire à pharmacie. Quoi d'autre encore ? Mon gel de rasage et mon after-shave. Quelques caleçons. Deux ou trois tee-shirts. Je n'ai pas besoin de beaucoup plus pour répondre présent à l'invitation de Clémence qui m'a gentiment proposé de faire une halte prolongée dans son pied-à-terre parisien.

Je suis resté une semaine entière dans ce petit appartement de la rue Manin. Déménagement inattendu aux yeux de ceux qui cherchaient à me joindre – Max en premier – et qui pensaient que j'étais mort ou porté disparu en plein cœur de la forêt amazonienne. Je ne voulais plus partir de là. Clémence le souhaitait encore moins, au point qu'il avait fallu négocier très fermement – ça m'avait coûté une paire de boucles d'oreilles – pour obtenir le droit de m'absenter une heure afin de déjeuner avec un metteur en scène. Car j'avais beau être amoureux, les factures me réclamaient à cor et à cri, elles aussi.

Très vite, il a fallu aborder la question du « et maintenant ? ». Sans fard, sans crainte non plus car nous savions parfaitement qu'il y aurait un « après » à notre histoire. Nous savions également que nous y étions déjà.

Clémence ne prit aucun gant pour m'annoncer tout à trac...

– Pierre, je suis mariée !

– Ah oui ? Ravi de le savoir.

Je jouais le gros dur mais je n'en menais pas large. Elle s'empressa d'ajouter :

– Pas au sens juridique et légal du terme, bien entendu.

Comme si cela changeait quelque chose à la situation ! Tout ce que j'avais à comprendre, c'est que Clémence vivait avec un autre homme. Nous étions donc deux à nous partager la même femme. À dire vrai, je ne m'étais jamais posé la question de savoir si Clémence était libre ou non. Lui ayant tout de suite fait part de ma situation familiale, j'avais traduit son silence en retour par : *de mon côté, aucun obstacle à notre amour.*

Je me suis tu un long moment, véritable exploit pour qui me connaît. Savoir Clémence liée à un autre homme me rendait perplexe. Je n'étais pas prêt à entendre une vérité aussi gênante. Si Clémence m'avait dévoilé plus tôt cette partie non négligeable de son existence, j'aurais tenté de sauver mon cœur de cet imbroglio, car il y allait forcément en avoir un. En amour, je déteste les discordes. Dans mon travail, c'est une autre histoire. S'il faut aller au charbon, je ne manque pas de courage. Mais par pitié, pas dans le privé ! Je suis peut-être faible mais je ne brise pas les ménages ! Riez, riez... J'avais déjà, d'une certaine manière, saccagé mon union avec Adri, ce n'était pas pour me faire les griffes chez les autres !

Je suis donc passé de la surprise à la colère. De la colère à l'incompréhension. De l'incompréhension à l'excuse. Puis de l'excuse au pardon. J'étais trop épris, trop dépendant de cet amour. Cela fausse le raisonnement. La femme que j'aimais était mariée, enfin presque ? Cela nous empêcherait-il de nous voir comme avant ? Pas vraiment. D'autant que Clémence avait beaucoup insisté sur le fait que François – son conjoint – n'était pas l'homme de sa vie. Elle était certes très attachée à cet ingénieur géologue mais elle ne semblait pas vouloir vieillir avec lui.

La place serait vacante d'un moment à l'autre, je n'en doutais pas un seul instant.

En attendant de pouvoir prétendre au trône, je préférais partager Clémence avec un autre plutôt que de la perdre pour toujours. La partie était loin d'être gagnée. Jusque-là, j'avais toujours réussi à maintenir un équilibre entre le pôle affectif – Adri – et le pôle sentimental. Qu'en serait-il désormais ? Clémence aurait-elle le courage de quitter son compagnon pour moi ? Ma femme aurait-elle la force de supporter une idylle qui s'annonçait infiniment plus solide que les autres ? Faut-il être égoïste pour raisonner de la sorte ! Eh bien oui, je suis égoïste, le prototype même de l'homme qui n'admet pas que les deux femmes de sa vie – ses béquilles ? – lui soient enlevées. La médecine me répondrait certainement que dans mon cas, n'en garder qu'une serait suffisant.

Comment ça, une ?

Paris – fin septembre 1994

Comment peut-on avoir une mémoire à ce point sélective ? La pièce va reprendre à Paris avec les mêmes qu'en province à l'exception de Caroline, réquisitionnée par un tournage outre-Manche. Nous n'avons pas encore recommencé les répétitions que Max geint déjà sur la difficulté qu'aura la remplaçante à rentrer dans les chaussons de la « Divine ». Il faudrait savoir...

Par un curieux hasard, Clémence et moi avons rendez-vous cet après-midi au même endroit mais avec des personnes différentes : au théâtre où aura lieu notre rentrée parisienne à partir du mois d'octobre.

Pour Clémence, briefing serré avec les techniciens afin d'effectuer quelques retouches concernant les lumières. Marcel a du mal à encaisser qu'une jeunette s'immisce ainsi dans ce qu'il considère être « sa partie ».

Pour moi, entretien avec Gérard Boutier, le directeur, qui insiste sur les réservations – démarrage sur les chapeaux de roue – et me fait découvrir la nouvelle affiche où irradie en gros plan mon faciès hilare de cocu comblé, mon rôle dans la pièce. Encore merci monsieur Feydeau !

À l'issue de cette discussion fort cordiale, nous descendons sur scène pour retrouver Max et toute l'équipe technique. Nous arrivons bras dessus, bras dessous, copains comme cochons, un énorme cigare à la bouche. Je suis comme ça. Partout où je passe, je m'adapte aux habitudes locales. Je bois du rhum quand je côtoie des Antillais, je me gave de choucroute en compagnie d'un Alsacien, et avec un directeur de théâtre, je fume des barreaux de chaise. Le parfait petit caméléon. Je crois même que si j'allais dans le Larzac, je serais capable d'élever des chèvres, c'est dire si je me fonds dans tous les décors.

Marcel fait la gueule.

Les suggestions de Clémence ont beaucoup de mal à réunir tous les suffrages, et l'ambiance qui règne sur le plateau n'est pas franchement à l'extase. Le chef électricien hurle face aux difficultés d'installation de certains éléments aux mouvements trop complexes proposés par Clémence, laquelle s'énerve en arguant qu'elle fait de son mieux avec les moyens alloués par la production.

Les avis divergent. Le ton monte au-delà du raisonnable et j'essaie d'apporter un moment de tendresse dans ce monde de brutes.

– Allons, allons... Même en art, la bonne volonté ne nuit pas – je concède que j'ai déjà été plus brillant au niveau de la réplique. Ça a marché en province, ça tiendra à Paris !

Marcel me toise de haut en bas avec toute la force de son mépris. J'ai l'impression d'être un peintre en bâtiment s'autorisant un avis d'expert sur l'œuvre de Claude Monet. Furieux, notre régisseur préfère claquer la porte en pronostiquant l'inéluctable catastrophe qui guette notre incompétence. Max et Gérard en restent interloqués. Clémence, quant à elle, serre les mâchoires avec une expression de dureté dans le regard qui m'est inconnue et qui, pour tout dire, m'effraie un peu. Quelles tempêtes peuvent se déclencher derrière ces yeux d'habitude si tendres ! Se peut-il que cette femme dont j'aime tant la douceur se referme sur elle-même aussi soudainement ?

J'aurai par la suite l'occasion de capter à plusieurs reprises cette attitude de repli immédiat, voire haineux, même dans des situations qui ne justifiaient en rien son mécontentement. Ses traits, d'habitude si lisses, se rétractaient alors instantanément.

Comme une fleur se dessèche.

Le maître des lieux, fort d'une sagesse patinée par l'accumulation des rentrées théâtrales, se fait un devoir d'apaiser Clémence en narrant l'anecdote d'un éclairage particulièrement rétif que les machinistes ont néanmoins réussi à dompter grâce à des bricolages indignes de la technologie moderne.

Le vent se calme.

Après cette belle histoire, le directeur prend congé, suivi comme une ombre par Max qui a un millier d'autres problèmes à lui soumettre.

– On rentre ?

– On rentre !

Nouvelle chevauchée à moto direction les Buttes-Chaumont. Ma destination préférée. Dans une heure, peut-être moins, les contrariétés auront totalement disparu.

Je vais y consacrer le meilleur de moi-même.

Paris — octobre 1994

Je supporte de moins en moins.

Devant ma nervosité flagrante – je me ronge les peaux et tape du pied rageusement – Clémence tente de faire baisser la pression comme elle peut. Dans deux heures, elle repart pour Amboise car une semaine à Paris suffit à faire poindre une légère impatience du côté de l'Indre-et-Loire. L'alibi de l'éclairage à modifier ne peut durer éternellement. François, son compagnon, aimerait bien savoir ce qu'elle devient. C'est aussi le cas du musée d'Azay-le-Rideau : son conservateur verrait d'un bon œil la concrétisation finale du projet de rénovation des vitrines qu'elle a entrepris depuis trop longtemps à son goût.

– Ma vie est là-bas. Je ne peux pas tout changer d'un seul coup en claquant des doigts. J'ai ma maison à Amboise, mon bureau, mes outils de travail, tout un tas de rendez-vous à honorer pour tenter d'assurer une paie qui n'a rien d'astronomique... Et puis surtout, il y a quelqu'un qui m'attend et pour qui j'éprouve encore des sentiments. Tu le sais, et tu es bien placé pour comprendre ça.

C'est vrai.

Il n'y a pas le moindre vice caché dans son annonce. J'espérais simplement pouvoir prolonger ces quelques jours, retarder l'échéance de son retour au nid. J'essaie malgré tout de savoir le sort qu'elle compte réserver au

« nous » qui me concerne. Pour toute réponse, Clémence me tend les clés de son studio. Je refuse. Sans elle, c'est une coquille vide, un lieu qui n'a aucun sens pour moi. De plus, je ne suis pas du style à arroser les plantes. Le débat est clos. J'effectuerai donc le trajet du retour vers mon domicile. Passer du XIXe au XVIIIe arrondissement. Deux quartiers voisins pour deux vies qui désormais s'opposeront.

– Je m'arrangerai pour revenir deux ou trois jours la semaine prochaine.

Je marchande jusqu'à cinq pour en obtenir quatre. Toute victoire, même infime, est bonne à prendre.

– Tu m'appelleras ?

Oui, je l'appellerai. Bien sûr.

Pas plus tard que ce soir.

*
**

J'ai passé une mauvaise nuit. Au théâtre, en pleine répétition, on me fait parvenir un message « personnel et urgent » : « Rendez-vous à 17 h 30, quai n° 25, gare d'Austerlitz ».

Je n'ai pas besoin de me renseigner sur l'auteur de ce texte sibyllin. Je plante tout le monde sur place – il est déjà 17 h 15 ! – et je pars en moto, version Bol d'or, au-devant de mon destin ferroviaire. J'arrive à bout de quai et de souffle, pile au moment où sortent les premiers voyageurs. J'aurais pu la jouer plus relax, Clémence fait partie des derniers. À mon « pourquoi ? » elle objecte tout simplement qu'elle en avait envie, au « comment ? » elle répond qu'elle s'est débrouillée. Il faudrait être stupide pour chercher à en savoir plus, je fais donc preuve d'intelligence afin de profiter au maximum de ces premiers instants volés avant de la raccompagner, ici, demain.

Le quai 25 de la gare d'Austerlitz vient de faire son entrée dans ma vie.

Quelque chose me dit qu'il va prendre de plus en plus d'importance.

Avec le recul, je réalise à quel point ce lieu a pu stigmatiser toutes mes humeurs. Le libraire qui tient le kiosque juste en face pourrait presque raconter ma vie. Cet homme-là m'a vu tant de fois attendre, espérer, chercher, courir, m'impatienter, rire.

Rire... et pleurer.

Paris — fin octobre 1994

Soir de première.

L'atmosphère a commencé à friser la surchauffe il y a une bonne quinzaine pour atteindre son paroxysme aujourd'hui, jour J : j'adore tout autant que je redoute l'ambiance qui anime ce genre de date très particulière. Cette agitation soudaine dont font preuve tous ceux qui gravitent dans la mouvance de la scène parisienne. Dans la salle, il n'y aura que le gratin du gratin : d'autres comédiens – plus ou moins bien disposés à notre égard – et bien entendu une tripotée de journalistes qui, désabusés par le nombre d'invitations gratuites dont ils sont inondés, ne savent plus rien apprécier. J'adore cette ambiance car elle ressemble à un défi, devoir me surpasser me donne des ailes ; je la redoute car la pièce risque de ne pas être appréciée à sa juste valeur. Les critiques que je lirai après-demain au petit déjeuner me donnent déjà mal à la tête. Notez, j'ai l'habitude d'être vilipendé. Je joue du théâtre de boulevard, donc, en un mot et un seul, de la sous-culture. On oublie de dire à quel point cette sous-culture fait vivre de comédiens et fait rire de publics. Malgré tout, les critiques me touchent encore. Ceux qui affirment ne jamais les lire sont de parfaits hypocrites. Nous n'exerçons ce métier que pour être aimés, regardés, adulés. Être descendu ne saurait être agréable mais fait partie du jeu.

Pour qu'une pièce soit un succès, il faut une équipe

soudée. J'ai toujours fait en sorte que l'atmosphère de travail soit bonne dès le départ. Ayant souvent le rôle principal, je me sens responsable de la troupe. Il faut que ça tourne, que ça marche, que tout soit en bon état. J'ai du mal à accepter qu'un comédien ne sache pas son texte sur le bout des doigts, qu'il arrive en retard ou qu'il nous enquiquine avec ses états d'âme. Je ne supporte pas qu'une maquilleuse tremble. J'ai horreur qu'un éclairagiste soit approximatif dans le choix de ses lumières. Au boulot, je m'arrange pour être le meilleur car je suis celui qui donne le *la*. Je réconforte, je motive, j'anime, j'invite au restaurant.

J'engueule s'il le faut.

Mais le résultat est souvent là.

Essayer de rester calme. Regarder s'agiter la ruche tout autour de soi, rire avec ceux qui savent encore le faire – Max a dû égarer le mode d'emploi de ses zygomatiques – et puis se préparer, seul. Mettre en route le rituel...

Le décor a tenu, dans l'ensemble le texte a été respecté scrupuleusement – c'est la moindre des choses pour une pièce qui a déjà vécu près de cent dates en tournée – et le spectacle a pu se dérouler jusqu'à la dernière réplique sans accroc majeur. Voilà pour les exigences les plus essentielles. Le reste peut attendre. Il est en revanche beaucoup plus difficile de faire patienter plus longtemps tous ceux qui piétinent derrière la porte. Les soirs de première, les loges du théâtre prennent des allures de boulevard, sans vouloir faire de jeu de mots. Poignées de main répétées et léchage de museau à outrance, la cérémonie d'adoubement a un air de défilé moscovite, voire de bénédiction papale.

Et puis, enfin, arrivent ceux que l'on attend. Rudy, Nicolas, Albert, mes amis, les vrais, les frères d'armes. Et Clémence...

C'est étrange. Clémence aime être en ma compagnie mais uniquement lorsque nous sommes seuls. Parader à mon bras est pour elle une véritable épreuve, alors que certaines femmes feraient n'importe quoi pour cet instant de gloire éphémère. Tout ce petit monde l'effraie au plus haut point.

Les regards que nous échangeons furtivement et le plus discrètement possible ne trompent personne, mais je cultive l'ambiguïté. Jouer la comédie, une fois encore. Les aveux seront pour plus tard. Pour l'instant, je m'accroche à ces moments où la raison me quitte, à ce « trait d'union entre nous et qui est plus fort que tout », pour reprendre les termes du petit mot que tu as glissé dans la poche de ma veste tout à l'heure, juste avant mon entrée en scène.

Adri nous rejoint. Adri l'incontournable que tous ces faux-semblants amusent. Adri qui lance un regard dénué d'expression à Clémence qui s'éclipse. Adri, témoin sans le vouloir du drame qui se noue sous ses yeux, de cette histoire d'amour dont je ne contrôle plus la vitesse. Adri, me pardonneras-tu un jour mon aveuglement ? J'ai vécu cette idylle dans un brouillard épais, loin de la pudeur et des convenances. Comment aurais-je été en mesure d'y comprendre quoi que ce soit ?

Je sais ce que tu penses : j'aurais pu prendre la fuite.

Adri, tu connais la vie aussi bien que moi. Tu l'as trop jouée sur scène pour que j'aie à t'apprendre la définition du mot « passion ». Cette garce a des arguments auxquels il est impossible de résister : l'intensité, le vertige, les frissons, le maintenant et tout de suite qui font exploser les principes et valdinguer les préjugés. Hélas, rien n'est gratuit en ce bas monde. Tout s'achète, tout se vend, même les sentiments. Les miens ont dû passer à la caisse et régler au comptant ce qu'ils avaient consommé. J'ai été gourmand, trop gourmand. Lorsque mon chagrin m'a présenté la facture, j'ai trouvé la note un peu salée.

Mais j'ai payé sans broncher.

Tu vois Adri, aujourd'hui, la passion et moi sommes quittes.

Je lui ai réglé son solde de tout compte.

Bruxelles – décembre 1994

La pièce s'est achevée il y a une bonne semaine. Cinquante dates, pas une de plus. On aurait pu, certains ne l'ont pas voulu.

J'enchaîne avec le tournage d'un téléfilm en Belgique. J'adore les Belges. Ils ont une fraîcheur d'esprit incroyable. Je ne peux évoquer ce pays sans me remémorer les paroles de la directrice d'un des théâtres dans lequel je jouais, venue me féliciter au sortir d'une des représentations :

– Oh ! monsieur Bartoli, vous m'avez bien fait jouir !

J'ai appris par la suite que dans les moments intimes, les Belges utilisent le verbe « éprouver ». Je vous laisse le soin d'imaginer la scène...

Aujourd'hui, je fredonne la chanson de Dick Annegarn *Bruxelles, ma belle.* J'ai envie d'en faire profiter Clémence mais au téléphone, je tombe sur lui, François. C'est de plus en plus fréquent. Je sens au ton de sa voix qu'il se méfie de moi. Là encore je ne pense pas au mal que je suis en train de lui faire. Il est trop tôt pour que je puisse me mettre à la place de cet homme. Je lui sers une histoire de nouveau projet de scénographie qui a la finesse d'une Grosse Bertha. Il faut absolument que je travaille mes alibis pour les prochaines communications, ou alors que je mette le paquet sur les transformations vocales. Ça tombe bien, c'est une discipline où l'on me reconnaît un réel talent. Je peux varier le rythme, le timbre et surtout, je suis capable de prendre les accents les plus divers. Pour aujourd'hui, trop tard, le mal est fait.

– Je m'ennuie, il faut que tu viennes me rejoindre ici.

Je sais que j'agis comme un gosse capricieux, je sais que je ne tiens pas compte des craintes et des difficultés de Clémence à justifier des absences de plus en plus fréquentes. Je le sais, mais elle me manque.

Il me faudra peut-être un jour me résoudre à le lui dire.

Le lendemain, je la retrouve à la gare de Bruxelles-Midi. Ça change un peu du quai n° 25. Nous avons trois jours devant nous. Presque un voyage de noces. D'accord, il y a moins de gondoles qu'à Venise – où je l'emmènerai, un jour, bien entendu –, moins de soleil qu'aux Antilles mais beaucoup plus de moules, de frites... et de bière. Ici, les rues de la soif sont partout.

Les trois « Tyroliens » belges qui meuglent devant notre table ne parviennent pas, malgré leurs efforts désespérés, à gâcher notre plaisir d'être à nouveau ensemble. De toute façon, rien ne peut me détourner de mon objectif prioritaire : la regarder. Encore, et toujours. Rien, pas même l'épaisse moustache blonde que la bière dessine sur la partie supérieure de ses lèvres, due à ce verre aux dimensions disproportionnées.

– Tu aurais pu me le dire, au lieu de ricaner bêtement !

C'est vrai, j'aurais pu, mais la scène aurait été moins drôle.

Je l'aime ! Ça aussi, il faudra que je trouve le temps de le lui dire.

Un jour...

Retour à l'hôtel. Raymond, le réceptionniste avec qui j'ai pu lier connaissance durant la semaine écoulée, a pris la liberté de déplacer nos affaires dans une autre suite. Non que la précédente fût inconfortable mais elle avait pour seul défaut de se trouver au deuxième étage, niveau sur lequel une troupe de danseurs avait jeté son dévolu en le réservant quasi intégralement pour deux nuitées.

– Vous comprenez, monsieur Bartoli, des danseurs... une quinzaine... rien que des hommes !

À l'évocation de cette troupe, je souris en me rappelant mon arrivée à Paris. Je débarquais de mon Périgord, j'avais à peine dix-huit ans et aucune relation dans la capitale. Quand j'y repense, quelle folie ! Mes parents, effondrés par mon inconscience, m'avaient tout de même accordé six mois d'essai. Au terme de cette période probatoire, si je n'avais pas décroché de contrat, retour illico presto au domicile familial. Mon père m'avait alloué la somme de cinq cents francs par mois avec laquelle je devais payer ma chambre d'hôtel – un mouchoir de poche – et mes modestes repas.

Ma bonne étoile avait dû prendre le train avec moi... J'ai trouvé du travail le jour même grâce à un mot de recommandation des Compagnons de la chanson – j'étais ami avec le fils d'un des chanteurs – que je devais remettre à une dame, la sœur d'une amie de ma mère, directrice du théâtre des Ambassadeurs.

Je suis arrivé gare de Lyon à l'aube. À 11 heures, j'étais dans son bureau, complètement paumé mais débordant d'enthousiasme. J'avais le sentiment que rien ne pourrait m'arrêter. La fameuse directrice répondait au doux nom de Mme Refoulet. Si j'avais été superstitieux, j'aurais vu là comme un signe mais les échelles et les chats noirs n'ont aucun effet sur moi.

– Mon petit, vous voulez être chanteur ? Mais il faut aller au Châtelet ! Maurice Lehmann vous recevra. C'est un homme très très important dans le métier. Ne ratez pas votre entrée, avec lui, vous n'aurez droit qu'à une seule chance. Je téléphone pour le prévenir.

Au Châtelet, j'ai à peine eu le temps de dire « ouf » que le régisseur s'est jeté sur moi, entrant dans le vif du sujet.

– Vous savez chanter quoi ?

– Toutes les chansons d'Aznavour.

– D'accord, suivez-moi.

Debout devant la porte du bureau de Maurice Lehmann, je me suis senti comme un gamin cherchant à décrocher la lune : la trouille au ventre mais avec un désir fou d'y arriver. Je ne voyais pas l'homme, mais j'entendais sa voix, tonitruante.

– Bartoli ? Qui est-ce ? Ah oui, il veut devenir chanteur... J'en manque !

Traduction : rien à foutre !

– Qu'il aille voir le chef des chœurs !

Lequel me fait interpréter *Sur ma vie.*

– Vous chantez juste et en mesure. Vous pouvez répéter demain ?

Et comment ! J'étais venu pour ça ! Que pouvais-je espérer de mieux ? J'allais prendre, dans la troupe, la place d'un choriste malade pour huit francs par jour, une fortune à l'époque ! Si je convenais, je pourrais même faire un peu de figuration.

Oui mais voilà... Je logeais avec les figurants. Et les figurants, pour la plupart d'entre eux, n'aimaient que les hommes. Je n'ai absolument rien contre les homosexuels. Passer une soirée avec eux, rigoler un bon coup, devenir leur ami, avec plaisir. Mais pour le reste, pas touche ! Et eux voulaient toucher. Un, tout particulièrement, qui ne cessait de gémir lorsqu'il me voyait. Je ne comprenais pas pourquoi il prenait cet air éploré pour me parler.

– Mais pourquoi tu pleures ?

– Je pleure parce que tu me plais !

Consoler une femme aurait été dans mes cordes.

Mais là, pardonnez-moi, je n'ai pas pu.

*
**

Clémence et moi prenons possession de nos nouveaux appartements au milieu des courbettes répétées du personnel de cet hôtel raffiné. Vue imprenable sur la Grand-Place, immense corbeille de fruits, nous n'avons pas perdu au change. Je commanderais bien du champagne pour donner un peu plus d'ampleur à cette soirée et me montrer digne du cadre mis à notre disposition mais ce bon Raymond ne me laisse pas le temps de l'initiative.

– Avec les compliments de la direction et nos plus vives excuses quant aux contraintes de ce déménagement impromptu.

Je rends grâce en prenant mon plus beau ton de rosière effarouchée et je lâche un pourboire généreux qui m'accorde définitivement un titre de noblesse aux yeux de l'employé. Vu la manière dont évoluent nos relations, je pense que nous allons pouvoir passer le réveillon ensemble.

Douce nuit. Les lumières sont belles en décembre, à Bruxelles.

Matinée de tournage. Petit matin plus que frais. Emmitouflée dans un gros anorak bleu marine, le bonnet de laine enfoncé jusqu'aux oreilles, Clémence est aux antipodes de la tenue estivale que je lui ai connue à Aix.

Elle découvre l'univers du cinéma sous un angle inconnu. Elle a insisté pour venir, poussée à la fois par la curiosité et par le désir de partager ces moments avec moi. Je la vois, au loin, qui ne perd pas une miette du spectacle de la ruche en pleine activité. Ça braille de partout. Il y a plus de cinquante personnes sur le plateau, toutes munies d'un talkie-walkie. Les stagiaires se font engueuler par les assistants qui eux-mêmes se font souffler dans les bronches par les régisseurs qui ne savent plus où donner de la tête entre la préparation des repas et l'organisation des transports. Tout ce joli monde est aux petits soins pour les comédiens qui se doivent d'être bons mais qui ont peur de ne pas l'être tout à fait.

Maquillage, prises de vues, tout me paraît interminable.

Heureusement, pour cet après-midi, ma présence n'étant pas des plus indispensables, j'ai pu négocier un bon de sortie. Promenade à deux, heures chapardées pour couple illégitime, j'emmène Clémence faire un tour dans ce tramway d'un autre âge que l'on m'a fait découvrir il y a quelques années au hasard d'une représentation théâtrale dans cette même ville. Réflexe presque professionnel, Clémence a emporté son vieux Nikon avec elle et prend en photo tout ce qui présente un attrait quelconque à ses yeux d'artiste. Son truc à elle, ce sont les détails architecturaux. Un immeuble délabré mais superbe, une fenêtre originale, une porte plus bizarre que les autres et hop ! dans la boîte. Fascinée par les reflets sur le métal, Clémence passe deux heures quinze – je le sais, j'ai compté – à faire le tour de l'Atomium.

– Tu pourrais peut-être changer de source d'inspiration...

Après tout, un Pierre Bartoli en chair et en os vaut bien un assemblage de boules en ferraille.

– Tu n'es pas un sujet qui m'intéresse...

Je boude !

– ... d'un strict point de vue pelliculaire, bien entendu.

Je ne boude plus.

Le soir, repas dans un bon restaurant. Poulet à la duxelles de champignons. C'est très fin, et puis ça change des sushis que Clémence consomme avec la régularité d'un métronome. Depuis que nous nous connaissons, j'ai dû écumer plus de la moitié des restaurants japonais de Paris, sans compter ceux des autres départements dans lesquels je me produis. J'ai du mal à partager cet engouement pour le poisson cru. En revanche, la lotte à la diable que me concocte amoureusement Clémence remporte mon suffrage haut la main ! Cerfeuil, échalote, estragon, vin blanc, chaque fois, la préparation de ce mets royal m'enchante un peu plus. Car Clémence ne se contente pas de m'offrir une cuisine de qualité. Elle y met son cœur et un peu plus encore. Je me souviens de la manière dont elle m'accueillait. Je me précipitais pour la prendre dans mes bras et l'embrasser longuement. Elle, si belle, si coquine, si désirable, prenait un malin plaisir à jouer avec mon désir. Je croulais sous le poids de l'attraction fatale qu'elle exerçait sur moi. Ses dons culinaires faisaient partie intégrante de l'envoûtement dont j'étais victime car elle les agrémentait de tenues et de postures mutines. Clémence aux fourneaux était aussi délicieuse à regarder qu'une soubrette du grand répertoire. Son imagination débordante lui permettait de créer des plats et des desserts auxquels je n'avais jamais goûté, de mêler des saveurs avec audace et brio. De quoi tirer mon palais d'un trop long sommeil.

Clémence a réveillé tous mes sens.

Le lendemain, départ, quai de gare, mouchoir – non, là j'exagère – et fin de tournage morose.

– Tu m'appelles vite ?

Chaque fois, je retrouve cette même angoisse dans sa question, comme si j'allais l'oublier dès qu'elle aurait disparu. J'aime beaucoup cette impression d'être la personne la plus importante au monde. Plus que tous les autres. Plus que l'autre...

Ne crains rien, ma belle.

Pars et sois tranquille, il n'y a aucun risque.

Paris — aujourd'hui

Ce séjour à Bruxelles a représenté pour moi une date importante, une sorte de déclic ou plutôt de confirmation. Cela faisait environ quatre mois que nous nous étions, Clémence et moi, embarqués dans cette aventure un peu comme on s'engouffre dans un avion dont on ne connaît pas la destination. Pour la première fois peut-être, j'éprouvais l'envie de conjuguer notre histoire au futur. Occulter le côté passionnel de notre relation sans toutefois l'effacer – j'en avais trop besoin – et réfléchir à une autre solution.

Avant, c'était différent.

Clémence était celle qui avait toujours relancé la machine, si je puis dire, lorsque nous étions trop longtemps sans nous voir. Elle m'abreuvait de petits mots, de poèmes, trouvait tous les prétextes possibles pour rejoindre Paris au pied levé en me prévenant à la dernière minute. Je me contentais de suivre, d'observer, de profiter sans calculer. Je crois qu'après ce week-end impromptu, j'étais prêt à franchir le pas. Celui de tout quitter. Quitter Adri ? Et pourquoi pas ! Mais pour cela, il aurait fallu un geste de ta part, Clémence. Une parole, un je ne sais quoi...

Qui n'est jamais venu.

J'ai souvent, au cours de ma carrière, été confronté à des femmes qui se montraient en ma compagnie pour le plaisir de profiter par ricochets de ma notoriété, pour connaître ce « quart d'heure de gloire » cher à Andy Warhol auquel, paraît-il, nous avons tous droit.

J'ai parfois cru en elles, j'ai souvent été déçu par elles.

Clémence n'avait pas du tout ce type de comportement.

Je ne dis pas que dans les tout premiers temps de notre liaison elle ne s'est pas sentie flattée par les regards que l'on pouvait porter sur elle. Je me souviens l'avoir vue assez fière, un soir, au restaurant, quand un présentateur télé très populaire était venu me saluer, la gratifiant au passage d'un « Excusez-moi, mademoiselle, de vous l'emprunter un court instant » qui lui accordait l'importance due à son rang. Ce n'était plus le cas désormais. Après un trimestre, elle restait avec moi pour Pierre, pas pour Pierre Bartoli.

J'en étais heureux.

Nous avions passé avec succès l'épreuve de l'automne.

Paris – janvier 1995

– Je n'en ferai pas deux le samedi ! Le créateur du rôle a eu son premier infarctus en jouant cette pièce.

Bertrand, mon nouveau partenaire de scène, a beau me réconforter du mieux qu'il peut en m'assurant, un brin flatteur, que je suis le seul à pouvoir tenir physiquement le rôle, j'ai du mal. Beaucoup.

Nous répétons *Monsieur Barnier* au théâtre des Variétés et pour être à la hauteur de mon glorieux prédécesseur, je dois mouiller le maillot. Entraînement quotidien à raison de dix kilomètres à pied en alternance avec cinquante bornes à vélo et – inévitablement après les fêtes – diète rigoureuse. Je pense avoir mis tous les atouts de mon côté pour m'en sortir dignement. En plus de ce programme de Spartiate, il faut affronter la rigueur de Lionel, le metteur en scène, un type qui ne tolère pas le moindre écart, tant sur le texte que sur les déplacements. Tout est réglé au quart de poil, pire qu'un ballet classique.

Malgré tout, l'ambiance est agréable et puis, cerise sur le gâteau, je retrouve mon vieux pote Albert et rien que pour ça, je suis heureux d'avoir accepté cette pièce. Albert fait partie du cercle restreint des amis qui me sont proches. Nous nous sommes connus au régiment – c'est dire si le prix de l'essence a eu l'occasion de prendre une petite claque entre-temps – où l'envie commune de devenir comédiens nous a rapprochés. Je l'ai tout de suite aimé car il me faisait mourir de rire. Nous avons débuté dans le métier à la même époque, nous avons vécu ensemble les mêmes périodes de galères et les fins de mois aux patates. La seule différence entre lui et moi vient du fait qu'à près de soixante balais, Albert les connaît encore, les fins de mois difficiles. Il m'a souvent fait remarquer à quel point la vie était injuste et cruelle.

– Tu as un physique de jeune premier mais tu n'en as pas l'âme. Moi, j'ai un physique de gros comique et j'ai l'âme d'un jeune premier.

Albert aurait adoré faire une carrière à la Comédie-Française – il en avait les moyens – mais les hasards de la vie ne l'ont pas permis. Il est resté sur ce regret dont il ne s'est jamais vraiment remis. Du coup, il ne joue pas toujours ce qu'il aime. Pour lui, cette pièce est un ballon d'oxygène et la possibilité de s'assurer financièrement quelques mois plus allègres.

En étant confrontée à Albert, Clémence a passé le premier de ce que j'appellerai les « tests des copains ». Examen de passage toujours délicat et parfois périlleux pour une femme.

Au début, je voulais encore la jouer discrète pour ne pas donner à Clémence l'impression que je l'exhibais, un peu comme un nouveau jouet, mais la fréquence de ses apparitions dans les parages a fini par intriguer mon vieux copain qui un jour m'annonça vertement :

– Tu sais, mon Pierrot, je crois vraiment que tu as un sacré ticket avec la petite blondinette qui vient de temps en temps nous voir pendant les répètes.

Albert n'a pas un talent fou pour saisir les subtilités de certaines situations mais j'en ai encore moins pour lui mentir. J'ai donc avoué notre liaison.

– Mon salaud, tu ne te fais vraiment pas chier, toi !

Sa réaction manquait peut-être d'élégance mais je l'ai prise, malgré tout, comme un compliment envers celle qui meublait mes rêves à défaut de vivre dans mes meubles...

Albert a tout de suite adoré Clémence. Le jour des présentations, consciente de l'enjeu, celle-ci avait revêtu toute sa panoplie d'ensorceleuse et lui, hypnotisé comme un toutou, en rajoutait des tonnes pour la faire rire. Le but était atteint. Clémence pouvait faire officiellement son entrée dans ma vie, et devant témoin.

C'était juste à la fin de l'année, avant les fêtes dont je garde un souvenir assez amer. Elles ont pourtant ressemblé comme des sœurs jumelles à celles que j'avais pu vivre à la même époque trois cent soixante-cinq jours plus tôt : Noël à Chablis avec Adri et Gerrit. Adri, toujours égale à elle-même. Adri faisant comme si elle ne savait rien alors qu'elle décodait le moindre de mes battements de cils. Adri me regardant jouer les convives réjouis. J'ai passé la soirée à faire semblant d'être gai.

Et j'ai été un bien mauvais acteur.

*
**

– On y va pour le deuxième acte ?

L'interrogation de Lionel ressemble plus à un ordre qu'à un carton d'invitation. C'est reparti pour un tour. À ce rythme je vais claquer avant la générale et il sera dedans jusqu'au cou avec son premier rôle sur les bras !

Amboise – février 1995

– Ça me fait vraiment plaisir que vous soyez venu.

Clémence me vouvoie, mais en public seulement.

Adultère oblige...

Clémence expose une trentaine de photographies au centre culturel de sa ville. J'ai saisi son invitation comme une offrande. Grâce à ce passeport, je vais pouvoir pénétrer à l'intérieur de son autre monde, celui qu'habituellement elle me cache. J'arrive au moment des discours. L'adjoint aux affaires culturelles de l'équipe municipale tient à faire remarquer à quel point cette dernière accorde « une haute importance à toutes les formes artistiques en leur offrant la possibilité de se dévoiler ainsi au regard du grand public ». Applaudissements feutrés. Clémence remercie l'adjoint en question, les autres qui n'ont malheureusement pas pu se déplacer, les services techniques, bref la terre entière, on se croirait à la remise des Césars.

Elle m'aperçoit enfin au moment de la ruée vers les petits fours.

– Vous ici ?

Le « vous » est surprenant, presque choquant. Hier encore, tu étais dans mes bras, ma Clémence. J'ai le sentiment d'entrer en clandestinité.

En parfaite hôtesse, elle me présente tous ceux qui de près ou de loin jouent un rôle dans sa vie.

Ses parents, couple dynamique, auxquels je donne à

peine quelques années de plus que moi – légère contrariété à mes yeux d'amant – et qui m'aiment beaucoup... « en tant qu'acteur ».

J'entends bien.

– Si vous avez l'occasion de tourner un film dans notre belle région, il ne faudra pas hésiter à venir boire le café à la maison.

Je n'hésiterai pas. Je remercie et je prends date.

Et puis, confrontation attendue autant que redoutée, arrive celui qui gâche une grande partie de ma vie en me volant trop souvent les nuits de la femme que j'aime. L'idée qu'il en soit de même pour lui ne me traverse absolument pas l'esprit !

François ne m'est pas d'un abord franchement sympathique. Le contraire eût été surprenant. Il n'est ni beau, ni laid. Il est ! C'est déjà suffisant.

– Ravi de faire votre connaissance de visu... depuis le temps qu'on se salue au téléphone.

Je sens une légère pointe d'ironie chez mon rival. La façon qu'il a de prendre Clémence par la taille en m'adressant ces mots me déplaît fortement. Elle doit s'en rendre compte car elle se dégage discrètement mais fermement. Je marque un point.

Après d'autres présentations moins tendues, je suis happé par la responsable du centre culturel qui entreprend une tournée générale accrochée à mon bras, m'obligeant à sourire à tout ce qui bouge. Elle aussi apprécie avec enthousiasme et sans restriction mon talent. Nous sommes décidément entre gens de bonne compagnie. À part « l'autre », cela va de soi.

Depuis que je la connais, Clémence m'a beaucoup parlé de ses photos mais c'est la première fois que je vois le « produit fini ». Le moins que je puisse dire est que ça sort réellement de l'ordinaire. Elle ne se contente pas du noir et blanc traditionnel. Elle pratique également un travail de colorisation des clichés qui donne un résultat étonnant. Je ne comprends pas toutes ses explications techniques mais j'aime bien. Pour de vrai. Dans un grand élan de mécénat, je décide de lui acheter deux photographies. J'en parle discrètement à ses parents pour ne pas la gêner.

En revanche, c'est moi qui suis embarrassé lorsqu'elle me demande de coucher quelques réflexions éternelles sur le « livre d'or ». Je me sens d'autant plus dépourvu que je n'ai pas du tout réfléchi à un tel exercice de style. Je lis brièvement ce qu'a pondu le type avant moi : « Très belle exposition qui rompt avec la monotonie de la routine ». Je peux difficilement trouver plus banal. La confiance revient. Je repars, fier de ma double acquisition.

De cette manière, il y aura toujours, accrochée aux murs de mon appartement, la présence de Clémence.

Paris — aujourd'hui

Les photos sont toujours sur le mur. Seuls et dérisoires souvenirs d'une époque révolue, elles ont longtemps été mon mémorial, mon tombeau pour soldat reconnu. Au plus noir de mes interminables nuits blanches, j'y déposais des gerbes de fleurs, je rallumais sans cesse une flamme vacillante. En vain.

Instantanés empreints de la douceur d'une époque heureuse, ils resteront à jamais couchés sur un papier aussi glacé que peuvent l'être l'absence inhumaine et le mépris absolu de celle que j'aurai tant aimée.

Deux photos signées de ce prénom tant de fois prononcé. Un soir de rage, je vous avais décrochées, comme un exutoire à ma peine. Vous vous étiez vengées par défaut, par ces traces laissées sur le mur, par cette persistance rétinienne due à l'habitude qui semblait vous avoir gravées à jamais sur le papier peint blanc.

Vous avez depuis peu retrouvé votre place originelle, petite victoire que je peux m'offrir dorénavant en acceptant de regarder mon passé si proche sans avoir à baisser les yeux de honte ou de chagrin.

Vous avez retrouvé votre rôle de clichés, rien de plus. J'ai réussi à arracher votre âme comme on exorcise les vieux démons.

Paris – aujourd'hui

Enlève ta chaussure et je te dirai qui tu es...

Ah ! Les pieds... Les pieds d'une femme...

L'été, quel bonheur de voir enfin s'étaler sur les pavés toutes ces sandales décolletées laissant entrevoir des orteils soignés. Dans la rue, rien de plus excitant que de suivre une femme de dos : mon regard glisse alors invariablement le long de ses reins puis de ses mollets avant d'atteindre enfin ce qui représente à mes yeux le fin du fin : ses petits petons.

Fétichiste sur les bords, Pierre Bartoli ? Absolument.

Si vous me demandez la définition d'un joli pied, je répondrai simplement : un pied harmonieux... *Oui mais encore ?* Un pied agréable à regarder. *C'est-à-dire ?* Un pied qui ne soit pas abîmé, ni trop large, ni trop fin. Les ongles doivent être propres et limés. Pied grec ou pied romain, je n'ai pas de préférence. Pourvu qu'il me plaise, sinon fin des négociations. Que la fille soit top model ou Miss Univers n'y change absolument rien.

Dans mon métier, je rencontre de très belles femmes. Croyez-le si vous voulez, je réserve toujours mon jugement tant que je n'ai pas vu ce que cachent leurs escarpins. L'idéal pour moi serait de faire passer le test de la chaussure, histoire de gagner du temps. Et les yeux ? me direz-vous. Et la poitrine ? Je ne néglige aucun détail mais que les seins soient en pomme ou poire, haut perchés ou lourds d'abondance, je m'en accommode. Une jolie poitrine est monnaie courante.

Mais un beau pied...

Quelle tristesse de voir à quel point cette partie du corps peut être négligée ! Cette extrémité que l'on cache, que l'on étouffe, que l'on méprise dix mois par an. Cette extrémité que les femmes oublient souvent d'essuyer lorsqu'elles sortent de la douche, eh bien c'est mon paradis, mon nirvana. Rien n'est moins facile que d'avouer cette sorte de penchant. Car par définition, un pied n'est pas noble, un pied sent mauvais. Un peu d'indulgence, s'il vous plaît ! J'aimerais vous y voir, enfermés douze heures par jour dans des boots, des mocassins ou des tennis. Des tennis ! Par pitié mesdames, chaussez-vous dignement !

Clémence avait tout ce que je désirais : une voûte plantaire à se damner et des orteils plus que ravissants. Personne ne peut comprendre ce que je ressentais lorsque je lui embrassais les pieds. Personne ne peut comprendre ce que je ressentais lorsque je la voyais chaussée de sa petite paire de mules si affriolante. Clémence a d'abord refusé – tu ne vas pas me faire porter ces trucs-là ! – pour finalement céder – ah oui ? Tu crois que ça m'ira ?

Bien sûr que ça t'ira, puisque je te le dis.

Lorsque la tempête s'est abattue sur notre amour, détruisant tout sur son passage, j'ai longtemps dormi avec cette paire de mules, comme un enfant avec son ours. Puis je les ai rangées dans leur boîte en carton. Elles sont toujours en bas de mon armoire, à présent sages comme des images. S'il leur était donné de pouvoir parler, elles vous en raconteraient, des choses... Des choses torrides, incroyables, inoubliables, grotesques, étranges, sensuelles, tendres aussi car Clémence était affectueuse.

Je les ressors parfois lorsque je suis seul et que la nostalgie m'étreint. Je m'assois et je les regarde longuement, cherchant au travers des semelles usées certains souvenirs heureux. Je pleure de rage de les savoir dans leur coin, immobiles sur ce plancher. Leur place n'est pas ici mais aux pieds de la femme que j'aime.

De la femme que j'aimais.

Non, je ne suis vraiment pas exigeant en matière de femme. Il faut qu'elle ait de jolis pieds et qu'elle soit de bonne volonté, vertu rare de nos jours. Oserais-je dire en voie d'extinction ? Bonne volonté... Une femme qui prend le temps de vous écouter avant de répondre est une femme de bonne volonté. Une femme sincère, dévouée et loyale est une femme de bonne volonté. Son œil et sa bouche doivent être francs. Le regard et les lèvres sont très révélateurs d'un certain état d'esprit. Il y a des bouches fermées et des bouches ouvertes, c'est une image, entendons-nous bien.

Combien de fois mes compères m'ont-ils chambré parce que je m'affichais avec ce qu'ils nommaient vulgairement des boudins. Boudins peut-être ! Mais pas pour moi... C'est ainsi, les « beautés » ne m'intéressent pas, encore moins si elles sont actrices, donc trop souvent superficielles et narcissiques. Je n'invente rien, ce n'est un secret pour personne : les actrices ont un nombril hypertrophié.

Je peux être séduit par une femme que personne ne regarde à condition qu'elle ait ce petit plus que les autres n'ont pas. Bouchère, vendeuse, coiffeuse, professeur ou ministre, je m'en moque. Le statut social est le cadet de mes soucis.

Paris – avril 1995

Monsieur Barnier marche du feu de Dieu. Depuis deux mois déjà, nous refusons du monde à chaque représentation... y compris les soirs où il y a foot à la télé ! Les critiques sont excellentes dans une incroyable unanimité, certains hebdomadaires qui habituellement ont tendance à cracher sur le théâtre de boulevard vont même jusqu'à reconnaître la qualité de la mise en scène et de l'interprétation. On m'interviewe dans les canards, on m'invite sur les plateaux télé, on m'attend dans les cocktails parisiens, je deviens indispensable à tel point qu'Adri me taquine gentiment en sollicitant mon avis sur presque tout puisque je le donne sans la moindre parcimonie auprès des médias qui me le demandent.

Professionnellement parlant, on n'est pas loin du pied total.

Seul Albert m'empêche d'atteindre la félicité intégrale.

Mon pote ne va pas bien car il est mal à l'aise dans son rôle. Il se montre laborieux au niveau de ses répliques, paralysé dans ses déplacements par la rigidité de la « chorégraphie ». Je ne reconnais plus celui que je considère comme un type brillant et hilarant, tant à la ville que sur les planches. Les autres s'en rendent compte et s'en plaignent à mots de moins en moins couverts, même s'ils esquivent pudiquement le problème en ma présence, tous connaissant la force de notre amitié. Albert aussi est conscient de son mal-être et il en souffre doublement. Il n'est jamais agréable de s'avouer ses propres échecs, même sans témoin. De surcroît il voit bien la position inconfortable dans laquelle je me trouve face aux autres comédiens. Je sens qu'il va bientôt quitter le navire. Je sais aussi à quel point cela lui coûtera.

Pas besoin de mots superflus, c'est entre nous et ça le restera.

C'est mon ami et c'est un très bon acteur.

Fort heureusement, côté cœur, tout baigne à cent cinquante pour cent. Je redécouvre le plaisir intense d'être amoureux, sentiment que je pensais à jamais enfoui dans une époque archivée de mon histoire. Je retrouve cette brûlure à l'estomac qui me saisit avant nos rendez-vous, cette fébrilité qui me gagne chaque fois que le train de Clémence entre en gare. Je guette alors l'instant furtif ou je la verrai apparaître, ou je voudrai être le sol sous ses pas, ces quelques secondes où je me cache uniquement pour le plaisir égoïste de percevoir un infime moment de panique dans ses yeux. J'ai beau me dire *ménage ton cœur, mon Pierrot, tu n'as plus vingt ans*, c'est plus fort que moi, il faut que je recommence. La vie est trop courte pour dédaigner ce genre d'émotions.

Après plus de six mois d'une passion en perpétuel état de grâce, j'ai craint une possible érosion des sentiments. Elle me semblait presque inévitable. J'avais tort. C'est toujours aussi fort.

Non, c'est encore plus fort !

Comment ai-je pu vivre toutes ces années sans Clémence ? Pourquoi ai-je dû l'attendre si longtemps ? Qu'est-ce que l'avenir peut me réserver de meilleur ? Je me pose trop de questions, il faut que je fasse un break dans mon analyse. Tous ces instants de bonheur, je dois les savourer sans modération et les garder au chaud pour les prolonger le plus longtemps possible.

Profite à fond, mon vieux !

Paris — mai 1995

– Pierre, j'ai un problème !

Impossible !

D'ailleurs, je suis d'excellente humeur. J'ai trouvé un fleuriste de garde qui a accepté de me délivrer un bouquet champêtre sans ordonnance. J'ai pulvérisé le record toutes catégories du trajet grands boulevards - rue Manin à moto. Et avec un bouquet de fleurs, cela n'a rien d'évident, croyez-moi.

Je sonne au moins trois fois avant que Clémence ne daigne m'ouvrir. Elle me lance son regard des mauvais jours. Je m'attends au pire, d'autant qu'elle ne porte pas les petites mules qui me font tant d'effet. Aujourd'hui, c'est régime charentaises. L'horreur absolue. Je sens que je ne vais pas tarder à me prendre un ovni sur le coin de la tête mais je suis avant tout acteur. *The show must go on !* J'affiche mon plus beau sourire.

– Une jeune fille aussi jolie, seule dans son appartement ! Faites attention, vous pourriez tomber sur un gentleman cambrioleur !

Je la trouvais plutôt amusante, cette réplique... Clémence s'empare tristement du bouquet, m'embrasse avec autant de fougue et d'entrain qu'elle mettrait à nettoyer sa cuisinière à gaz... et m'abandonne comme un gland sur le pas de la porte.

– Je peux entrer tout de suite ou il faut que je mette les patins ?

Elle s'excuse brièvement et revient sur ses pas pour m'accueillir d'une façon plus conforme au scénario que j'avais imaginé.

C'est à cet instant précis que j'ai droit au pathétique « Pierre, j'ai un problème » qui ne respire pas vraiment la joie. Inutile de faire monter la sauce en prenant un air de circonstance. Personne n'est encore mort. Nous avons chacun nos deux bras et nos deux jambes, des yeux pour nous voir et un cœur pour nous aimer. Je la joue donc version grand frère. J'assois la belle sur mes genoux et je tente de la convaincre avec mon plus bel accent créole qu'il n'y a « pani pwoblem » mais rien que des solutions. J'en rirais bien moi-même si ma Clémence chérie ne semblait pas au fond du trou. Il faut à tout prix que j'arrête mes vannes minables, je m'enfonce un peu plus à chaque phrase.

– Pierre, j'ai un enfant.

Waow !

Attends cinq minutes ma jolie que je reprenne mon souffle parce que avec le direct que tu viens de me balancer tu m'as presque mis au tapis. D'un seul coup, je ris beaucoup moins.

– Pierre, j'ai un enfant, tu comprends ?

Comment ça, je comprends ? Bien sûr que je comprends. Tu parles français, non ? Nous venons du même pays, toi et moi. Je sais encore ce que veut dire le mot enfant : tu as un bambin, un gamin, un gosse, quoi !

Je l'écoute m'expliquer que le « problème » en question, de sexe masculin, s'appelle Vincent et va bientôt souffler sa deuxième bougie. Vingt-quatre mois à peine, autant dire très peu sur l'échelle du temps mais un voile énorme sur nos habitudes de couple illégitime. Pour Clémence, la sinistre impression de se conduire comme une mère indigne qui abandonne son fils avec une fréquence exponentielle. Pour moi, un léger goût amer au fond de la bouche face à cet aveu en différé. Il faut dire que ma bien-aimée – et Dieu sait que je l'aime ! – est passée maître dans l'art de balancer de petites bombes à retardement. Hier, elle m'annonçait qu'elle n'était pas tout à fait libre de ses mouvements. Aujourd'hui, j'apprends que Clémence non seulement vit avec un autre homme mais est également mère de famille. Quel programme pour demain ? Escroquerie en tout genre ? Ne serait-ce qu'un début ? Les mains me démangent, je lui filerais bien une paire de claques pour m'avoir menti si longtemps. Ou alors je casse quelque chose. C'est ça, je vais casser quelque chose, donnez-moi un vase que je calme mes nerfs !

De mon côté, on ne pourra pas m'accuser de ne pas avoir joué cartes sur table. J'ai tout dit à Clémence, tout de moi. Je ne voulais pas qu'elle puisse se sentir trahie par une quelconque cachotterie de ma part.

Voilà ce qui me met mal à l'aise.

Ce sentiment d'imposture.

Aussitôt, ma bonne conscience me rattrape : *hep, pas si vite monsieur Bartoli, êtes vous certain d'être irréprochable sur ce plan-là ?*

– Pourquoi ne pas me l'avoir dit avant ?

Clémence semble lointaine.

– Je ne sais pas...

Si je veux continuer un bout de chemin avec elle, il va falloir que je me contente de cette réponse. Je connais trop bien ma douce pour savoir que ce « je ne sais pas » ressemble à une porte fermée dont je n'ai pas la clé. En fait, je lui en voudrais vraiment si je ne la voyais pas dans un tel état. Ses larmes me brisent le cœur. Je la rassure. Du moins, j'essaie.

– Ne pleure pas, trésor.

– Il y a longtemps que je voulais te le dire, seulement...

Seulement elle n'osait pas. Comme si l'intrusion d'un troisième personnage dans notre roman pouvait suffire à me faire détaler comme un lapin. Elle se trompe. Cet enfant, je ne le connais pas, mais je suis prêt à l'aimer si Clémence se décide à franchir ce pas qui la rapprocherait définitivement de moi. Malheureusement, je ne peux pas peser sur sa décision, ou si peu.

Le verdict tombe.

– Je dois rester à Amboise. François a des doutes, il se fait de plus en plus pressant, nous devons être prudents. Je vais réduire au minimum mes déplacements sur Paris. De toute façon, le bail de cet appartement touche à sa fin et je ne le renouvellerai pas.

Deuxième uppercut. J'encaisse sans broncher.

Clémence a peur.

Peur que les soupçons de son compagnon concernant notre liaison ne se transforment en certitudes puis en preuves accablantes. Peur de jouer son fils dans une épreuve de bras de fer où le poids de notre relation se révélerait un handicap insurmontable. Je voudrais me révolter, ne pas avoir à supporter la défaite sans réagir, l'implorer de choisir mon camp car j'accepte tout, la femme, l'enfant et le reste de sa vie. Elle ne m'en laisse pas le temps.

– Je ne sais plus trop où j'en suis. Pour l'instant, je retourne vivre auprès de François. C'est lui le père, tu comprends ?

– Non, mais je t'aime.

Je passe une nuit abominable.

Un enfant...

Après tout, ce n'est pas la mer à boire. L'arrivée de Vincent dans ma vie pourra peut-être compenser le vide créé par Dame Nature entre Adri et moi. Trop de travail l'un et l'autre, trop de stress, pas suffisamment de temps. Nous avons laissé filer notre rôle de parents, trop occupés par nos carrières respectives. Je n'étais pourtant pas contre. J'ai toujours adoré les enfants. En fait, je crois qu'Adri ne s'est jamais sentie prête. Nos problèmes de couple se sont greffés sur cette angoisse de devenir mère, de quoi tout foutre en l'air ! Nous n'en avons jamais parlé, vivant nos regrets chacun de son côté. Après tout, c'est peut-être mieux ainsi. Nous n'aurions pas été en mesure de lui apporter un foyer stable et uni, à ce môme. Je l'aurais vu grandir entre deux pièces, entre deux tournées, entre deux films. Autant dire jamais ! Adri se serait sans doute sacrifiée quelques années pour le protéger de mes absences. Mais une actrice qui ne joue pas est une actrice qui meurt ! Personne ne nous attend si nous disparaissons trop longtemps de la scène, on nous oublie. Qui s'en soucie ? Certainement pas le public, qui s'adapte à la nouveauté avec autant d'aisance qu'un enfant apprenant une langue qui n'est pas la sienne.

J'étais un mauvais mari. Je n'allais pas, en plus, endosser le costume du mauvais père.

Un enfant... Je ne suis pas contre. Bien au contraire.

Même si j'aurais préféré que Vincent soit de moi.

Je ne parviens pas à fermer l'œil. J'ai le sentiment étrange que quelqu'un chuchote à mon oreille, *Pierre, tu devrais faire attention !* Qui me parle ? Qui est là ? *Pierre, méfie-toi, deux mensonges par omission...* Je connais cette voix. Fiche le camp ! Je ne t'ai rien demandé. Si j'ai besoin de tes conseils, je te sonne. En attendant, tu la fermes, compris ?

Pierre, je t'aurai prévenu.

Paris — mai 1995

Hier en vamp.

Aujourd'hui en petite fille.

Décidément, Clémence n'en finit pas de me surprendre.

Par ses tenues vestimentaires, qui vont de la panoplie « femme fatale » – pull moulant, bottes montantes et maquillage sur mesure – à la panoplie « femme enfant » avec chemisier bouton fermé, talons plats et jupe plissée. Pour ses vêtements, Clémence peut passer de l'anorexie à la boulimie, se montrant alors extrêmement dépensière, jetant l'argent par les fenêtres pour des paires de chaussures – mon péché mignon – dont elle ne prend même pas la peine d'ouvrir le carton, une fois arrivée chez elle. Moi qui ai horreur de faire les boutiques, je l'accompagne docilement dans chacune de ce que j'appelle « nos balades fringales » pendant lesquelles il est impensable que Clémence ne présente pas au moins trois fois sa Carte bleue, Carte bleue alimentée par mes soins, en l'occurrence.

Si Clémence dépense beaucoup pour elle, elle dépense également pour moi, me couvrant de cadeaux plus inutiles les uns que les autres. Grâce à sa générosité, je possède une montre pour chaque jour de la semaine, des chemises par cartons entiers et des slips de toutes les couleurs. Parmi tous ces présents, un objet à lui seul symbolise la force de nos sentiments : deux chats en bois se serrant l'un contre l'autre. Je conserverai cette figurine telle une relique. Signe que Clémence et moi avons été ensemble.

Signe que je n'ai pas rêvé.

Ces journées spéciales achats m'épuisent mais que ne ferais-je pas pour Clémence... C'est aussi à ces petits gestes que se mesure la force d'un amour.

Bien sûr, il y a nos relations physiques, exigeantes. Là aussi nous frisons l'exagération. Clémence répond toujours présente pour un câlin. Quelle que soit l'heure, ou le lieu. C'est ce que j'aime chez elle : sa disponibilité permanente, son goût du jeu, son côté épicurien picorant à tous les plaisirs de la vie, la manière dont elle accueille chacune de mes caresses sans jamais se montrer froide ou distante.

Bien sûr, Clémence sait se montrer secrète et cachottière. Il me faut alors déployer des trésors de patience pour la faire sortir de son mutisme. Lorsque son regard lumineux prend soudain une teinte menaçante, lorsqu'elle me dit *non, je ne veux pas* d'un ton ferme et définitif, lorsqu'elle ne répond pas immédiatement à mes appels, me laissant seul et désespéré face à sa messagerie, alors je réalise à quel point je suis fragile, pantin entre ses mains. Mais il suffit qu'elle m'embrasse comme un enfant croque une cerise, en mordillant mes lèvres, pour que mes craintes s'envolent comme par enchantement.

Paris – aujourd'hui

Lorsque je me suis retrouvé anéanti, ceux qui avaient gardé le silence se sont déchaînés autour de moi, persistant à vouloir me faire croire à une histoire passionnelle uniquement basée sur la fréquence de nos jeux sexuels. Mais étaient-ils là pour nous voir passer des soirées entières à parler politique ou religion ? Étaient-ils là pour nous voir pédaler de concert dans la campagne verdoyante, pour nous voir pousser notre Caddie au supermarché, pour nous voir nous promener comme n'importe quel couple, main dans la main ? Croyez-vous que l'amour soit autre chose que la somme de tous ces instants ? Alors taisez-vous.

*
**

J'ai cru que je l'avais perdue. J'étais persuadé que les quelques deux cent cinquante kilomètres qui me séparaient de la Touraine seraient une distance infranchissable. J'ai eu très peur, en la raccompagnant au train du lundi après-midi, de le faire pour la dernière fois. C'est à peine si j'ai osé lui demander la date à laquelle nous pourrions éventuellement nous revoir.

– Je ne sais pas, je te rappellerai.

Était-ce une promesse ou une fin de non-recevoir ?

Trois jours plus tard, un message sur mon répondeur éloignait mes doutes.

– François part pour deux mois. Ils l'envoient sur une plate-forme en Afrique. Rejoins-moi dimanche à Amboise. Je me débrouillerai pour faire garder Vincent. Rendez-vous à 20 h 30 au café La Délivrance, face à l'hôtel de ville. Ne m'appelle pas. Je t'aime.

Jamais un bistrot n'avait aussi bien porté son nom. J'annulai sur-le-champ un dîner prévu le dimanche soir – ça tombait à pic, je cherchais déjà un prétexte pour ne pas m'y rendre – et je me délectai à l'avance de cette entrée dans une clandestinité nouvelle. En un seul message, j'étais devenu l'agent secret qui reçoit ses ordres de mission en langage codé. J'allais devoir sauver la belle héroïne des griffes du méchant. Le rôle de ma vie. À côté de moi, James Bond c'est un des nains de Blanche-Neige !

My name is Bartoli. Pierre Bartoli !

Chablis — juin 1995

Week-end détente avec Adri.

Relâche pendant trois jours, Pentecôte oblige. J'en profite pour recharger des batteries qui commencent à fatiguer un tantinet. Nous jouons depuis maintenant cinq mois sur un rythme proche des cadences infernales et j'accuse déjà un déficit de huit kilos sur la balance. Encore quelques efforts et je deviens jockey !

Trois jours enfin tranquille. En plus, il fait beau et pour couronner le tout, mes meilleurs copains ont décidé d'enrichir le paysage de leur présence. J'ai prévu une fin de semaine active. Au programme : jardinage et travaux en tout genre. Je vais pouvoir m'en donner à cœur joie car c'est ainsi que je me ressource, en bricolant auprès d'Adri. Cette affirmation en laissera perplexe plus d'un : *Il faudrait savoir ! Clémence ou Adri ? Adri ou Clémence ?* Je ne tranche pas aussi facilement. Adri et Clémence me sont aussi indispensables l'une que l'autre.

L'une rassurante, l'autre stimulante.

Avec ma femme, je retrouve un cadre familial reposant. Un cadre que nous avons choisi ensemble, loin du tourbillon parisien. Cette vieille maison basse aux pierres apparentes, totalement restaurée, n'est qu'à quelques kilomètres de la villa de Gerrit, à qui nous rendons visite régulièrement.

Ici, je me plais à travailler en short et torse nu. Pendant quelques jours, je me prête volontiers au jeu : je suis l'ouvrier d'Adri, à son entière disposition. Je lui rends toutes sortes de services nécessitant la puissance de bras virils. Nous pouvons ainsi passer notre après-midi, ma femme à un bout du jardin, moi à l'autre, sans échanger le moindre mot. Je l'observe parfois discrètement et à chaque fois cette même interrogation me taraude : comment fait-elle pour rester aussi belle en vieillissant ? Je devrais dire pour « devenir » encore plus belle. Adri est magnifique, je crois qu'elle ne le sait pas. Ses traits ont gardé la même noblesse. J'aime ses pommettes hautes et rondes qui chiffonnent le coin de ses yeux en amande lorsqu'elle sourit. Des yeux bruns magnifiques dans lesquels je peux lire ce que ma femme ne se résout pas à me dire : *Pourquoi me fais-tu souffrir autant ? Qu'est-ce que toutes les « autres » ont de plus que moi ?*

Si je le savais, Adri... Si je le savais.

Penchée sur ses rhododendrons, je la vois s'occuper de ses plantes comme elle s'occuperait d'un enfant, avec une infinie patience, avec une infinie douceur. Le soir, après avoir regardé les informations, je m'endors à ses côtés devant la télévision, épuisé par une journée passée à m'agiter. Je n'oublie jamais que le lendemain, je me lève tôt. Adri est encore plus matinale. Être debout à l'aube lui permet de me préparer, dans la cuisine encore silencieuse, mon bol de Ricoré qu'elle m'apporte ensuite au lit en fredonnant une comptine hollandaise, quelque chose dans le genre : *Une poule sur un mur, qui picote du pain dur...*

J'aime être réveillé par sa voix.

Ensuite, après un léger débriefing de la journée devant une autre tasse de café – prise ensemble, cette fois-ci –, nous vaquons chacun à ses occupations jusqu'à l'heure de l'apéritif ou nous recevons Gerrit pour une heure de philosophie. Qu'on ne se méprenne pas. Mon beau-père n'est pas un spécialiste de Nietzsche. Comment aurait-il pu le devenir, lui le petit garçon qui commençait ses journées par le fourrage des bêtes à quatre heures du matin ? Il fallait ensuite endurer les dix kilomètres aller-retour pour se rendre à l'école puis nourrir à nouveau les animaux avant un repos bien mérité. Dans un emploi du temps aussi chargé, pas de place pour l'instruction. En fait de philosophie, Gerrit aime nous rappeler le bon vieux temps où les choses étaient encore appréciées à leur juste valeur. Je m'installe près de lui sur le canapé rien que pour le bonheur de l'écouter bavarder avec Adri. J'ai rarement vu un tel état de grâce entre un père et sa fille. Faut-il s'aimer pour se retrouver ainsi régulièrement, parler de tout et de rien, de la vie, du travail. Gerrit se plaît à répéter à quel point il est important d'avoir du goût pour son métier et de l'exercer honnêtement pour pouvoir se respecter. Adri lui tient parfois la main. Je sais ce que représentent pour elle ces discussions à bâtons rompus. Un lien unique et indéfectible car Gerrit est un homme tendre, volubile, drôle et terriblement intelligent.

Un homme de bonne volonté.

Rudy, Candice, sa nouvelle compagne, et Nicolas sont venus nous rejoindre. Il est rare que nos emplois du temps respectifs nous permettent ce luxe d'être tous réunis. Rudy travaille dans l'aviation militaire, il est le bras droit d'un grand constructeur français. Brillantissime et débordé comme il se doit, il vit au rythme de ses déplacements en jet, jongle avec les millions quand ce n'est pas plus, et déjeune avec des chefs d'État comme d'autres avec leurs collègues de bureau. C'est un garçon carré, un planificateur qui ne raisonne qu'en termes de stratégie, mais il a du cœur. Il est divorcé depuis quelques années et ses nouvelles « fiancées » sont devenues le thème d'un débat récurrent entre nous tous, tant il les choisit avec assiduité dans les meilleures agences de mannequins. Autant préciser que celle d'aujourd'hui ne dépare aucunement le tableau de chasse.

J'adore ce type. Sauf les fois où il me met minable au Trivial Pursuit !

Nicolas, lui, c'est carrément autre chose. Déjà, sa trentaine à peine confirmée fait de lui le petit dernier de la bande – un gamin tout juste sorti des couches – et sa chevelure longue et fournie le transforme en Ostrogoth quand elle côtoie nos coiffures policées. Nico – c'est plus branché, paraît-il – est un guitariste de renom qui travaille pour tout ce que le rock international compte de sportif et de sain. Il est attendu comme le messie pour des sessions studio, il enchaîne les tournées mondiales derrière les brailleurs les plus reconnus dans ce monde de sauvages. Je le jalouse un peu en raison de la faculté qu'il a, en quelques notes suraiguës, de déclencher l'hystérie de tout un troupeau de tigresses court-vêtues.

Nous nous sommes connus il y a quelques années déjà, sur le tournage d'un film dont il devait composer la bande originale. Il aime le hard rock, les bandes dessinées, les filles à forte poitrine et, horreur suprême, le foot !

Tout moi en négatif. Lui aussi, je l'adore.

En attendant, ça fait un peu moins d'une heure que nous arpentons le bitume bourguignon à vélo, sur un rythme très éloigné du duel Poulidor-Anquetil de 1964, et pourtant l'idole des jeunes commence à avoir des jambes de bois et l'arrière-train en steak.

Moi, ça va.

Je lui raconte les derniers épisodes de ma vie sentimentale.

– Si tu savais tout ce qu'elle représente pour moi maintenant. Mon métier, tout ça, c'est du vent. Avec elle, je respire vraiment... mon corps exulte !

– T'es sympa comme mec, mais si ton corps pouvait exulter moins fort quand on fait du vélo ensemble, je ne lui en tiendrais pas rigueur.

La rock star montre des signes de fatigue évidents. Nous nous arrêtons pour aller boire un verre et permettre à son noble séant de retrouver une température plus supportable.

– Et Adri, elle est au courant ?

Bonne question.

Bien sûr qu'elle est au courant. Même si, pour une fois, je ne lui ai rien dit. Ou peut-être à cause de cela. Ma femme est trop intuitive pour ne pas flairer le danger lorsqu'il existe. Elle a vu Clémence au théâtre, et puis, nous vivons suffisamment près l'un de l'autre pour que mes absences parlent d'elles-mêmes. Surtout depuis mes allers-retours répétés à Amboise. Adri ne m'a rien demandé mais certaines de ses phrases la trahissent. Pas plus tard qu'hier, alors que nous discutions de tout et de rien, la conversation a dévié sur l'adultère. Je me suis bien gardé d'un quelconque commentaire. Je me suis contenté de piquer du nez dans mon verre de vin en attendant qu'un ange passe. Adri a murmuré qu'elle comprenait que certains maris puissent papillonner.

À condition de ne pas s'en vanter.

Retour à la maison.

La table est déjà mise sur la terrasse pour ce qui sera

notre premier repas en extérieur de l'année. Adri a revêtu la robe rose imprimée que j'aime tant, celle que je lui ai offerte au tout début de notre mariage. Elle la porte encore, sa silhouette n'a pas changé, et j'ai soudain un pincement au cœur. Comment Clémence a-t-elle fait pour m'envoûter alors que je vis au côté d'une fée ? Une fée spirituelle, qui lit la Bible souvent, qui possède une foi magnifique et un sens de la tolérance particulièrement développé. Pour moi, il y a ce qui rapproche de Dieu – Adri en est l'exemple même – c'est-à-dire la compassion, la miséricorde, le pardon et puis il y a tout ce qui peut nous en éloigner et qui est dangereux : l'argent, la vanité, et la célébrité ! Si je voulais résumer, je dirais que ma femme vit dans ce monde mais n'est pas de ce monde. Elle est pourtant loin d'être parfaite. Adri peut se montrer coléreuse, voire boudeuse. Pendant quelques heures, pendant quelques jours, elle garde le silence, faisant de moi un être transparent. Puis elle revient, soucieuse d'obtenir mon pardon.

Mon pardon !

Amboise — juillet 1995

Clémence triture sa petite cuillère depuis un bon quart d'heure. Pas touché à son dessert favori : clafoutis. Cela fait quelque temps que nous nous aimons et je connais ma Clémence sur le bout des doigts. Quelque chose ne tourne pas rond et je ne suis pas d'humeur à plaisanter. Je sais faire le clown sur commande mais ce soir, les piles sont usées. Je préfère anticiper.

– Ça ne va pas, mon cœur ?

Clémence se mord les lèvres. Je la trouve affreusement délicieuse avec son béret rouge.

– J'ai deux nouvelles à t'annoncer. Une bonne et une autre moins.

Qu'est-ce que je vous disais ! Elle m'énerve quand elle prend ce ton embarrassé. On dirait une bonne sœur sur le point d'accoucher ! Qu'est-ce qu'elle va m'apprendre aujourd'hui ? Qu'elle a adopté un couple de labradors qu'il faut promener toutes les trente minutes... Plus grave, peut-être ?

Je soupire.

– Commence par la bonne, accorde-moi au moins quelques secondes de félicité.

C'est mon dixième voyage en Touraine depuis le départ de François. Deux fois par semaine, en effet, ma vie devient trépidante. Je pars à l'aube pour deux heures de moto au mépris du code de la route. 9 heures, j'arrive près du vieux portail. Trois coups de klaxon, le code habituel. Au niveau de la discrétion, c'est un poil moins kakou que *Le Pont de la rivière Kwaï* mais on doit quand même pouvoir trouver plus fin. Aucune importance, ce que je vois, ce sont ces quelques heures que je vais passer en compagnie de la femme que j'aime, laquelle, officiellement, est en rendez-vous avec sa clientèle. Nos vies se séparent à nouveau vers 17 h 30. Clémence repart vers les siens et moi je fonce au théâtre pour jouer *Monsieur Barnier* une fois de plus. Épuisant. Fort heureusement, les vacances scolaires arrivent à point et je les bénis de tout mon cœur puisque, grâce à elles, les représentations feront une pause de trois mois avant la reprise, début octobre.

– Mes parents se sont acheté une villa en Corse. Ils veulent y vivre une grande partie de l'année... Pendant ce temps, nous pourrions profiter de leur maison à Amboise.

Je lui réponds du tac au tac que je n'ai pas pour habitude de me faire héberger à l'œil.

– Et puis j'ai les moyens de t'offrir un nid d'amour où il te plaira. Pour la mauvaise nouvelle, autant te prévenir tout de suite, si tu m'annonces ton prochain mariage, ne compte pas sur moi pour servir de garçon d'honneur !

– Non, ce n'est pas ça. Mais mon amie Florence m'a invitée à passer une quinzaine dans le mas de ses parents partis faire le tour du monde. J'irai seule, avec Vincent. La mauvaise nouvelle, c'est que j'avais un peu pensé à toi pour jouer les baby-sitters.

Non, impossible, j'ai dû mal entendre, *change les piles de ton Sonotone, Pierre !*

– Tu m'invites ?

– Oui monsieur, ma copine est d'accord pour nous recevoir en toute discrétion dans ce havre de bonheur avec piscine. Elle a même prévu du personnel pour nous libérer tous des tâches ménagères. Je pourrai lui demander de garder Vincent quand nous voudrons être un peu seuls.

C'est trop pour mon vieux cœur. Je vais passer de vraies vacances avec Clémence et en plus, je serai présenté officiellement à l'héritier. Je franchis une étape supplémentaire dans son intimité. Je vole ! En revanche, quitte à passer pour un horrible macho, je ne suis prêt à accepter que si je prends en charge l'organisation de ce séjour de rêve dans ses moindres détails.

Le soir, je rentre à Paris, heureux comme un glaçon dans l'eau. Autoradio à fond sur Vivaldi et excès de vitesse – léger – constaté par la maréchaussée avant le péage de Saint-Arnoult. Je ne cherche même pas à négocier la prune avec les forces de l'ordre. Je l'ai dit : je vole !

Aix-en-Provence – juillet 1995

Florence est une purge. Une vraie ! D'abord, a-t-on idée d'avoir les cheveux aussi courts ? Par principe, je déteste les femmes qui n'assument pas leur féminité. S'il n'y avait que ça... Quand elle ne pourrit pas le séjour de ses invités, la meilleure amie de Clémence enseigne les mathématiques dans un collège de Marignane. Trois poils sur le caillou, passe encore, mais professeur... Le cauchemar ! Je plains de tout mon être ces pauvres adolescents obligés de passer une année sous sa férule.

Je sais de quoi je parle. Je n'ai jamais appartenu à la catégorie des élèves brillants.

J'étais tour à tour trop rêveur, désintéressé, absent puis carrément impertinent. Mon passage dans les différentes institutions de l'Éducation nationale ne risque pas d'être cité comme référence. Je fais l'impasse sur mes années de primaire où il m'est arrivé sporadiquement de connaître quelque réussite par la grâce d'instituteurs plus téméraires ou plus patients que les autres. Mais la situation s'est définitivement dégradée sur les bancs du secondaire. Si l'on fait abstraction des cours de langues, les seuls à me motiver légèrement, mes résultats se situaient très souvent au-dessous du seuil de pauvreté, mes rapports avec l'ensemble des professeurs étant proportionnels à la médiocrité de mes statistiques personnelles.

Parfois je me dis que j'aurais pu, avec une once d'efforts, réussir une scolarité conforme à celle qu'attendaient mes parents et je m'en veux de ne pas avoir su le faire. C'est comme ça, ainsi va la vie. J'ai assumé mes erreurs et tout le reste appartient au domaine de la ratiocination inutile. Mais bon, quand tous les ans, à la même époque, je vois cette armée de gamins partir au front la fleur au cartable, il y a des retours de mémoire qui font resurgir certaines tranches de vie.

Les odeurs, celles des classes redécouvrant l'agitation après quelques mois d'abandon, le cuir des cartables, les cahiers, les livres neufs et surtout la colle... Cette pâte blanche qui sentait si bon l'amande qu'on aurait voulu en manger ! Les bruits aussi : ceux des craies sur le tableau, des pupitres qui claquent, la rumeur qui se tait au premier regard du maître dont on essaie de jauger le degré d'autorité.

Après, venait l'heure de la cour, ses marronniers, ses jeux, les amitiés éternelles et les disputes éphémères.

Quoi qu'il en soit, je garde de très mauvais souvenirs des mathématiques. Ceux qui ont tenté de m'inculquer cette discipline, plus souvent de force que de gré, n'y sont certainement pas étrangers et je ne pense pas que Florence puisse parvenir à retourner mon opinion.

Florence... Pourtant, j'adore ce prénom. Il évoque pour moi toute la douceur de la Toscane, le charme italien, le Ponte-Vecchio... Quel gâchis de le voir incarné par une personne si désagréable ! Enfin, elle est l'amie de mon amie, elle doit donc par définition devenir la mienne. Il y a du boulot, je le concède, mais je fais tout mon possible pour que la cohabitation se déroule sous le signe de la convivialité.

À part ça, tout baigne. Surtout, ne changez rien pour moi. Je redécouvre le goût des vacances – moi qui ai horreur du farniente – et je m'en délecte sans retenue.

Vincent est adorable. Il mange correctement, joue tranquillement, dort remarquablement et sourit constamment, même à l'autre tarée. Le seul bémol que je me permettrais d'émettre à son sujet provient de son comportement en voiture. Non qu'il s'y tienne mal, mais il a une fâcheuse tendance à y régurgiter son casse-croûte. L'imparfaite linéarité des routes provençales n'est pas étrangère aux deux magnifiques dépôts de gerbe que ce brave enfant a gentiment commis sur le cuir de ma BM.

Depuis, nous limitons les déplacements. Nous avons bien essayé de confier Vincent à Florence, ne serait-ce qu'une journée, dans le but de faire un petit tour à Marseille : échec intégral. La demoiselle fut très vite sujette à une anémie flagrante au niveau de sa tolérance qui rendait impossible la promiscuité avec un individu n'ayant pas encore atteint l'âge de s'intéresser aux fractions décimales. Nous restons donc ici et profitons au maximum de la piscine.

Côté tranquillité, les personnes que l'on peut croiser ici sont assez discrètes. J'ai concédé suffisamment de sourires et de politesses durant les premiers jours pour vivre maintenant des vacances pleinement zen. Clémence est heureuse, donc rayonnante. C'est une évidence que je me plais à répéter. Les premiers temps, elle observait mes réactions face à Vincent. Je sentais qu'il s'agissait pour moi d'un test capital. Chacun de mes actes se devait d'être marqué par le sceau de la sérénité. Y compris lorsque le siège arrière de ma bagnole était transformé en sac-poubelle ! Néanmoins, il n'y eut pas l'ombre d'un problème. Je sais parfaitement rester calme quand les circonstances l'exigent. D'autre part, Vincent me facilite grandement la tâche car il est du genre plutôt attachant. Terriblement attachant. Grâce à lui, j'ai l'impression de former un véritable couple avec Clémence. Mieux encore, une famille puisqu'il a fait son apparition dans ma vie. Je regrette néanmoins que ce soit par une porte dérobée.

Car le gamin n'est pas au courant de notre liaison, bien sûr. Pour lui, je suis le cousin de Florence.

Pour des raisons de discrétion, Clémence et son amie ont choisi de ne pas prononcer mon nom en présence du petit. Je ne dois répondre que lorsque Vincent m'appelle « monsieur ». Au début, je ne répondais pas du tout. On ne passe pas impunément une cinquantaine d'années à réagir au nom de « Pierre » pour d'un seul coup récuser son état civil. Je ne pense pas être plus bête qu'un autre, mais je dois reconnaître qu'en certaines occasions, j'ai eu un certain retard à l'allumage. Ce malentendu va durer plusieurs années, créant parfois des situations proches du vaudeville.

Mes rapports avec Florence sont plus compliqués. Dès le début, j'ai senti qu'il y aurait une odeur de gaz entre nous. J'ai longtemps cherché dans mes actes ou mes paroles une indélicatesse que j'aurais pu commettre et qui serait à l'origine de ce hiatus relationnel. Je n'ai jamais trouvé. Elle a d'emblée adopté face à moi une attitude de méfiance, voire de défiance. Je suis considéré comme l'intrus ayant profité de sa réputation pour entrer dans la vie de sa meilleure copine et y mettre une énorme pagaille.

Je suis de surcroît certain qu'elle nourrit pas mal de jalousie à l'égard de Clémence qui, depuis qu'elles se fréquentent, a toujours connu un franc succès auprès des hommes. Florence, dans ce domaine, semble avoir passé la main.

On a beau prétendre le contraire, ça finit par aigrir !

Lyon – août 1995

Que le monde est petit !

Je retrouve contraint et forcé celle qui fut ma partenaire de scène l'été dernier, l'actrice préférée de mon copain Max, l'exceptionnelle et gracieuse Caroline David. Le bide monumental qu'elle a essuyé avec son dernier film – celui-là même qui devait lui ouvrir les portes d'Hollywood – n'a pas arrangé son caractère. Tout le monde se prend la tête avec cette fille. Au train où vont les réputations dans ce métier, elle devrait bientôt avoir, sur tous les plateaux de France et de Navarre, un costume taillé à ses mensurations qui, entre parenthèses, ont eu une fâcheuse propension à s'élargir ces derniers mois.

Le téléfilm devrait s'intituler *Tout ce que j'ignore d'elle*. Étonnante coïncidence ou bien force du destin, j'y joue le personnage d'un homme, mari fidèle et père de famille exemplaire, pris dans la tourmente d'une liaison avec une femme qui le fascine et dont il ne sait pratiquement rien. Je connais bien la réalisatrice, Juliette Rivière, une fille charmante avec qui j'ai eu l'occasion de travailler plusieurs fois dans un passé récent. Je lui ai donné mon accord pour le rôle il y a un peu plus d'un an, peu de temps avant le début de ma relation avec Clémence. Aujourd'hui, il me semble difficile de ne pas établir un léger parallèle entre ce que je peux vivre avec ma belle et les situations que rencontre celui que j'incarne à l'écran. D'un autre côté, ma maîtresse « pelliculaire » se révélant au final être une tueuse psychopathe, je n'imagine pas une seule seconde – y compris dans mes pires cauchemars – que Clémence puisse lui être comparable.

Les journées sont longues. Les scènes sont tournées et retournées bien plus qu'une crêpe à la Chandeleur. Juliette s'est arrangée fort intelligemment pour faire un maximum de plans avec Caroline tôt dans la matinée, la diction de la diva s'amenuisant au fil des heures.

Hier, nous sommes restés deux plombes sur une prise qui ne devrait pas excéder les trente secondes après le montage... si elle y survit. J'ai failli crever. Je n'avais que quatre mots à prononcer – « Sinon, tout va bien ? » – et j'ai dû les répéter un million de fois à cause de cette grosse nulle qui, sur la fin, n'était même plus capable de bafouiller un mot. Tout le monde gueulait, moi en premier je crois. Caroline pleurait à n'en plus pisser... L'horreur ! En rentrant à l'hôtel, je n'avais qu'une envie, chercher dans les pages jaunes un tueur à gages prêt à accepter un contrat sur la tête de cette créature. Je suis à peu près certain que si j'avais soumis l'idée à la production, ils auraient proposé de partager les frais avec moi.

Ce matin, un brave garçon rédigeant des articles pour l'omnipotent quotidien régional est venu récolter mon opinion ô combien éminente sur des sujets aussi variés que la faim dans le monde, la place du cinéma sur le petit écran, l'efficacité de la nouvelle politique municipale sur le plan sécuritaire ou bien les chances de l'Olympique lyonnais à l'orée du nouveau championnat de France. À l'inévitable question concernant l'ambiance sur le plateau et mes relations avec mon estimée collègue féminine, j'ai répondu que nos rapports, professionnels bien entendu, étaient des plus cordiaux. C'est un des snobismes du métier : on se déteste parfois, mais entre nous.

Enfin, il faut positiver, la quille approche.

Sur le chemin du retour, j'irai me ressourcer à Chablis en passant deux ou trois jours en compagnie d'Adri, laquelle se dore la pilule là-bas depuis déjà quelques semaines.

Après, je tracerai la route vers Amboise, sans escale.

Chablis — août 1995

C'est plus fort que moi, il faut que je tripote ! Que je touche, que je manipule, que je démonte, que je répare. Bref, que je fasse travailler mes mains ! Pendant ces deux jours de repos bien mérité, je sors ma vieille Jeep 1945 du fond du garage où elle végète depuis trop longtemps et j'entreprends de lui apporter l'attention qu'elle mérite en lui rendant au moins une apparence extérieure rutilante. Je ne peux pas rester inactif, tout du moins à la campagne. Je suis connu pour ne jamais sortir sans ma collaboratrice de tous les instants, la bien nommée boîte à outils. D'ailleurs regardez, mes mains ne sont pas celles d'un comédien, plutôt celles d'un manœuvre. Mes paumes sont larges et souvent parsemées de petites coupures. Je me blesse souvent. Pourtant, je devrais savoir que la brutalité de certains de mes mouvements se retourne souvent contre moi. L'année dernière, j'étais en train de couper du bois en slip lorsque le coin m'a heurté la cheville, touchant une veine. Le sang pissait comme d'un robinet, je me suis vu tomber dans les pommes. Heureusement, j'ai pu compter sur la vivacité d'esprit de mon voisin qui m'a conduit à l'hôpital le plus proche.

Cinq points de suture tout de même.

Une fois le rideau baissé, je redeviens Monsieur Tout-le-Monde. Je ne suis absolument pas obsédé par mon statut de vedette. Je suis très heureux d'être connu. Mais je ne suis pas dupe de la célébrité. Je sais qu'un jour, le public peut se désintéresser de moi, comme ça arrive dans certains couples. Je n'en mourrai pas, j'existe en dehors de mon ego d'acteur. La notoriété n'est rien d'autre qu'un trompe-l'œil. Dans mon cas, le besoin absolu de garder les pieds sur terre ressemble à un garde-fou. À part quelques précautions d'usage, comme éviter de dîner seul au restaurant – entre les sourires aux uns et les autographes aux autres, je mange froid – je sais encore acheter mon pain moi-même. J'adore cependant le sourire béat de la boulangère lorsque je pousse la porte de son magasin... Je sais cuisiner, faire le ménage, repasser. Effectuer ces tâches quotidiennes me permet de mettre une distance entre Pierre Bartoli sur scène et Pierre Bartoli dans la vie.

C'est marrant, mais chaque fois que je lave une voiture, je repense à une mésaventure dont je fus l'innocente victime il y a une dizaine d'années.

J'avais entrepris le nettoyage complet de mon véhicule de l'époque quand un marmot s'était approché de moi dans une de ces petites voitures à pédales comme on n'en trouve quasiment plus. Arrivé à ma hauteur, le gosse s'arrête, la main droite sur le volant et le coude gauche à la portière dans la position du parfait branleur en décapotable, me toise de haut en bas, se retourne en direction de sa mère et lui dit :

– Mais regarde-moi ce con qui lave sa bagnole !

Je ne vous raconte pas la tête de la pauvre femme qui, me reconnaissant, frise l'apoplexie, médusée par l'insolence du rejeton. Et le nain d'enfoncer le clou.

– Mais enfin... regarde-moi ce con !

Sur ces bonnes paroles, il s'éloigne, laissant sa pauvre

mère bredouiller toutes les excuses qui lui viennent à l'esprit, et m'abandonnant à mon triste sort, l'éponge dégoulinante à la main, la bouche ouverte et le regard aussi expressif qu'une tranche de jambon blanc. Depuis ce jour, j'essaie autant que possible de procéder à ce genre d'opérations dans l'anonymat des laveries automatiques.

Aujourd'hui, le décrassage de la Jeep a lieu au fond de mon jardin, protégé du monde extérieur par une imposante haie de thuyas.

En théorie, je risque moins gros.

Loin de ces préoccupations existentielles, Adri s'occupe de ses rosiers avec une attention méticuleuse. Elle me fait rire quand je la vois comme ça. Ma femme et ses massifs... C'est quelque chose qu'il faut avoir connu au moins une fois dans sa vie pour comprendre que l'écologie a encore ses adeptes. Je la soupçonne, quand je ne suis pas là pour la regarder, d'être capable de parler à ses fleurs pour les encourager à donner leur maximum. À Paris, elle n'est pas loin de l'hyperactivité, une véritable abeille. Ici, elle prend son temps au point d'en oublier souvent l'heure des repas. Des deux versions – Adri des villes, Adri des champs – je ne sais pas laquelle des deux a ma préférence. Adri des villes s'habille chic, soucieuse de son apparence, tailleur strict, avec beaucoup de goût. Adri des champs jardine en tenue militaire de l'armée hollandaise.

En treillis, plus exactement.

– À quoi penses-tu avec ton éponge à la main ?

Je m'invente immédiatement une préoccupation majeure ayant un rapport avec la Jeep. Je ne veux pas lui avouer que je l'observais.

– Tu restes combien de temps encore ?

Question piège.

Nous sommes mardi, je suis arrivé hier, entre-temps j'ai prévenu Clémence que je serais à Amboise jeudi soir. Cruel dilemme d'un homme confronté à des choix multiples. Je suis vraiment bien ici, dans cette maison que nous avons achetée ensemble, aménagée et décorée selon nos goûts et nos moyens du moment, véritable refuge quand le besoin s'en fait sentir. Je m'y repose, je fais du vélo, je farfouille dans des cartons, je bavarde des heures avec Gerrit. J'y perds mon temps avec délice.

Je suis bien, mais impatient. Pressé d'abandonner mon costume de gentleman-farmer provincial pour endosser ma panoplie d'amant parisien.

– Je pars jeudi, en début d'après-midi.

Adri pose son sécateur et s'assoit en ôtant son chapeau de paille. Son regard d'habitude si lumineux s'assombrit quelque peu.

– Ce qu'il y a de bien, avec toi, c'est que tes séjours ici sont assez courts pour ne pas m'obliger à faire le plein au supermarché.

Y aurait-il une once de reproche dans cette remarque ?

– J'ai un rendez-vous important avec Max pour la lecture d'une nouvelle pièce. Ce projet me tient à cœur.

Une lecture en plein mois d'août, il fallait l'oser, celle-là ! Pourquoi ne pas lui annoncer que je participe à un congrès de moines bouddhistes pendant que j'y suis ?

– Comme acteur, je te trouve assez bon, mais dans le rôle du menteur, tu es plutôt médiocre. Elle est jolie au moins ?

Perdu !

On ne trompe pas impunément la vigilance d'une personne qui vous côtoie depuis trente ans. J'aimerais trouver une repartie originale, ou pour le moins spirituelle, mais je suis sec. J'ai trop peur d'aggraver mon cas. Et puis pourquoi me pose-t-elle cette question alors qu'elle m'a demandé à plusieurs reprises de lui épargner l'énumération de mes faiblesses ? Adri aurait-elle de plus en plus de mal à cacher son chagrin ? Je l'ai toujours connue pudique quant à ses états d'âme. Aujourd'hui, mon Adri semble moins sûre d'elle. Cette faille que je crois entrevoir dans son système de défense me peine. Car j'en suis la cause.

Bravo Pierre, tu n'es qu'un salaud...

– Qu'est-ce que tu attends de moi ? Tu veux que ta vieille femme te rende ta liberté ?

Non, surtout pas ! Perdre Adri, ce serait me perdre. Tirer un trait sur trop de choses essentielles. Je suis exigeant comme garçon, il me faut le beurre et l'argent du beurre. Adri ne se prive pas de me le faire remarquer et d'ajouter avec ironie :

– Et les fesses de la crémière en paquet-cadeau !

Voilà. Elle a tout compris une fois encore.

– Je suis désolé, chérie.

– Et moi donc !

Sacré personnage.

Paris — aujourd'hui

Elle savait.

Adri a toujours tout su avec une longueur d'avance sur moi. En partant le lendemain, elle m'avait dit en replaçant une des mèches de mes cheveux :

– J'espère que tu n'en reviendras pas aussi vite que tu pars.

Adri, j'ai écouté ton conseil mais je ne l'ai pas entendu. J'avais besoin de vous deux.

Tellement besoin.

Les prophéties n'ont pour seule valeur que celle que l'on veut bien leur accorder. À cette époque, elles passaient au-dessus de moi sans trouver le moindre accueil, identiques aux petits nuages qui parcourent le ciel estival. J'ignorais que, des années plus tard, je serais prêt à dépenser des fortunes pour offrir mon attention à tous les marabouts qui accepteraient de voir, à travers les lignes de ma main, ou les cartes ou je ne sais quel support, le retour de celle que j'avais tant aimée. J'ai toujours rêvé de posséder une sorte de magnétoscope intérieur qui me permettrait d'utiliser la touche « rewind » pour effacer mes erreurs et changer le cours de mes épisodes ratés.

Si j'avais écouté Adri, si j'avais su, si j'avais prévu.

Si....

Amboise — septembre 1995

La douche écossaise.

Spécialité de la maison.

Clémence m'a téléphoné pour m'indiquer dans les grandes lignes le programme du week-end à venir. Fidèle à son goût pour les surprises, elle alterne le chaud – François part à Toulouse pour rendre visite à son parrain, en compagnie du petit Vincent, nous laissant de ce fait un espace de liberté appréciable – et le froid – ses parents abandonnent la Corse le temps d'un court séjour qui leur permettra de régler quelques affaires et de faire la bibise à leur fille chérie. Pis ! De ne pas la lâcher d'une semelle.

J'accuse le coup. Le retour inattendu de Georges et Paulette risque de nous priver de deux journées tranquilles, sans excuses minables à fournir, sans rendez-vous à la sauvette à inventer.

– Viens quand même, je les ai prévenus de ta présence dans les environs pour les besoins d'un tournage et ils ont très envie de t'inviter à déjeuner samedi midi.

– Et après ?

– Après, on verra.

Et voilà comment, l'espace d'un court dialogue, je me retrouve convoqué à un examen crucial : le grand oral face au jury des « beaux-parents ». Le genre d'épreuve qui m'aurait tétanisé il y a une trentaine d'années... et que je n'arrive toujours pas à aborder d'une façon aussi détachée qu'il me plairait. Pourtant, en y réfléchissant, je pars avec des atouts non négligeables dans ma manche : *primo*, je suis un acteur connu. *Secundo* : les examinateurs ont sensiblement le même âge que moi, ce qui efface le sentiment d'infériorité.

J'ai pris les consignes auprès de Clémence. Officiellement, nous ne nous sommes pas revus depuis plusieurs mois, je tourne en ce moment un film à Orléans, j'ai un nouveau projet de pièce pour laquelle les conseils de Clémence en matière d'éclairage seront les bienvenus. Elle ne donnera pas suite à cette proposition. Cette version doit constituer la trame des échanges du premier quart d'heure, tout le reste sera placé sous le signe de l'improvisation. Ça me rappellera mes débuts dans le boulot.

Quel hypocrite je fais !

À l'arrivée, j'ai droit à l'inévitable tour du propriétaire orchestré par les maîtres de céans. Je m'épate en écoutant l'accent jésuite que je suis capable d'adopter, m'extasiant par exemple sur l'ameublement d'une chambre à coucher dont je me fiche comme de ma première dent. À mon tour, je les enrhume en leur remémorant notre précédente rencontre lors de l'exposition de photos du mois de février dernier. Ils sont complètement éblouis qu'un type comme moi, « qui voit tant de monde », puisse se souvenir d'eux avec autant de précision.

– Je n'y peux rien, j'ai su rester simple et modeste.

Ils rigolent. Tout roule parfaitement bien. Et ça continue sur le même tempo.

– Je crois, mon cher Pierre, qu'on pourrait se tutoyer ?

Alors là, il me souffle, le Georges. Eh bien allons-y gaiement, mon pote ! On se la joue cool, tu m'appelles Pierre et je m'adresserai à toi par ton petit nom, pareil pour ta bourgeoise – Laulette pour les intimes – et puis, si tout va bien, après le dessert nous évoquerons nos souvenirs de régiment en sirotant un vieux calva.

– Mon cher Georges, je considère cette invitation comme une marque d'estime.

Je suis effondré par mon côté faux derche. Traditionnellement, j'ai un mal fou à extérioriser ma familiarité. J'exerce pourtant une profession où le tutoiement est quasiment une religion d'État et, malgré cela, je passe pour un réactionnaire pédant par cette obstination que j'ai à garder mes distances. Je ne dis « tu » qu'à de très rares personnes.

Aujourd'hui, je fais une entorse à mes principes, pour le plus grand plaisir de mes hôtes. Le repas se déroule magnifiquement bien. Il faut que je remonte à ma dernière séance chez le dentiste pour retrouver la trace d'un aussi bon moment. Rien ne m'est épargné.

C'est un calvaire.

Déjà, d'un strict point de vue nutritionnel, Paulette a dû intriguer auprès de ma pauvre mère pour connaître tout ce que je n'aime pas puisque j'ai droit à un défilé de mes pires cauchemars culinaires. Salade au crabe et pamplemousse en entrée, suivie par des rognons de veau, le bouquet final étant atteint avec une espèce de bûche à la crème de marrons. Le genre de menu qui donne envie de s'alimenter à l'aide de perfusions pour le restant de ses jours ! Parallèlement à ces réflexions gastronomiques, j'ai planté le décor des hostilités en renversant mon chiroubles sur le pantalon de Georges avec une maladresse si spectaculaire qu'elle a réussi à me surprendre. Résultat des courses, le futal beige est bon pour le pressing. Je ne pense pas qu'il en ressorte indemne. Pas plus en tout cas que le verre à pied en cristal de Bohême dont Paulette venait de m'annoncer fièrement qu'il faisait partie d'un service offert à feu sa grand-mère paternelle en cadeau de mariage. Vu l'état dans lequel on l'a ramassé, il aura du mal à servir d'héritage.

Pour achever ce tableau déjà bien garni, j'ai trouvé le moyen de faire l'intéressant en avalant de travers un morceau de mon gorgonzola, avec pour résultats conjugués de me faire perdre le seul moment agréable du déjeuner ainsi que toute ma dignité d'homme respectable.

Au début des hostilités, Clémence a bien essayé de voler à mon secours mais très vite, elle a dû abandonner la bataille, assistant en spectatrice impuissante à l'étendue de ma Bérézina.

– Je crois qu'il dort.

Je lutte vainement contre le sommeil quand parvient à mon cerveau embrumé cette phrase, qu'un léger parfum de reproche semble accompagner.

– Il a beaucoup tourné de nuit la semaine dernière, il est un peu décalé.

Brave petite Clémence, tu fais le maximum pour réhabiliter ma conduite pour le moins inconvenante.

Quel crétin je suis d'avoir accepté cette invitation !

Je n'en peux plus, trois plombes qu'on est à table. Nous avons passé en revue tous les sujets de conversation dignes d'intérêt... Et même les autres puisque nous avons débattu des troubles liés à la stricte application de la politique agricole commune chez les petits exploitants. Heureusement, j'ai piqué du nez avant d'aborder les montants compensatoires. Et tant pis si mon interlocuteur s'en offusque. Depuis ma jeunesse, je fonctionne sur le même mode : à midi, je grignote assez tôt et après, au dodo Pierrot. Rien à voir avec une quelconque crise de fainéantise, il y va tout simplement de ma survie. Le soir, aucun problème, je suis capable de ripailler comme un rugbyman même après 22 heures et de rester frais comme un gardon jusqu'au milieu de la nuit. En revanche, si l'on contrarie mon horloge interne, je me tape un coup de barre monstrueux vers les 15 heures. L'endroit où je me trouve ne change rien à l'affaire, pas plus que la personnalité des gens qui me tiennent compagnie. Je pourrais être reçu à l'Élysée par le Président himself que je serais capable d'envoyer la ronflette.

– Ah ! L'artiste émerge enfin.

Georges, tel un riche Mexicain dans son hacienda, est assis face à moi sur le fauteuil du salon, un cigarillo à la bouche. Je suis toujours installé sur ma chaise, les reins endoloris et l'arrière-train fortement engourdi par l'inconfort du mobilier. La table désormais débarrassée témoigne de la durée respectable de mon assoupissement.

– Je suis désolé, je te promets que ça ne se reproduira plus d'ici la fin de l'après-midi.

Un brin de causticité n'aggravera pas mon cas et puis d'abord, je ne suis pas désolé. Le silence qui suit rend la situation un brin pesante, du coup Georges trouve une occupation du côté de la cuisine, m'offrant ainsi la possibilité de m'étirer comme un chat sans passer une fois de plus pour un malotru. Clémence en profite pour revenir dans la pièce.

– Alors, qu'est-ce que tu comptes faire ce soir ?

Voilà bien un détail auquel je n'ai pas encore réfléchi. Le week-end à deux me semble avoir du plomb dans l'aile et je sens que je suis bon pour un trajet retour vers Paris avec mon autoradio comme seul compagnon de route. Mais Clémence a déjà tout prévu.

– Va au centre ville et retiens une chambre à l'hôtel qui se trouve en face du château. Je t'y rejoindrai dans la soirée.

– Comment s'appelle-t-il, que je ne fasse pas d'erreur de réservation ?

– L'hôtel du Château. C'est tellement original qu'il faudrait être balèse pour se tromper.

J'y cours ! Le temps de remercier chaleureusement Georges et Paulette pour leur sympathique hospitalité ainsi que pour le merveilleux festin qu'ils m'ont offert. Je les somme de me faire signe la prochaine fois qu'ils se déplaceront à Paris afin que je les invite au restaurant ou bien au théâtre si je joue quelque chose.

Ils sont positivement ravis.

⁂

– Trésor ? Ça y est ! Je suis à l'hôtel, je voulais te dire, n'oublie pas ton petit ensemble en...

– Ah, Pierre... c'est très agréable et très flatteur de s'entendre dire ce genre de choses mais je suppose que tu veux parler à ma fille ?

Quel âne bâté ! J'ai confondu la voix de Clémence avec celle de sa mère. En trente secondes à peine, j'ai envoyé toute la sauce. L'intégralité du scénario minutieux que nous avions prudemment échafaudé vient de s'écrouler avec ces quelques phrases. Au niveau des gaffes, j'ai déjà une sérieuse réputation auprès de mes amis mais je suis persuadé que celle-là est digne de figurer parmi l'élite.

Clémence va m'arracher les yeux.

Je m'attendais à voir surgir une furie pestant contre ma bévue. Clémence s'est contentée de hausser les épaules.

– De toute façon, ils auraient bien fini par le savoir, alors, un peu plus tôt ou un peu plus tard...

Elle était soulagée. Elle n'aurait désormais plus à mentir à ses propres parents quant à l'état de ses liens conjugaux avec François. Eux-mêmes ne développant pas vis-à-vis de leur gendre une relation d'estime réciproque – d'après Clémence –, ils ont immédiatement entériné notre relation avec une certaine bienveillance. Tout juste se montrèrent-ils inquiets, en bons grands-parents, de ce qui pourrait advenir de Vincent dans l'hypothèse envisageable d'une dégradation des rapports entre Clémence et son compagnon.

De mon côté, je craignais de leur part une éventuelle indiscrétion, mais force est de constater que sur ce plan-là, ils ont toujours été exemplaires.

Paris — décembre 1995

Le Rendez-vous des copains va sortir, juste avant les fêtes.

Commence une période très chargée sur le plan professionnel.

Cette comédie sentimentale tournée il y a presque trois ans me tient particulièrement à cœur. J'y partage le haut de l'affiche avec deux complices extraordinaires, Jean-Luc Douillet et Philippe Parisello. Pourtant, tout n'a pas démarré sous les meilleurs auspices. Deux acteurs avaient été pressentis avant moi. Mais l'un voulait imposer sa fiancée du moment : grosse colère du producteur qui n'a pas apprécié d'être mis ainsi au pied du mur, dehors ! Le deuxième a préféré faire une tournée plus lucrative. Je me suis donc retrouvé sur les rangs, talonné de près par un autre comédien. Dans ce métier, rien n'est jamais simple. Il suffit que vous vous imaginiez seul sur les rangs pour qu'il y en ait un qui vous colle aux basques ! Je n'ai pas pour habitude de marcher sur les pieds des copains, mais là, vraiment... Je me suis permis de faire valoir que certains dialogues du film manqueraient totalement de crédibilité vu les mœurs de l'acteur en question. J'admets, c'est un coup bas. D'autant que je n'avais rien contre cet homme, au demeurant fort charmant. Mais mon intuition me disait que ce film allait cartonner et qu'il fallait absolument que je sois de la partie.

Quitte à glisser une petite, toute petite peau de banane à mon collègue.

En règle générale, le grand exercice de la promotion médiatique enthousiasme autant les acteurs que les figures imposées au patinage artistique, mais dans ce cas précis, nous éprouvons beaucoup de plaisir à nous retrouver sur les différents plateaux de télévision pour défendre le film. Certes, nous le faisons aussi pour des raisons bassement matérielles. En effet, la réalisatrice, Coralie Poiret, n'a pu bénéficier des largesses d'une grosse production. Nos trois cachets sont donc indexés sur les entrées en salle. Mais bon, je ne suis pas dans le besoin financièrement, pas plus que mes deux collègues de bureau, et si nous nous démenons pour assurer le service après-vente, c'est surtout parce que nous sommes tous fiers du résultat.

Lundi soir. Avant-première officielle dans une grande salle parisienne. Smokings, robes de gala, petits fours, champagne... Le gratin médiatique et – plus ou moins – culturel se retrouve réuni pour l'occasion.

Officiellement, personne n'aime ce genre de soirée mais curieusement, il y a toujours autant de monde. Moi, j'adore. À doses homéopathiques, bien sûr. Je m'amuse beaucoup, quelques heures durant, à jouer les mondains avec Madame. Je me fais un devoir de témoigner mon trop-plein d'amour à tous les prochains qui viennent me lécher le museau, c'est-à-dire, grosso modo, la terre entière. L'occasion de se montrer sous son meilleur jour. Je rivalise de bons mots et d'éclats de rire spontanés.

Une blonde à la peau tirée comme un tambour me vampirise.

– Quel bonheur de vous revoir enfin dans un grand film... Vous nous avez manqué, vous savez.

Elle m'énerve, je décide de mettre un point final à la conversation.

– Mais pas autant que vous, chère madame, pas autant que vous...

Et je m'en vais, abandonnant là ma grognasse peroxydée, fort dubitative quant à ma réponse. Ça lui donnera au moins une occasion de réfléchir au cours de l'heure qui viendra.

Par bonheur, parallèlement à ce genre de parasites, il y a ceux dont la présence permet à la réception de ressembler à une partie de plaisir.

Rudy, escorté d'une nouvelle beauté – encore bravo ! – à l'accent italien aussi prononcé que la profondeur de son décolleté ; Albert, en moins bonne compagnie, certes, mais à la bonne humeur contagieuse.

Et puis, surprise du chef, Adri est allée chercher Gerrit au fond de sa Bourgogne pour lui faire partager mon heure de gloire. Je le vois, à l'autre bout de la salle, avec son éternel chapeau vissé sur la tête, sa haute stature dominant celle de la majorité des convives. Cet homme m'épate encore par la faculté qu'il possède de s'adapter à un monde qui n'a aucun rapport avec le sien. Je m'apprête à lui offrir une coupe de champagne mais je dois me rendre à l'évidence, il n'a pas attendu ma bénédiction pour se servir. Je le présente à tous ceux qui le méritent, à commencer par mes deux partenaires.

– Vous voyez, ce géant au couvre-chef distingué est le père de ma moitié. Comme je l'adore et que l'on partage tout avec Adri, elle a bien voulu qu'il soit aussi le mien.

Philippe, mon partenaire, lui serre la main en articulant sur le ton de la confidence :

– Vous n'avez pas de chance. Autant vous pouvez être légitimement fier de votre fille, autant vous êtes mal tombé avec votre rejeton adoptif !

Je lui réponds à l'aide d'un léger coup de latte au niveau du tibia qui a au moins le mérite de lui rappeler qu'on n'est pas chez mémé, ici !

La soirée se poursuit jusque fort tard. Tout le monde a l'air satisfait de la projection. Les échos qui me parviennent sont élogieux. Pourvu que ça dure...

Mercredi – Jour J.

Le film sort aujourd'hui sur tous les bons écrans de France. Les premières critiques que j'ai lues ce matin dans la presse sont encourageantes. Je remonte à moto les Champs-Élysées et les grands boulevards pour jauger la taille des files d'attente. Nerveux, le gars ! Tout à l'heure, quand la séance aura commencé, je me glisserai incognito dans une salle pour écouter la réaction du public. Je sais que Clémence ira voir le film à Amboise, elle doit m'appeler ce soir pour me faire part de son jugement. Oh, je ne me fais pas trop de souci, il sera favorable. Malheureusement, je sais aussi que ma prestation n'aura rien à voir dans son opinion. En effet, la femme que j'aime admire aveuglément mon confrère Jean-Luc Douillet à qui elle trouve un charme fou. Je lui accorde personnellement autant de sex-appeal qu'à un buffet de cuisine mais ce genre de commentaire me fait passer pour un jaloux invétéré. Je ne suis même pas l'idole de ma maîtresse.

Décidément, tout fout le camp en ce bas monde !

Le Rendez-vous des copains a été sans conteste mon plus grand succès cinématographique. Cette histoire où trois amis se disputent le cœur d'une même femme a séduit le public. Après un départ poussif, la bouche à oreille a fonctionné en notre faveur et nous avons cartonné au box-office de l'année suivante, devançant largement certaines productions américaines au budget colossal. Récompense ultime venue s'ajouter à une longue série : le César du meilleur film nous a été attribué. Une chose est sûre, avec toutes les réceptions qui se sont succédé au cours de cette année 1996, j'ai pu amortir mes différents costumes !

Paris — aujourd'hui

J'en ai tourné des navets suite au succès phénoménal du *Rendez-vous des copains*, et pas qu'un ! Quinze films en trois ans, dont certains franchement mauvais. Plus une page de libre sur mon agenda. J'avais besoin de rattraper le temps perdu. Moi qui n'avais jamais été du genre anorexique dans le boulot, j'ai frôlé l'indigestion, version gavage industriel. Outre des gains non négligeables, le cinéma me permettait avant tout d'accéder au rang de vedette en touchant un autre public, différent de celui du théâtre, plus complexe et surtout plus difficile. Ce qui ne m'a pas empêché de revenir à mes premières amours, mais par la grande porte cette fois-ci, en obtenant des premiers rôles dans de grands théâtres, dans des pièces de boulevard méprisées par une partie de la profession mais qui permettent aux acteurs de vivre car ce sont elles qui engrangent les plus fortes recettes.

Je ne voudrais pas donner l'impression de cracher dans la soupe mais le monde du cinéma, si agréable soit-il, me donne toujours le sentiment de régresser au stade infantile. Vous êtes pris en charge de A à Z, *tout va bien, Pierre ? Un verre d'eau, Pierre ? Pas trop fatigué, Pierre ?* Tout juste si on ne me tient pas la porte pour aller pisser ! Au théâtre, chacun se démerde. Pas question de refaire quinze fois la prise, si tu es mauvais, tant pis pour toi mon p'tit gars.

Et puis il y a un vrai rapport avec le public, les applaudissements, parfois convenus, parfois délirants.

De toute façon, je n'aurais jamais pu abandonner les planches. J'ai quitté Périgueux à l'âge où d'autres usent encore leurs fonds de culottes sur les bancs du lycée pour tomber dans les bras de Mme Refoulet. Rien de charnel entre nous, rassurez-vous, j'aurais pu être son petit-fils.

Je me souviens encore de ses paroles :

– Mon garçon, vous avez une voix, un physique, il faut être acteur !

Après mes péripéties au Châtelet, ma bienfaitrice m'a vivement conseillé de m'inscrire à un cours d'art dramatique. Une fois là-bas, je me suis senti aussi à l'aise qu'un éléphant sur une corde raide. Les élèves qui m'entouraient avaient déjà un CV, certains d'entre eux commençaient même à avoir une certaine notoriété dans le métier. Et puis avec mon accent du Sud-Ouest, je ne passais pas inaperçu. Tellement peu inaperçu que mon professeur m'a rapidement invité à monter seul sur scène.

– Montre-moi ce que tu sais faire.

Ce jour-là, j'ai mis autant d'énergie à jouer que si ça devait être la dernière fois.

Même remarque que celle de Mme Refoulet avec une légère nuance sur la fin.

– Tu as le physique, tu as une voix, mais il va falloir bosser !

Après mon service militaire – seize mois en Algérie alors que mon père m'avait promis un piston à la caserne de Périgueux ! – je me suis inscrit dans un autre cours, équivalent à celui du cours Florent aujourd'hui. Souvent, le soir, je me retrouvais dans ma chambre d'hôtel aussi large qu'un Kleenex, face à mon éternel sandwich jambon-beurre devant lequel je m'adonnais à la méthode Coué : je rabâchais mes scènes avec la régularité d'un métronome tout en me répétant *tu vas y arriver, Pierre, tu vas y arriver.* À ce stade, ce n'était plus de la détermination mais de l'acharnement. J'avais un moral de chiotte mais pour rien au monde je n'aurais laissé tomber. Je passais toutes les auditions possibles et imaginables. On demandait un petit blond ? J'étais grand et brun mais j'y allais quand même. Je garde de ces années de rage une certitude : un mec brillant avec un poil dans la main a cent fois moins de chances de percer et de durer que le type moins doué mais qui persévère. Je crois plus à l'obstination qu'à l'inspiration. La preuve : ma résistance à toutes les critiques a payé. Très rapidement j'ai commencé à faire des doublages de film, grâce à mon professeur Yves Furet qui régulièrement, à la fin des cours, vers minuit, haranguait la salle entière :

– Qui veut voir comment ça se passe dans les studios de synchro ?

Tout le monde levait le doigt, soit quarante élèves !

– Alors soyez chez moi demain à l'aube.

Mais le jour suivant, à 7 heures, j'étais le seul devant sa porte. Je faisais alors le trajet Aubervilliers-Paris en métro et en bus. S'il avait fallu dormir sur son paillasson pour assister à ces séances, je l'aurais fait. Ça oui, je l'aurais fait.

Finalement, Yves Furet m'a proposé quelques bouts d'essai qui se sont révélés plutôt concluants. J'ai gagné ma vie très rapidement, pas des fortunes, non, mais de quoi survivre et me donner envie de continuer dans le métier. Je prêtais ma voix – déjà très appréciée à l'époque – pour des messages publicitaires. Je jouais également en province des pièces qui avaient eu du succès à Paris mais dont les acteurs, plus connus, ne daignaient pas partir en tournée. Trop fatigant. Moi, je m'en fichais, c'est en forgeant que l'on devient forgeron, je savais que piétiner les scènes de province ne serait pas vain.

Synchro, radio, théâtre... Une chose en amenant une autre, j'ai connu les premiers soubresauts du café-théâtre, à une période où ce mode d'expression était encore un peu confidentiel. J'ai intégré une troupe tout à fait par hasard grâce à un copain qui m'a téléphoné un soir :

– Tu connais le comique, Scaramouche ?

– Non, pas du tout.

– J'ai un remplacement pour toi dans une de ses pièces, ça t'intéresse ? Ça se passe au théâtre La Bruyère.

Deux heures plus tard, le même copain me rappelle :

– Dis, Pierre, tu n'es pas susceptible ? Parce que ce n'est finalement pas toi qui auras le rôle !

Puis le lendemain matin :

– Attends, excuse-moi, tu n'es toujours pas susceptible ? Parce que celui qui devait te remplacer part faire une télé ! Grouille !

Je ne peux pas dire que l'ambiance folklorique et délirante du théâtre La Bruyère répondait à mes aspirations du moment – le classique, en l'occurrence – mais le joyeux bordel qui régnait chaque soir sur les planches me fit oublier Tartuffe et Don Juan.

Le Rendez-vous des copains...

Aujourd'hui encore, chacune des interviews que j'accorde me rappelle combien ce film compte dans ma carrière. Un remake aux États-Unis et, quelques années plus tard, une suite tournée avec la même réalisatrice et les mêmes acteurs pour un succès quasi similaire, qui dit mieux ?

Hélas pour moi, les circonstances ont voulu que je n'en profite pas d'une manière identique. Par la faute d'une personne. Une seule.

Clémence.

Paris — mars 1996

– Pierre, elle est trop petite cette cuisine, deux plaques chauffantes, ce n'est pas assez, et puis je peux à peine faire demi-tour !

Clémence peste contre mon appartement qu'elle trouve coquet, certes, mais aussi spacieux qu'une boîte de sardines. Pour ma part, je ne vois pas l'intérêt de déménager dans l'immédiat. Adri fait une voisine tout à fait respectable et je me sens bien dans ce deux pièces fonctionnel, calme et lumineux. Le seul bruit qui m'horripile est celui des poubelles que Rita, ma concierge adorée, traîne derrière elle à des heures parfois trop matinales.

Mon quarante mètres carrés est suffisamment grand pour que j'y stocke tout un tas de choses dont je ne peux me séparer : mes deux vélos et mon cor, dont je joue parfois au grand dam de mes voisins qui me téléphonent pour me supplier d'arrêter. Je collectionne les valises – plus d'une dizaine –, les peluches et les poupées russes. Et puis je suis attaché à ces petits bouts de choses qui n'appartiennent qu'à moi : mon réveil sur lequel dort un ours, des photos d'Adri jeune, des photos d'Adri moins jeune, des boîtes en carton dans lesquelles je conserve précieusement des loupes, des boutons, des pin's, des écrous, des boulons, des clés, des punaises et des ressorts, un marteau et un mètre.

Si je devais partir précipitamment, là, tout de suite, en emportant une seule chose, ce serait quoi ?

Dieu, sans conteste.

Il me regarde, je lui parle chaque soir avant de m'endormir. Ce portrait à la craie, d'une simplicité incroyable, acheté à un jeune artiste qui dessinait dans la rue, ne cesse de m'émouvoir chaque jour un peu plus. Je l'ai cloué face à mon lit, lui laissant ainsi le soin de veiller sur moi pendant mon sommeil.

Clémence a voulu faire des courses pour nous préparer un navarin d'agneau. Je la regarde s'affairer dans ma kitchenette, pestant contre mes plaques électriques qui ne cuisent pas aussi spontanément qu'une bonne vieille cuisinière à gaz. Clémence aux fourneaux, c'est un sacré spectacle. Elle râle sur tout : le poids de mes ustensiles, la mauvaise qualité de mon beurre, la porte de mon réfrigérateur qui s'ouvre par la gauche, la rareté de ma vaisselle, *comment veux-tu que je fasse avec deux bols et trois assiettes !* À côté de ça, elle chante, preuve que tout ne va pas si mal.

Je n'échangerais ces instants contre rien au monde. Quand je la vois, si familière en mon domicile, j'ai l'impression qu'elle ne partira pas, qu'elle restera ici tout le reste de sa vie, pour le simple plaisir de me faire goûter à son risotto ou sa charlotte aux abricots. Si ça ne tenait qu'à moi, je fermerais la porte à double tour et je jetterais la clé à la poubelle, je ne répondrais plus au téléphone, j'arrêterais tout pour profiter à fond de la joie si modeste et si essentielle d'être avec elle. Tiens, je suis même prêt à sacrifier son navarin sur l'autel de sa présence. Elle peut, si elle le veut, ouvrir une boîte de raviolis et l'accompagner d'une tranche de jambon, je m'en moque... Mais bon sang, qu'elle reste ici avec moi ! Je sais pourtant que demain, il faudra de nouveau vivre en parallèle. Le « trait d'union » qu'elle évoque si souvent pour décrire ce lien qui soude nos deux prénoms bien plus que tous les contrats officiels reprendra sa fonction séparatrice. Jusqu'à quand ? Combien de temps encore pourrons-nous tenir le rythme de ces plongées dans l'illicite ?

Bien sûr, le goût de l'interdit rend la situation encore plus intense mais peut-on rester longtemps à la frontière de ce que la morale réprouve ou autorise ?

Donc, demain, ce sera quai 25, mouchoirs et rideau jusqu'à la prochaine. D'un autre côté, mon home retrouvera cette apparence civilisée que Clémence a une fâcheuse tendance à mettre à mal lorsqu'elle me gratifie de sa présence. Cette fille est d'un bordélisme inimaginable, il ne lui faut pas plus d'une heure pour transformer mon appartement sagement agencé en un véritable capharnaüm ! Quand on est comme moi, incapable de s'endormir tant qu'il reste une petite cuillère dans l'évier, il vaut mieux avoir l'estomac solide. Heureusement, je n'ai pas à me plaindre de ce côté-là.

En attendant, Clémence se concentre sur sa préparation culinaire. J'ose lui demander si tout va bien et le regrette à l'instant même où elle me répond.

– J'aurai du mal à te voir cette semaine, à Amboise.

– Encore ?

Le cri du cœur !

– Ce n'est pas François. Le moteur de ma vieille R5 a rendu l'âme et à pied jusqu'à l'hôtel, ça fait une belle trotte de chez moi.

Flûte ! Voilà des mois que, chaque semaine, nous nous retrouvons avec autant de fougue, avec autant de bonheur. Il me déplaît fortement que la mauvaise grâce d'un véhicule vienne s'immiscer dans notre relation. Je suis prêt à tout pour d'autres rendez-vous coquins, encore et encore.

– Je peux venir te chercher ou te retrouver pas trop loin si tu veux ? Elle sera réparée quand ?

Clémence semble résignée.

– Je ne sais pas. En ce moment, je n'ai pas trop les moyens d'engraisser mon garagiste. Le musée de Cheverny pour lequel je viens de bosser pendant cinq mois m'a avertie d'une coupe sombre dans sa ligne budgétaire, et encore une fois, ce sont les crédits alloués à la muséographie qui trinquent !

Clémence s'assoit, prend une cigarette, ce qui chez elle n'est jamais un signe de gros moral, s'énerve contre son briquet qui refuse d'obéir aux ordres.

– J'en ai marre de ce boulot où les gens ne respectent jamais leurs engagements. Ils nous payent avec des lance-pierres et encore, tous les trente-six du mois...

– Tu as des problèmes d'argent ? François ne t'aide pas ?

– Je vis avec lui, c'est tout. Je ne veux pas lui être redevable de quoi que ce soit !

J'essaie de lui expliquer que vivre en couple, c'est également se montrer solidaire de ce genre de soucis matériels. Sa réponse me souffle.

– J'espère bien ne plus rester longtemps en sa compagnie. Vincent est la seule personne qui retienne ma décision. C'est pour cette raison que je ne veux pas dépendre de François. Je ne tiens pas à ce qu'on me le reproche un jour.

Le pied total ! Pincez-moi, je rêve. Si je ne me retenais pas, je serais capable d'entamer la danse du feu sur la table basse du salon ! Alors comme ça, c'est quasi certain, Clémence va jeter son mec d'un jour à l'autre !

Calme-toi mon Pierrot, pense à ton cœur, à tes artères...

– Tu vas vraiment le quitter ?

– Oui, dans une semaine, un an, je ne sais pas, mais ça se fera.

Je me risque un peu plus dans la brèche entrouverte.

– Et tu penses qu'il y aura une petite place pour moi dans ta nouvelle vie ?

– Toute la place que tu voudras !

J'ai une pêche d'enfer ! Qui a parlé de mon cœur et de mes artères ?

Aix-en-Provence – juin 1996

Florence, dont les cheveux n'ont pas repoussé d'un centimètre, n'a toujours pas retrouvé une coupe digne de ce nom.

L'histoire bégaie parfois. Comme l'année dernière à une époque presque similaire, Clémence a proposé de m'emmener dans ses bagages pour bénéficier du soleil dans le mas familial de sa meilleure amie.

Florence semble toujours aussi ravie de me voir. J'essaie de lui cacher la réciproque du mieux que je le peux.

Vincent a bien grandi depuis la dernière fois que je l'ai vu à Amboise. *Monsieur !* a-t-il hurlé en me sautant dans les bras. Décidément, je trouve ce « monsieur » ridicule mais je ne me lasse pas de l'entendre dans la bouche de cet enfant.

Au mois de septembre prochain, il connaîtra ses premiers vrais soucis puisqu'il fera sa rentrée dans l'Éducation nationale au rayon petite section de maternelle. Il est vraiment trognon, ce gosse. Je ne pensais pas être aussi heureux de le revoir. Officiellement, pour lui, je reste « monsieur », quidam anonyme aux yeux d'un François dont la méfiance connaît de belles poussées de fièvre.

Vincent a fait d'énormes progrès dans son approche des trajets en voiture, ce qui nous permet de l'associer régulièrement à nos balades. Attitude louable et bénéfique parce que d'un autre côté, j'en connais une qui n'a pas évolué d'un poil dans ses relations avec la jeunesse pré-collégienne. Il suffit que Vincent gazouille pour que Cruella soupire à en faire trembler les murs. Quant à moi, qui évolue pourtant dans une catégorie d'âge assez éloignée de celle du petit, j'ai l'impression qu'elle chope une crise d'urticaire chaque fois que nos regards se croisent.

Un jour, nous finirons bien par nous taper dans le dos comme des vieux potes mais j'ai peur qu'il y ait un léger délai avant d'en arriver là.

Paris — septembre 96

Oserai-je l'avouer ?

Vincent me manque. Je ne suis pourtant pas du genre « fais risette au monsieur », mais je me surprends à penser à lui de plus en plus souvent. Dans la rue, croiser une mère et sa poussette me fend le cœur. Pourquoi n'aurais-je pas le droit de l'emmener moi aussi faire une balade ? Nous deux seuls, main dans la main. Je regrette nos rendez-vous manqués : ces manèges dans lesquels nous ne sommes pas montés – lui sur Donald, moi sur Mickey –, ces glaces à trois boules que je ne lui ai pas offertes – vanille, fraise, chocolat –, ce chocolat chaud que nous n'avons pas bu, ce petit train montmartrois que nous n'avons pas pris. Pourquoi n'aurais-je pas le droit ?

Pierre, Vincent a déjà un papa.

À deux cents kilomètres de chez moi, dans le Val de Loire, il y a en ce moment un petit machin de trois ans qui fait ses premiers pas d'étudiant. Est-il heureux ? Va-t-il pleurer quand sa maman partira ? Jouera-t-il immédiatement avec ses futurs camarades ou ira-t-il se réfugier auprès de sa maîtresse ? Le bout de chou me semble suffisamment social pour appréhender positivement sa nouvelle vie en communauté. Il attend le jour J depuis assez longtemps pour se montrer digne de l'événement et ne pas imiter ces brailleurs qui roulent des mécaniques pour finalement répandre toutes leurs larmes à la porte de l'école. Clémence a promis de me téléphoner ce soir pour me résumer intégralement le déroulement de la grande première. A priori, je la sens moins que son fils sur cette affaire, bien plus angoissée en tout cas. D'ici que ce soit elle qui pleure, il n'y a pas des années-lumière.

Le cœur d'une mère a ses raisons...

Paris — octobre 1996

J'aime bien jouer avec Adri.

Nous n'avions pas joué ensemble depuis quelque temps.

Je répète avec elle une nouvelle pièce dont la première est prévue dans une quinzaine. D'abord – j'évite de le crier trop fort par respect pour l'épaisseur de ses chevilles – je trouve ma femme excellente comédienne. Et puis c'est agréable d'avoir de temps à autre des horaires similaires. Enfin, détail non négligeable, je vais partager l'affiche avec une partenaire que je peux, à l'occasion, envoyer sur les roses sans être obligé, dans les minutes qui suivent, de déclencher un processus de négociations pacifiques dignes du conflit israélo-palestinien. Bien entendu, Adri ne se gênera pas pour me renvoyer dans les cordes et je ne chercherai pas à faire la comptabilité des noms d'oiseaux qu'elle m'enverra au cours des répétitions. Pas de problèmes, je ne suis pas susceptible.

Pas avec elle.

Dernier détail pratique, la pièce aura lieu au théâtre de l'Atelier qui, montre en main, se situe à moins de cinq minutes à pied de nos domiciles. C'est bon de savoir que nous n'aurons pas à nous soucier de la circulation parisienne pour rejoindre notre lieu de travail.

En attendant, chaud devant ! Nous sommes entrés dans la phase ultime des répétitions et il y a comme un léger coup de bourre au niveau du respect des délais. Rien d'inhabituel finalement. L'aspect désagréable de la situation est à chercher du côté de Clémence. Les cadences infernales auxquelles nous sommes contraints réduisent sérieusement nos retrouvailles. Heureusement, grâce au miracle des nouvelles technologies et du progrès triomphant, nous avons trouvé un nouvel allié : le téléphone portable ! Je me suis payé deux exemplaires de ces petits joujoux – un pour moi, un pour elle – et par leur intermédiaire, nous pouvons dorénavant entrer en contact dès que nous le souhaitons... et nous le souhaitons souvent !

Quel plaisir de pouvoir enfin entendre son *oui, mon amour ?* sans craindre de tomber sur une voix masculine qui décrocherait à son insu.

Quelle époque formidable !

Paris — aujourd'hui

Le four !

Après un succès de curiosité qui nous a permis de passer les deux premiers mois sans trop de soucis, le taux de remplissage de la salle se mit à baisser irréversiblement jusqu'à atteindre des pourcentages indécents. Je me souviens notamment de la représentation du Jour de l'An au cours de laquelle nous aurions pu finir les restes du réveillon avec les spectateurs présents dans la salle tant ces courageux se comptaient rapidement. Et puis, c'est bien connu, quand ça ne va pas, tout s'accumule. Nous avons eu droit à tout, de la grève des transports aux problèmes techniques aussi divers qu'inattendus. Et il ne fallait pas chercher le réconfort dans la chaude ambiance qui régnait entre nous. Celle-ci, sérieusement plombée par toutes ces mésaventures, était aussi glaciale qu'un hiver polonais. Sans vouloir montrer du doigt mon prochain, je dois avouer que la faute en incombait totalement à Rachel, mon autre collègue féminine, dont la présence dans la distribution trouvait sa justification par les liens familiaux qui la rapprochaient de notre metteur en scène, son frère pour l'état civil.

Cette fille nous a vérolé la pièce avec une constance qui impose le respect. Il y a même eu des fois où j'en arrivais à regretter cette chère Caroline David qui, si elle était une chieuse de première, avait à sa décharge du talent.

Cette furie aura réussi l'exploit rarissime de faire l'unanimité contre elle. La preuve, j'ai le souvenir d'Adri prenant publiquement ma défense lors d'une engueulade un poil plus aiguë que les autres, écorchant de ce fait le devoir de réserve que nous nous sommes toujours implicitement fixé lorsque nous jouons ensemble.

Dans ces cas-là, il faut faire le dos rond et attendre des jours meilleurs. Le début de l'année 1997 allait me les offrir.

Paris – février 1997

Je frôle l'attaque.

Clémence vient de prononcer les mots que j'attendais depuis si longtemps.

– François et moi avons décidé de nous séparer. La situation devenait impossible, nous aurions fini par nous détester.

Clémence avait rendez-vous à Versailles avec un de ses fournisseurs. L'occasion était trop belle pour ne pas passer la journée ensemble. Et là, dans ce petit salon de thé, juste après le millefeuille, elle lâche sans émotion visible la nouvelle avec une absence de cérémonial qui m'épate. Elle aurait pris un ton identique pour me parler du film qu'elle a vu la veille.

Avec la pointe du couteau, je rassemble nerveusement les miettes sur la nappe.

– J'ai une part de responsabilité dans cette décision ?

– Oui, Amboise est une ville où tout fini par se savoir et revient encore plus vite qu'un boomerang. De toute manière, avec François, il y a un truc cassé depuis des mois, il ne restait que Vincent pour nous souder. Tu n'as fait qu'accélérer le mouvement.

Champagne !

Ma montre me rappelle que nous n'en sommes qu'à l'heure du goûter. Je commande deux cafés pour me remettre.

Clémence pense qu'ils vont malgré tout « réussir » leur séparation. Faire en sorte que celle-ci ne tourne pas au débat sordide où deux êtres qui se sont aimés un jour en arrivent à se balancer des tonnes de purin à la figure. Ils sont d'accord sur l'essentiel et même sur une grande partie du superflu. Clémence aura la garde du petit qui, lui, verra son père un week-end sur deux et la moitié des vacances scolaires. François gardera la maison puisqu'elle lui appartient.

Je saute sur l'occasion.

– Pourquoi ne viens-tu pas t'installer à Paris ? Je te louerais un appartement où tu pourrais vivre avec Vincent. Je viendrais vous y rejoindre chaque fois que j'en aurais la possibilité.

Chaud comme une bouillotte, le gars Pierre ! La perspective de posséder Clémence sans partage me donne des ailes. Égoïstement, je n'en pouvais plus de cet autre qui me la « volait » plus souvent qu'à son tour. Je tente encore de la convaincre de se rapprocher de moi, qu'il n'y ait plus toutes ces cochonneries d'autoroutes et autres voies de chemin de fer entre nous.

– Non, j'ai mon métier. Presque toute ma clientèle est basée en Touraine, m'installer ici m'obligerait quasiment à repartir de rien. Je n'en ai pas le courage.

J'aurais bien envie de lui dire qu'elle a bonne grâce de montrer une telle fidélité à une profession et une clientèle qui savent se faire aussi discrets quand il s'agit de lui accorder une juste rémunération. Je préfère me taire.

– Il y a surtout Vincent, ajoute-t-elle. La situation sera assez difficile à vivre pour lui sans que je lui impose un changement d'école.

Argument massue contre lequel je ne peux rien. Ça vaut

joker et dix de der. Je veux quand même en savoir plus sur l'avenir.

– Et moi, dans tous ces changements ?

– Toi, tu restes l'homme que j'aime. La seule différence est que nous n'aurons plus besoin de nous cacher. Si tu es très sage, je te donnerai même un double des clés de mon futur chez moi. Nous pourrons passer ensemble tout le temps que tu voudras bien me consacrer... Enfin, *nous* consacrer.

Plus je réfléchis, plus je me dis que j'ai bien fait de me lever ce matin.

Amboise – avril 1997

La mascarade théâtrale qui nous occupait depuis la Toussaint n'aura pas survécu à l'hiver. Personne ne s'en plaindra. La dernière s'est déroulée dans une indifférence polie, chacun attendant sagement des jours meilleurs.

Sous le soleil du sud de la France, Adri enchaîne avec le tournage d'une série qui risque de l'occuper plusieurs semaines. Quant à moi, je vais pour une fois prendre mon temps, sélectionner les différents projets cinématographiques qui valent le coup avant d'entamer une nouvelle pièce avec mon copain Max à la mise en scène. Et puis surtout, pendant ces quelques semaines d'inactivité, je vais décentraliser mon quotidien du côté de l'Indre-et-Loire.

Clémence vit officiellement en célibataire depuis le mois de mars et je me fais un devoir de combler le vide affectif de cette pauvre princesse abandonnée dans son palais. Je peux maintenant passer le temps que je veux en sa compagnie sans avoir l'impression de vivre à la sauvette. En pratique, cela se traduit par des détails simples, du style avoir une brosse à dents et un rasoir à demeure, s'approprier une partie du placard de la chambre à coucher et y laisser suffisamment de choses pour supporter plusieurs jours en autarcie vestimentaire.

Avec Clémence, je trouve un plaisir insoupçonné à accomplir des tâches très ordinaires, par exemple me retrouver dans un de ces temples de la consommation, dirigeant avec une réelle maestria un Caddie sur le siège duquel Vincent trône comme un pape. Je promène dans tous les rayons mon sourire béat, regardant Clémence entasser les denrées nécessaires à notre alimentation, la conseillant à l'occasion sur une marque de pâtes qui a ma préférence et lui permettant d'atteindre des produits inaccessibles à sa morphologie. Bref, le bonheur version hypermarché.

Je suis prêt à recommencer.

À condition qu'elle soit à mes côtés !

Amboise – mai 1997

J'adore la moto depuis mon plus jeune âge. Rien à voir avec la vitesse ou le goût du risque, je ne suis pas un émule du plein gaz, j'ai plutôt le bitume peinard. En revanche, j'aime me balader sur les petites routes en sentant la puissance contenue d'une grosse cylindrée prête à répondre à la moindre de mes envies d'accélération.

Habitant une ville où la circulation est un problème récurrent, je ne néglige pas non plus le côté pratique d'un moyen de transport qui me permet de rallier deux points opposés de la capitale en un temps inimaginable pour le commun des automobilistes.

Clémence éprouve en général un certain plaisir à jouer les amazones pour les randonnées bucoliques et elle apprécie autant le gain chronométrique que je lui offre lorsqu'elle se déplace sur mes terres parisiennes. La seule réserve qu'elle émet concernant mon violon d'Ingres tient au pedigree habituel de mes montures. La marque ayant ma préférence étant le fournisseur attitré de la maréchaussée nationale, j'ai droit régulièrement à des remarques caustiques du style de celle que j'ai encaissée la semaine dernière.

– La prochaine fois, tu mets une chemise bleu ciel, des Ray-Ban et tu seras mûr pour tourner un remake du *Gendarme de Saint-Tropez* !

Je préfère mépriser avec superbe ce genre de propos. La bave du crapaud...

J'ai quand même pris la décision, pour fêter l'arrivée des beaux jours, de m'offrir un petit coup de folie en choisissant une option qui devrait définitivement faire taire les quolibets. Cédant brutalement à une pulsion vieille de plusieurs années, je me suis acheté une Harley-Davidson. Le gentil Pierrot débonnaire a laissé la place à Bartoli « Born to be wild » le rebelle !

Mesdames, écartez vos enfants de mon chemin.

Chromes plus rutilants qu'une batterie de cuisine chez les frères Troisgros, moteur pétaradant, franges au guidon et casque américain, mon arrivée dans la cour de la maison de Clémence me vaut sur-le-champ un remarquable succès d'estime. Elle ouvre des yeux ronds comme des billes, ébahie par tant de changements. Du coup, elle tient absolument à m'accompagner pour une équipée sauvage à la mode du Val de Loire, mais avant de partir jouer les amazones, il lui faut adopter le look qui sied à un tel engin. Santiags aux pieds et perfecto sur le râble, nous dévalisons en moins d'un quart d'heure le stock de Western & Leather, la seule boutique d'Amboise qui possède ce style de fringues, avant de foncer à cinquante à l'heure sur les départementales de la campagne tourangelle.

En nous regardant passer, tout de cuir vêtus, les vaches ne doivent pas trop la ramener.

Quand je la vois, déguisée en Hell's Angel au féminin, j'ai du mal à reconnaître la jeune muséographe sagement vêtue que je côtoie depuis presque trois ans maintenant. Si l'habit fait le moine, elle peut se préparer à entrer dans les ordres.

– Je ne sais pas comment tes chers parents accepteraient ta métamorphose. À mon avis, ils te priveraient de sortie et t'enverraient dans ta chambre sans manger.

– Tais-toi et roule !

On the road again !

Chablis – août 1997

Un an, six mois, certainement moins... Combien de temps pourra-t-il encore tenir tête à l'inexorable ?

Les examens sont formels : Gerrit est malade. Sérieusement malade.

Le scanner que son médecin lui a conseillé de passer a révélé une tumeur au niveau des poumons. Pourtant, j'avais presque fini par le croire immortel. Malgré ses quatre-vingt-six ans, je ne me souviens pas lui avoir connu la moindre faiblesse. Comment un homme ayant vécu si longtemps sans jamais avoir pris un seul médicament peut-il être accablé sans préavis par un mal incurable ?

Gerrit nous a annoncé la mauvaise nouvelle entre la poire et le fromage, comme s'il s'agissait d'un fait banal ne méritant pas qu'on s'y attarde. Adri et moi avons échangé un regard affolé. « De toute façon, il faut bien partir un jour », a murmuré mon beau-père en épluchant sa pêche.

Je n'ai pas touché à mon dessert. Adri a posé la main sur celle de son père.

– Pourquoi ne pas en avoir parlé avant, papa ?

Gerrit a caressé sa joue tendrement.

– Et alors, ma jolie ? ça aurait changé quoi ? Vous vous seriez inquiétés, je ne veux causer d'ennuis à personne. Pour l'instant, je suis encore vivant, non ?

Adri n'a plus décroché un mot jusqu'à ce que nous

sortions de table. Je l'avais rarement vue aussi soucieuse. Puis elle s'est éclipsée dans sa chambre où elle est restée l'après-midi entier. La porte fermée à clé.

Pour Gerrit, l'affaire semblait entendue : il allait mourir. J'aurais pourtant voulu qu'il se batte, qu'il résiste, qu'il refuse le mal que la science lui révélait, mais ce fut peine perdue. Protestant convaincu, mon beau-père était persuadé que le seul remède contre la peur consistait à s'en remettre à la volonté de Dieu. « Inutile d'en faire une montagne », grommelait-il souvent devant nos mines éplorées. La vie continuait pour ceux qui l'entouraient. Alors, pour ne pas augmenter sa peine, Adri et moi voilions notre chagrin, chacun essayant de faire comme si... comme si la vie après lui pouvait être la même. Mais la vie sans Gerrit ne serait jamais la même !

Lors de nos repas dominicaux, Adri s'arrangeait toujours pour débarrasser la première, afin de se réfugier dans la cuisine, les yeux remplis de larmes. J'aurais aimé la rassurer comme il se devait, lui expliquer qu'il n'y a jamais de causes perdues d'avance. Mais mes paroles auraient sonné creux. Pour tout dire, j'étais incapable de me convaincre moi-même.

J'avais déjà perdu mon père à l'âge de vingt-trois ans. Qu'allais-je devenir si cette figure emblématique disparaissait de ma vie ? L'idée que Gerrit puisse nous quitter définitivement me secouait tellement que j'ai préféré jouer la carte du déni. La maladie de Gerrit n'existait pas. Une tumeur aux poumons ? Mais ça se soigne très bien, les tumeurs du poumon ! Les médecins qui suivaient mon beau-père n'auraient aucun mal à endiguer le cancer qui le rongeait.

Jusqu'au bout j'ai cru à mon mensonge.

Lausanne — octobre 1997

Soirée de gala très particulière pour la première de *Soleil pour deux*. D'abord, il s'agit d'une création. Ensuite, fait unique dans ma carrière, ma filleule Valérie me donne la réplique et j'en suis très heureux.

Le producteur a choisi d'innover : au lieu de commencer par la capitale, nous essuierons les plâtres en Suisse, avec quinze représentations. Nous enchaînerons ensuite sur Paris après les vacances de la Toussaint afin d'effectuer quelques retouches éventuelles, si besoin est.

Le théâtre de Lausanne est spacieux et agréable. Dans les loges confortables nous attendent un tas de petites attentions : fleurs, champagne et chocolats. Si nous sommes mauvais, il n'y aura pas d'excuses à chercher du côté de l'organisation helvétique.

Max assure la mise en scène avec brio. Il semble incroyablement zen, et ça m'épate. D'habitude, dans ce genre de situation, il est d'une humeur de chien. Aujourd'hui, il discute et plaisante avec tout le monde. Seules les cigarettes qu'il grille sans temps mort trahissent sa nervosité.

Clémence m'a fait parvenir quelques lignes que je me suis empressé d'afficher au-dessus du miroir de ma table de maquillage. Il y est question, comme d'habitude, de « ce trait d'union entre nous qui finira toujours par avoir le dernier mot ». Les encouragements de Clémence me sont devenus indispensables. Sans eux, j'ai l'impression de jouer « fade ».

Ce n'était pas prévu : Adri m'a fait la surprise de se déplacer, et surtout de venir me voir dans ma loge avec Gerrit. En un mois, il a déjà perdu beaucoup de sa vigueur. Il marche péniblement et la faiblesse de sa voix masque à peine ses souffrances. Il a malgré tout insisté pour accompagner sa fille. Compte tenu de son état, cette marque d'affection me touche au plus haut point.

Je serre Gerrit dans mes bras. Jusqu'alors, la pudeur avait freiné certains de mes gestes. Aujourd'hui, j'ai envie de lui montrer, de manière plus franche, à quel point il compte pour moi. Je lui glisse au creux de l'oreille : « Gerrit, tiens bon ! » Puis j'embrasse Adri dans le cou. Une manière comme une autre de lui dire qu'elle peut compter sur moi.

– En scène dans un quart d'heure !

Dans le haut-parleur posé sur la table de maquillage, la voix du régisseur résonne puis cède la place au brouhaha des spectateurs qui attendent dans la salle. Adri et Gerrit s'éclipsent afin de rejoindre leur place. C'est le moment de me coiffer, de vérifier l'ordonnancement de chacune de mes mèches. Ce rituel immuable agace souvent mes partenaires qui ne se privent pas de me faire remarquer combien je suis « chiant avec mes cheveux ».

Tous des jaloux.

– En scène dans cinq minutes !

Le ton devient plus ferme. Agitation dans les loges. Nous nous retrouvons tous dans les couloirs. Chacun se concentre à sa façon : certains s'isolent pour quelques exercices de respiration, d'autres chauffent leur voix dans le couloir. Quant à moi, je me contente de déposer un baiser sur le front de ma nièce, sans oublier le mot magique, *merde* ! Valérie est aussi pâle qu'un cachet d'aspirine. Heureusement, Tonton Pierre est là pour la rassurer. Mais ça n'a pas l'air de la réconforter outre mesure.

À quelques instants du lever de rideau, nous nous relayons comme des gosses curieux afin d'espionner discrètement la salle. Ça y est ! Je te vois, Gerrit ! Tu es assis au premier rang. Dans dix secondes à peine, le brigadier frappera les trois coups. Le silence sera alors total. Lorsque le rideau s'ouvrira, je jouerai pour toi.

Uniquement pour toi.

Chablis — novembre 1997

Quatre mois auront suffi à cette saleté de crabe pour abattre le rocher. Gerrit est parti ce matin pour un voyage sans retour.

Le sentant décliner à vue d'œil, je m'étais arrangé avec Max pour passer une semaine près de lui. Ma femme, bloquée dans le sud de la France par ses obligations professionnelles, me téléphonait dix fois par jour. Malheureusement, tout est allé trop vite et Adri n'a pu être présente pour tenir la main de son père au moment fatidique. Le fait de ne pas avoir été à ses côtés à l'heure où son cœur cessait de battre a décuplé sa peine, et sa culpabilité. Dans son esprit, ce fut comme un dernier rendez-vous manqué. Pauvre Adri, tu as perdu l'homme que tu admirais et chérissais le plus au monde.

Demain, nous accompagnerons Gerrit une dernière fois, avec tous ceux qui le connaissaient et l'appréciaient. Qu'ils viennent d'ici ou d'ailleurs, ils seront nombreux, je le sais.

On ne ressort jamais indemne d'un enterrement. Outre son propre chagrin, il faut accepter de voir la souffrance déformer le visage de ceux que l'on aime.

Adri s'accroche à mon bras. Cela fait des semaines qu'elle lutte avec dignité contre le désespoir. Sa voix, d'habitude si claire, est devenue terne. Je l'entends à peine lorsque nous échangeons quelques mots. Des mots que je dois lui arracher tant son mutisme semble la couper du reste du monde.

Ravagés par la douleur, ma femme et moi regardons le cercueil descendre lentement sous terre. Avant notre départ pour le cimetière, Adri a pris soin de composer elle-même un bouquet d'adieu agrémenté de chacune des fleurs de notre jardin, un bouquet magnifique, plein de couleurs d'automne.

Ces fleurs sont pour toi, Gerrit. Qu'elles t'accompagnent à jamais vers ta future demeure.

*
**

À mon retour à Paris, Albert, qui connaissait Gerrit mais n'avait pu se déplacer aux obsèques, m'a envoyé une carte sur laquelle il a écrit : « Tu aurais pu être son fils et il restera à jamais ton père. À présent, tu seras plus fort car faiblir serait le décevoir. » J'ai longtemps gardé affiché dans ma loge ce message émouvant. À l'inverse, j'ai fusillé du regard un imbécile qui s'était permis cette réflexion stupide : « Mais il était très âgé, n'est-ce pas ? » Sous-entendu : à quatre-vingt-six ans, la mort fait partie des choses de la vie. Bien sûr, Gerrit n'était plus tout jeune, et alors ? Il n'aurait dérangé personne en nous tenant compagnie quelques années de plus.

Peu après l'enterrement, Adri est repartie dans le Sud, seule avec sa peine. Il lui a fallu beaucoup de courage pour tenir le coup, isolée de ceux qui auraient pu lui apporter un peu de chaleur. Je l'appelais matin et soir pour des conversations dépourvues d'intérêt, construites sur la banalité du quotidien, mais qui nous rapprochaient un peu dans ces moments difficiles.

Loin d'elle, je me suis immergé dans cette pièce, *Soleil pour deux*, qui m'a aidé à surmonter mon chagrin. Et puis j'allais le plus souvent possible à Amboise afin de retrouver un cadre de vie plus enjoué auprès de Clémence et Vincent, ma « deuxième famille ».

Paris — décembre 1997

Période de fêtes. Noël, Jour de l'An : les représentations sont doublées pour la plus grande joie d'un public qui, les soirs de réveillon, se montre particulièrement entraînant. Tressons une couronne de lauriers à Max qui a su galvaniser ses soldats dans la bonne humeur, transformant cette pièce en une véritable cour de récréation.

Nous avons organisé un réveillon tranquille à la maison, avec Adri et Albert, qui a bien voulu se joindre à nous. Il ne devrait pas arriver seul puisqu'il sera accompagné de magnifiques homards, invités d'honneur du repas.

De son côté, Clémence est partie fêter Noël en Corse, chez ses parents. Puisque Vincent ouvrira ses paquets dans l'île de Beauté, je lui ai réservé une surprise, pour son retour. Après tout, le Père Noël a le droit, lui aussi, de faire des rappels. J'ai acheté à Vincent un train électrique ainsi que quelques maquettes à construire soi-même. Il m'a fallu chercher pas mal de temps avant de les trouver. J'avais oublié qu'en cette fin de siècle, ce genre de jouet était un peu tombé en désuétude.

Clémence dira sûrement que j'ai voulu me faire plaisir, et elle n'aura pas tort. Après tout, ce n'est pas lorsque Vincent aura quinze ans, l'âge où il écumera la région sur sa mobylette en écoutant une musique de sauvages, que je pourrai jouer avec lui, à plat ventre sur la moquette.

Le week-end dernier, nous sommes allés à Chablis, Adri et moi, vider la maison de Gerrit. Il faudrait plutôt parler de maison « sans » Gerrit, tant celle-ci nous a paru privée de son âme, froide et sinistre, avec des pièces si sombres qu'on n'imagine pas que leurs murs aient pu résonner un jour de tant d'éclats de rire.

La maison de mon beau-père, que nous appelions « la ferme », a longtemps été notre refuge, chaque fois que nous souhaitions fuir la capitale. Et si l'achat de notre résidence secondaire, « la Bartolière », à quelques kilomètres de là, a offert un point d'attache permanent, il ne nous a jamais empêchés de retourner fréquemment chez Gerrit afin de partager un bon repas ou une heure de philosophie.

Entre deux cartons, Adri se promenait dans toutes les pièces, donnant l'impression de les découvrir pour la première fois. Elle caressait les meubles, ouvrait les armoires, s'emparant des sachets de lavande qu'elle humait délicatement. Elle avait alors une manière de ponctuer chacun de ses gestes par un *oh, mon petit papa chéri !* qui me brisait le cœur.

Une fois le tri effectué à l'intérieur, nous nous sommes attaqués au garage en mettant de côté les outils de jardin que nous souhaitions conserver, surtout ceux dont le manche était patiné. Je les utiliserai moins bien que Gerrit et Adri, qui excelle dans cette discipline. En fait, je me suis contenté des gros travaux : j'ai bêché, débroussaillé et taillé les haies pendant qu'Adri se chargeait du travail d'artiste, traitant les fleurs avec une minutie d'orfèvre. Ce partage des tâches me semblait logique. Il en va de même pour les pianos : il y a ceux qui en jouent... et ceux qui les déménagent.

En fin de journée, le dos en miettes, nous nous sommes

écroulés sur le canapé du salon. Dans le silence de cette demeure encore empreinte de l'odeur de Gerrit, la question s'est imposée : fallait-il, oui ou non, céder la ferme ? Après en avoir discuté longuement, nous avons choisi de la mettre en vente. Adri, pourtant attachée à ce qui représentait une partie de son existence, a tranché dans le vif. Conserver la maison qui l'avait vue grandir aurait constitué une épreuve de force à laquelle ma femme ne souhaitait pas se soumettre.

Nous sommes rentrés tard, chez nous, ce soir-là. Je me suis couché avant Adri, qui n'avait pas sommeil. J'ai déposé un mot sur son oreiller afin qu'elle n'ait pas l'impression de s'endormir seule. Mais le lendemain matin, je n'ai eu droit ni à ma comptine préférée, ni à mon bol de Ricoré.

Adri n'est sortie de sa chambre qu'en milieu d'après-midi, les yeux gonflés.

Amboise – mai 1998

Soleil pour deux a terminé sa carrière parisienne l'autre soir. Nous avons droit à trois semaines de repos avant de reprendre les répétitions avec quatre nouveaux comédiens, soit la moitié de la troupe. Nous aurions dû partir en tournée dans la foulée, début juillet, mais le producteur s'est aperçu – horreur ! – que cette période coïncidait avec la Coupe du monde de football. Inutile de préciser que, face à cet adversaire de choc, nous ne faisions pas le poids. Nous attendrons donc le mois prochain pour entamer notre marathon d'une année. Ce périple nous mènera d'un bout à l'autre de l'Hexagone mais aussi dans des lieux plus exotiques, en Afrique, par exemple. Tout un programme.

Je bénis cette « pause » inattendue car, pour la première fois depuis que j'exerce ce métier, il me pèse de sillonner les routes de France. S'il ne tenait qu'à moi, j'enverrais tout promener pour me consacrer à l'unique objet de mes désirs : Clémence. Mais je sais que ma vie de bohémien va me contraindre, de nouveau, à espacer nos rencontres. Dans les mois qui viennent, il me faudra partager mon temps libre entre Paris, Amboise et Chablis.

Ça ne va pas être simple à gérer.

Clémence en est consciente, même si elle ne s'en plaint que très rarement. Nos quatre années de « vie commune » m'ont appris à décrypter sa réserve. L'élue de mon cœur fonctionne ainsi. À moi de m'en accommoder et de traduire les silences courts – synonyme d'un désaccord sans conséquence – et les silences longs, signe d'un malaise plus profond. En ce moment, Clémence aurait tendance à se taire plus longuement que d'habitude. Alors, pour compenser, je me plie, avec grand plaisir, aux exigences de mademoiselle. Quand je suis à Amboise, je fais les courses – chez les petits commerçants, de préférence –, je bricole dans la maison, je l'emmène au restaurant, au cinéma, dans les magasins, tout pourvu qu'elle soit heureuse.

Lorsque Clémence est en rendez-vous, je vais même chercher Vincent à l'école. Sur le chemin du retour, nous profitons de ce quart d'heure de marche pour commenter ensemble sa journée : la maîtresse, qu'il adore ; la cantine, dégueulasse ; certains copains, un peu trop bagarreurs. J'adore ces moments où la vie ressemble à un paquet de Chamallows. Lorsque Georges et Paulette ne sont pas en Corse, je dépose Vincent chez ses grands-parents et ensuite...

Ensuite, j'attends.

J'attends le retour de Clémence comme d'autres attendent le messie, je trépigne à l'idée de me retrouver seul avec elle pour partager cette alternance de passion et de tendresse auprès d'une femme qui, au fur et à mesure que le temps passe, n'en finit pas de me surprendre.

Bien entendu, toute médaille à son revers. En matière d'inattendu, j'avais déjà eu un avant-goût des talents de ma « favorite » : conjoint, enfant et installation définitive à Amboise. Aujourd'hui, au menu du jour : la Turquie ! Décidément, avec Clémence, on ne s'ennuie jamais...

– On me propose un boulot extraordinaire à Istanbul.

J'ai obtenu le contrat pour assurer la nouvelle présentation des collections archéologiques du palais de Topkapi !

Je frôle l'étranglement.

Je l'écoute tout de même me présenter un projet pour lequel elle déborde d'enthousiasme. Clémence parle, s'agite, se sert un verre de vin tout en faisant des allers-retours salon-cuisine afin de surveiller la cuisson de son veau sauce marengo. Je la laisse me vanter la préciosité des poteries et autres vestiges de l'époque des sultans polygames, avant de retrouver mon côté pragmatique.

– Et concrètement, tu comptes t'organiser comment ?

– Justement, sur ce point, il y a un problème. Je vais devoir vivre en Turquie pendant six mois.

Alors là, je suis scotché au mur ! La seule question que je parviens à formuler sonne déjà comme un reproche.

– Mais pourquoi n'as-tu rien dit avant ?

Pour les mêmes raisons que celles qui l'avaient poussée à ne pas m'avouer l'existence dans sa vie de François et Vincent.

– J'avais peur que tu me quittes, et puis tout est allé très vite. Je ne croyais pas parvenir à les intéresser. Le conservateur du musée de Chambord, pour qui j'ai bossé récemment, a transmis mon dossier à une de ses connaissances. Son intervention a dû aider.

Putain, je hais ce mec !

– Il s'agissait d'un appel d'offres international. Normalement, je n'avais aucune chance. Je ne comprends toujours pas par quel miracle mon CV a été sélectionné.

Si j'avais un peu d'humour en réserve, je lui répondrais que le sultan souhaite peut-être lui offrir une place dans son harem, mais curieusement, j'en manque, ce soir.

– Tu as réfléchi ? Si tu pars, on ne se verra plus pendant six mois.

– Arrête, Pierre, j'en suis malade. De toute façon, pendant cette période, tu as ta tournée...

Clémence me lance un de ses regards candides dont elle a le secret.

– Maintenant, si tu me le demandes, je suis prête à renoncer à ce travail.

Elle est bien gentille, mais je me vois mal jouer le fossoyeur de ses ambitions. Ma carrière m'oblige à sillonner la France, en long, en large et en travers. Clémence a toujours accepté mes absences sans broncher. Je ne me sens pas le droit de lui faire la morale. Alors que j'essaie de digérer la nouvelle, elle s'évertue, d'ailleurs, à m'expliquer par a + b que *six mois, ce n'est pas grand-chose dans la vie d'un homme* !

Mais six mois sans toi, c'est six mois sans te voir ! C'est six mois sans te toucher ! Six mois de bonheur en moins que nous ne pourrons jamais rattraper.

– Après, il nous restera la vie entière. Cette séparation nous rendra plus forts.

– À condition que tu me reviennes !

Clémence se love contre moi tout en m'embrassant dans le cou.

– Arrête tes bêtises.

J'aimerais bien les arrêter, et croire qu'elle a inventé cette histoire pour me faire marcher. Hélas, cela n'a rien d'une farce. Il me reste encore une carte à jouer.

– Et Vincent ? Tu as pensé à lui ?

Je devrais savoir qu'une mère a toujours réponse à tout lorsqu'il s'agit de son enfant. Le petit ira chez son père pendant la durée du séjour. Ainsi, il ne manquera pas l'école. Clémence a même négocié de pouvoir rentrer régulièrement par l'avion du vendredi midi, afin de voir Vincent. Tout est prévu, jusqu'aux vacances scolaires où les grands-parents se feront une joie d'effectuer le trajet vers la Turquie avec leur petit-fils.

Qui, dans cette histoire, se retrouve sur le carreau ? Pierrot, comme de bien entendu ! J'ai droit aux miettes : un ou deux jours à Amboise, en fin de semaine. Manque de bol, si j'ai deux week-ends de libres pendant la tournée, ce sera le maximum. En province, la soirée du samedi et la matinée du dimanche sont des représentations sacrées, des rendez-vous incontournables.

En moins de dix minutes, je viens de me prendre une armoire normande sur le coin de la figure.

– Tu me rejoindras en avion. Istanbul n'est qu'à quatre heures de Paris.

Mais je me fous d'Istanbul ! Je lui dis bien des choses à Istanbul ! Je maudis les Turcs, leurs poteries et tous ces musées qui vont me voler la femme que j'aime pendant cent quatre-vingt-deux jours.

Je le sais, je viens de compter.

Amboise — juillet 1998

Vendredi soir, juste après la demi-finale de la Coupe du monde de football, il m'a fallu pas loin de deux heures pour sortir d'une capitale envahie par les masses beuglantes. Quel supplice ! On ne peut plus faire un pas dans ce pays sans entendre parler de football. Autour de moi, tout le monde ne vit plus qu'au rythme des gesticulations de onze types habillés en bleu qui ont pour modeste objectif de devenir les rois du monde. Tout ça, bien entendu, pour le plus grand plaisir des foules fanatisées, prêtes à tout pour hurler leur dévotion envers les héros de ces nouveaux jeux du cirque.

Je n'ai jamais vu la ville d'Amboise déserte à ce point. En général, le dimanche soir, on peut y circuler tranquille, mais aujourd'hui, c'est le pompon.

J'emmène Clémence à l'hôtellerie du Château. La salle du restaurant est aussi animée qu'un terrain de camping à la Toussaint. Les serveurs eux-mêmes, d'habitude si zélés, semblent avoir quitté les lieux tant leur passage se fait rare. En tant qu'uniques clients, nous nous amusons à changer de chaise afin de tester le confort et le champ de vision de chaque place. Le pauvre garçon qui a pris la commande à la table ronde du milieu a l'air surpris de nous retrouver près de la fenêtre au moment de nous servir nos deux kirs royaux.

La suite du repas est longue à venir et les hurlements qui nous parviennent du fond des cuisines ne laissent planer aucun doute sur le spectacle qui capte l'intérêt du personnel. J'espère que les cuistots gardent tout de même un œil sur mon entrecôte. S'ils me la servent cuite comme une selle, je leur bousille la télé à coups de talon !

Nous ne parlons pas d'Istanbul : le sujet est tabou entre nous. Clémence s'envole dans deux mois pour la Turquie, immédiatement après la rentrée des classes. Nous feignons d'ignorer cette future séparation qui n'a rien à voir avec celle que nous vivons chaque semaine lorsque je quitte Amboise pour Paris. Ces allers-retours furtifs font partie intégrante de notre histoire. Ils ont même fini par devenir le ciment de nos retrouvailles.

Imaginer Clémence loin de moi si longtemps m'angoisse à un point... Mais il faut que je cesse d'y penser. Son départ me laisse un goût de craie au fond de la bouche. Mon entrecôte repart entière. Je n'ai pas faim.

Soudain, vers 23 heures, les rues fantômes d'Amboise s'éveillent. Les serveurs s'embrassent, les cuisiniers s'embrassent, tout le monde s'embrasse ! Pour prolonger cet élan d'amour œcuménique, Clémence m'embrasse également. Ce soir, les Français sont champions du monde.

Je n'y suis pour rien et, surtout, je m'en fous.

Paris — aujourd'hui

Des doutes. Pour la première fois, j'ai eu des doutes.

Lorsque Clémence s'est envolée pour Istanbul, je me suis posé des questions sur notre avenir qui prenait subitement une couleur terne et des contours flous. Depuis sa séparation d'avec François, nous étions parvenus – par la force de notre volonté – à trouver un équilibre. Le départ de Clémence modifiait la donne.

Évidemment, je savais qu'elle reviendrait. En revanche, ce que j'ignorais, c'est la tête que ferait notre liaison six mois plus tard. L'éloignement lui apporterait peut-être une saveur supplémentaire, mais je redoutais que tout ce qui nous semblait exceptionnel auparavant ne devienne d'un seul coup banal, un peu à l'image de ces disques que l'on a tant aimés et que l'on trouve épouvantablement ringards quelques années plus tard.

J'avais aussi la sensation de compter pour quantité négligeable et la désagréable impression que notre « trait d'union » n'avait plus la même valeur des deux côtés.

Chaque jour, dès le réveil, la même interrogation me taraudait l'esprit, jusqu'à en devenir obsessionnelle : si j'avais été à sa place, qu'aurais-je fait ? Quelle aurait été ma décision ? L'envie de réaliser un projet exaltant aurait-elle pris le pas sur tout le reste ?

Je crois que je ne serais pas parti.

Je crois...

Brest — septembre 1998

À l'heure qu'il est, elle doit avoir atterri.

Clémence s'en est allée aujourd'hui vers son palais des mille et une nuits. Le hasard a voulu que notre tournée, commencée au début du mois, s'arrête à la pointe extrême de la Bretagne, autrement dit, la partie de l'Hexagone la plus éloignée de sa destination.

Il pleut. La ville est aussi grise que le ciel. Les murs de ma chambre d'hôtel sont recouverts d'un papier peint hideux, le robinet a la prostate et, pour achever le tableau, je viens de m'apercevoir que j'ai marché dans une merde... du pied droit, cela va sans dire !

Un type doit certainement attendre Clémence avec, autour du cou, une pancarte signifiant qu'elle est passée dans le camp des VIP. Une limousine l'emportera vers son palace quatre étoiles en plein cœur de la Corne d'Or et, ce soir, le conservateur du musée, un vieux beau plus séduisant qu'Omar Sharif, l'invitera à dîner dans un des meilleurs restaurants de la ville pour lui faire goûter les spécialités locales les plus raffinées.

En fait, j'imagine tout et n'importe quoi. Si ça se trouve, personne ne viendra la chercher à l'aéroport. Avec les deux mots de turc qu'elle baragouine, Clémence devra se débrouiller pour trouver un taxi qui lui prendra une fortune pour la conduire dans un bouge de banlieue où l'organisation lui aura réservé une chambre sordide. Vers

20 heures, lassée d'attendre en vain un appel de son nouvel employeur qui se soucie d'elle comme de sa première chéchia, Clémence se contentera d'un kebab immonde qui la rendra malade à en crever pour la nuit entière et les jours à venir.

Je vote pour la deuxième solution !

Demain, elle reviendra par le premier avion, se jettera dans mes bras magnanimes et me promettra de ne plus jamais s'éloigner de moi.

J'ai honte d'avoir de telles pensées. Je m'en veux. Je suis un être immature et égoïste. Comment est-il possible de vouloir autant de mal à une personne que l'on aime plus que tout au monde ? Pris de remords, je me précipite sur mon portable. J'essaie de joindre Clémence, mais en vain. *The line is busy, please connect you later on*, me répète une voix féminine. Mais ce n'est pas à toi que je veux parler, passe-moi Clémence ! Rien à faire. Bon sang, à quoi sert la technique si le reste ne suit pas ?

Tant pis, je dois partir pour le théâtre. Rejouer une pièce dont je connais désormais les répliques au point de pouvoir l'interpréter en solo si mes collègues se cassaient la jambe. Je suis sur le point de sortir lorsque mon téléphone sonne. Je réponds, le cœur battant.

– C'est moi.

C'est elle !

– Je voulais simplement te dire que je suis bien arrivée.

La distance crée un écho épouvantable, j'entends un mot sur deux. Clémence me demande si tout va bien. J'aimerais lui avouer que rien ne peut aller puisqu'elle est partie, mais je préfère mentir en répondant par l'affirmative.

Elle me décrit sa chambre dont la fenêtre donne sur la Mosquée Bleue et la basilique Sainte-Sophie. Je lui parle de la mienne qui fait face au parking de l'arsenal, lequel ne sera jamais inscrit au patrimoine mondial de l'Unesco.

Elle m'aime, elle me rappellera demain, elle raccroche. Je vais mieux. Un peu. Je serai plus décontracté pour jouer ce soir. Mes collègues n'auront pas à supporter mon humeur maussade.

Maintenant, il faut que j'y aille avant d'être à la bourre. Il faut aussi que je nettoie ma pompe droite parce que c'est une véritable infection !

Paris — novembre 1998

Albertville, Béthune, Cholet et Dole en quatre jours ! À croire que le menu a été composé dans l'ordre alphabétique. Un truc à tuer un bœuf.

La tournée fait une pause pour huit jours. La première depuis quatre mois, autant dire un cadeau du ciel. Depuis le départ, l'administrateur nous a concocté un programme démentiel où les villes s'enchaînent sans aucune logique géographique. Nous avons bouffé du kilomètre en veux-tu en voilà jusqu'à l'écœurement.

Heureusement, partout où nous passons, l'accueil est chaleureux. Il me faut bien ça pour apaiser mes angoisses quotidiennes.

Aurais-je dû m'y attendre ? Les appels de Clémence se font rares. Et lorsque j'appelle, moi, je m'entends répondre, dans le meilleur des cas :

– Ne m'en veux pas, Pierre, mais je suis débordée par l'ampleur de la tâche.

Et moi ? Je suis en vacances, peut-être !

Je suis d'autant plus sur les nerfs – une vraie pile électrique – qu'il était prévu que j'aille passer trois jours à Istanbul en sa compagnie et que le projet a capoté. Je me réjouissais par avance de goûter aux délices de l'Orient. J'ai vite déchanté. Vendredi dernier, j'ai eu droit à un message laconique me demandant d'annuler mon vol sans autre forme d'explication. Lorsque j'ai réussi à joindre Clémence le lendemain – *the line is busy* était encore passé par là – ma douce était désolée, vraiment désolée.

– Je dois me rendre à Ankara pour régler quelques détails juridiques.

Ah bon ! Et comme par hasard, ces « détails » devaient justement être réglés à la date prévue de mon voyage... qui d'un seul coup se retrouvait à la flotte avant d'avoir pris de l'altitude.

Le pire, c'est que je l'ai crue. J'ai accepté son alibi aussi facilement que les trémolos dans sa voix. J'ai avalé sans sourciller ce que d'autres appellent communément des couleuvres. Je me suis remis à gamberger. Je me suis traité de tous les noms. Fallait-il que je sois naïf pour imaginer qu'une jeune femme séduisante puisse passer l'intégralité de son temps à déjouer les tracasseries administratives turques !

Mais d'un autre côté, pourquoi m'aurait-elle menti ? Je sais à quel point Clémence est capable de s'investir lorsqu'une entreprise lui tient à cœur.

On se calme... On se calme... Il faut que j'arrête de voir le mal – ou le mâle ? – partout. Je vais profiter de ces jours de repos pour recharger mes batteries avant de remettre le couvert sur les routes de France.

Ce soir, je m'invite chez Rudy. Ça me permettra de me détendre et, par la même occasion, de juger si sa nouvelle amie possède des qualités plastiques comparables aux précédentes. Si, de surcroît, elle y ajoute une maestria gastronomique, je m'incruste pour le dîner.

Amboise – décembre 1998

Ce soir, nous avons joué à Tours. Saisissant à pleines mains l'excuse de la proximité, j'ai invité les parents de Clémence à la représentation. Ils sont venus avec Vincent. Le gosse a dû adorer la pièce : il ne s'est endormi qu'à l'entracte. En échange de bons procédés, Georges et Paulette ont insisté pour que je ne dorme pas à l'hôtel et m'ont offert le gîte pour la nuit.

L'humeur est à la rigolade. Ils me posent des tas de questions sur les personnalités avec qui j'ai partagé l'écran... et même sur d'autres que je ne connais pas personnellement. Est-ce que Truc est sympa ? Bidule est-il aussi con qu'il en a l'air ? Et Machin, il est vraiment pédé ? Qu'est-ce que j'en sais ! Je ne suis pas amateur de bruits de chiottes. D'une manière générale, hormis deux ou trois abrutis des deux sexes, je m'entends bien avec mes partenaires. Mais bon, j'ai l'habitude. Dans tous les dîners auxquels je participe, il me faut évoquer régulièrement les petits travers de mes collègues en les accompagnant, de préférence, de détails croustillants.

Ce soir, j'essaie de clore rapidement le préambule « show-business » pour amener la conversation sur Clémence. Ses parents sont allés la voir avec Vincent il y a un mois, à l'occasion des vacances de la Toussaint. Je me renseigne sur ses conditions de vie en Turquie.

– Elle est bien installée. Elle a quitté son hôtel pour

un studio dans une vieille maison ottomane à deux pas du palais, c'est vraiment très joli. Elle a beaucoup de travail, Pierre.

Je confesse aux duettistes que je le sais, puisqu'une semaine avant leur propre départ, j'ai été obligé de ravaler mon billet d'avion pour cause de surcharge professionnelle de leur fille.

Paulette prend un air de circonstance.

– Nous sommes au courant, Clémence était triste. J'espère que tu pourras bientôt la rejoindre.

Pas facile. Le prochain break est prévu pour février. Et encore ! Nous reviendrons à peine de notre périple en Afrique. Les conditions ne seront donc pas réunies pour un aller-retour à Istanbul.

Je demande sournoisement si Clémence a de bonnes relations avec les autochtones. Paulette échange un regard avec Georges. Suspect, le regard...

– Très peu, la barrière de la langue ne favorise pas les contacts. Mais elle s'entend bien avec un dénommé Hassan qui dirige le secteur des acquisitions du musée archéologique. Un type très sympa qui lui facilite bien les choses, y compris dans son quotidien.

Lui, je le déteste sur-le-champ. Et la belle-mère, itou ! Elle aurait voulu me déclencher un ulcère à l'estomac qu'elle ne s'y serait pas prise autrement. Paulette, sais-tu au moins ce que je vis depuis trois mois ? La femme que j'aime n'est plus qu'un souvenir ou, à l'occasion, une voix déformée par le téléphone. Je m'emmerde toutes les nuits dans des hôtels identiques. Je cherche désespérément le sommeil devant des émissions de télé destinées aux insomniaques ou aux passionnés de la chasse à la palombe, et pendant ce temps-là, Mademoiselle se laisse baratiner par un crétin moustachu sur les rives du Bosphore !

– Ne t'en fais pas trop, Pierre, tu ne risques absolument rien. Il est vraiment très moche...

La précision de Georges arrive trop tard. Ma soirée est pourrie et rien ne m'empêchera plus de maudire ce Hassan.

Demain, j'avais prévu d'inviter les beaux-parents au restaurant mais je ne sais pas s'ils le méritent. S'ils veulent rattraper le coup, il va falloir qu'ils assurent question petit déjeuner.

Yaoundé – janvier 1999

– Monsieur Bartoli, au nom de la République camerounaise, c'est avec un immense plaisir que je vous fais chevalier des Arts et des Lettres.

Le ministre m'accroche la médaille au revers du veston puis m'octroie une accolade version éléphant qui me laisse les côtes broyées.

Je n'en peux plus. Je ne tiendrai jamais dix jours. L'Afrique n'est pas un continent pour moi. Une température à plus de trente-cinq degrés et un taux d'hygrométrie frisant les quatre-vingt-quinze pour cent me transforment en serpillière humaine à chaque battement de cils. Et puis il y a le reste, tout le reste !

On nous avait promis le dépaysement total, c'est gagné. Deux représentations à Yaoundé suivies d'un voyage par les lignes intérieures – bonjour les lignes intérieures ! – pour deux soirées à Douala, et retour vers la capitale où nous attendent une dernière prestation, un peu de repos et beaucoup de réceptions en tout genre. Ceux qui croyaient passer une semaine de vacances n'ont plus que leurs yeux pour pleurer. Les Camerounais sont adorables, prêts à se couper en morceaux pour nous faire plaisir mais ces gens-là n'ont qu'une crainte : que l'on puisse avoir faim. Résultat, ils passent leur temps à nous gaver. Le refus étant considéré comme une offense, nous ingurgitons un tas de spécialités locales allant du délicieux au franchement exotique. Mon estomac, habitué à un régime gaulois, montre des signes de faiblesse. Mes intestins, eux, ont hissé le drapeau blanc dès le premier soir.

Parallèlement à ces tracasseries digestives, nous vivons des moments inoubliables.

Dès le premier soir, j'ai eu droit à une entrée en matière qui allait donner le ton des jours à venir.

En pleine nuit, je suis réveillé par quelqu'un qui tambourine à la porte de ma chambre. La chaleur et la fatigue ont eu raison de ma résistance, j'ai un mal fou à sortir de ma torpeur. Cela ne décourage en rien le percussionniste qui continue violemment de jouer du tambour à l'entrée de ma piaule. La tête dans le sac, j'ouvre et me retrouve face à une montagne noire dont la carrure imposante m'interdit tout espoir de fuite. Fort heureusement, mon interlocuteur a des intentions pacifiques.

– Je vous prie de m'excuser, monsieur Bartoli. Je suis Blaise N'Diop, le réceptionniste de nuit.

Je lui serre la main en prononçant à mon tour un « enchanté monsieur Blaise » dont la civilité m'apparaît légèrement surréaliste si l'on tient compte de l'horaire et de ma tenue : je suis en slip.

– En prenant la relève, mon collègue a oublié de me préciser si vous souhaitiez être réveillé demain matin. Je vous avoue que cela me tracassait énormément.

– Au point de me réveiller dès maintenant ?

– Voilà.

Vaincu par son large sourire et son évidente bonne foi, je concède à ce garçon consciencieux qu'effectivement, il m'agréerait d'être réveillé à 9 heures, à condition que l'appel ne soit plus devancé.

Bien entendu, me rendormir après cet épisode n'a pas

été chose aisée et il m'a fallu compter un nombre certain de moutons avant de replonger dans les bras de Morphée.

Quelques jours plus tard, à Douala, nouvel « incident » mais, cette fois, en plein milieu du spectacle.

Nous avons levé le rideau depuis une dizaine de minutes. Je donne la réplique à ma filleule Valérie lorsque je vois son regard se figer. Constatant un léger flottement dans la salle, je me retourne. Deux hommes élégamment vêtus déménagent une partie de notre décor, rien que ça ! Fort aimable, le plus proche m'adresse la parole pendant que l'autre poursuit sur sa lancée.

– Continuez, faites comme si nous n'étions pas là. Nous désirons seulement déplacer ces deux meubles car, vus de nos fauteuils, ils masquent une partie de la scène.

Inutile de préciser que reprendre la pièce fut un exercice de haute voltige. D'autant que, chaque fois que mes yeux traînaient dans leur direction, les deux compères attiraient mon regard en levant bien haut le pouce pour me montrer à quel point leur initiative avait été couronnée de succès.

En attendant, depuis quelques minutes, Max et moi sommes les heureux possesseurs d'une médaille qui figure parmi les plus recherchées dans le microcosme culturel de notre pays hôte.

Difficile de profiter pleinement de l'honneur qui nous est accordé avec un estomac ravagé.

Épernay — février 1999

Il est déjà demain depuis longtemps lorsque je regagne ma chambre d'hôtel avec le casque en plomb et les idées embrumées. Max, certains de mes collègues et moi-même n'avons pas bu que de l'eau pendant cette soirée où l'on a fêté mon anniversaire. Hélas ! Alors que tout le monde hurlait sa joie de vivre, je suis resté dans mon coin, comme un abruti. Clémence me manque et ce ne sont pas ses appels souvent brefs – ligne mauvaise, trop de stress, trop de travail – qui peuvent me consoler. Nos retrouvailles ? Parlons-en de nos retrouvailles : deux en cinq mois ! Lorsque Clémence était libre, je ne l'étais pas. Lorsque, de mon côté, je parvenais à me rendre disponible, Clémence m'échappait. Mon naturel boute-en-train en a sérieusement pâti. Cette séparation forcée m'a rendu odieux. Je hurle sur tout ce qui bouge.

Ce soir-là, je suis donc parti sans dire au revoir à personne. Pas même à Max. Heureusement, il n'y a qu'une rue à traverser pour atteindre la terre promise. Je reste cinq bonnes minutes, peut-être plus, prostré sur ma couche, les bras ballants, à contempler les cadeaux hideux que mes petits camarades de jeu m'ont offerts pour mon anniversaire : un énorme ours en peluche rose, un caleçon aux motifs inavouables et, en référence à une récente crevaison dont je fus victime, un pneu de bagnole !

Normalement, je devrais m'écrouler sans gloire sur ma paillasse et tenter de rattraper un sommeil perdu. Mais une petite voix me souffle : *Mon garçon, consulte ta messagerie !*

À cette heure-ci ?

– Pierre, c'est Clémence. Avant toute chose, je voulais te souhaiter un joyeux anniversaire. J'espère que tu as ménagé tes artères vieillissantes parce que si tu veux ton cadeau, il faudra que tu viennes le chercher toi-même à Orly sud, demain matin, vers 8 heures. Il arrivera par le vol AF 807 en provenance d'Istanbul. Te connaissant, je sais que tu seras ponctuel. Ça tombe bien parce que, normalement, je l'accompagnerai.

Je viens de trouver mieux que le café salé pour dégriser le bonhomme, suffisamment en tout cas pour lui faire réaliser qu'il est 3 heures bien tassées et qu'il faudra lever l'ancre avant l'aube s'il veut arriver dans les délais à l'aéroport.

Je suis tellement anxieux de rater l'arrivée surprise de Clémence que je débarque à Orly avec pas mal d'avance. Je fais l'ouverture d'un des bars, et tente de masquer ma léthargie en dévorant trois pains au chocolat censés me remettre d'aplomb.

L'avion en provenance d'Istanbul est annoncé avec du retard, je reprends donc ma conversation avec le barman qui connaît ma filmographie par cœur. Il profite de ma bonne humeur pour me soutirer une provision d'autographes destinée à l'ensemble de sa famille : frères, sœurs, oncles, tantes et cousins compris. En échange de quoi, il m'offre un expresso supplémentaire. J'en ai déjà avalé quatre. Je préfère refuser l'offrande par crainte de ne plus contrôler mon système nerveux et d'éliminer toute trace de vie humaine dans l'aérogare sur un coup de démence.

Je ne la vois pas tout de suite. Peut-être ai-je perdu l'habitude de l'attendre dans un lieu public. Il me manque certainement cette acuité visuelle maintes fois développée qui me permettait de la repérer au premier coup d'œil au milieu de la foule. Cette fois, je suis surpris par son apparition.

– Alors, monsieur Bartoli, est-ce que j'ai changé au point que tu ne me reconnaisses plus ?

Clémence ! Tu es enfin revenue ! Laisse-moi te regarder... Comme tu es belle ! Mais non, je ne t'étouffe pas, je t'enlace. Tu m'as tellement manqué, mon amour, tellement manqué, je croyais ne plus jamais te revoir. Arrête de dire que je t'étouffe, je ne t'étouffe pas, je t'embrasse.

Clémence parvient à se détacher de mon emprise. Elle semble épuisée.

– Je n'en peux plus. L'embarquement a duré des heures. Nous avons été fouillés... pire que des terroristes. On se serait cru dans *Midnight express*.

Clémence, parle, parle-moi encore, je retrouve l'odeur de ton parfum, cette senteur légère sur laquelle je me suis tant de fois retourné au hasard d'une rue, je retrouve ton allure gracieuse, ton visage mutin, ton sourire coquin. Je suis fou de t'avoir laissée partir si longtemps. Comment ai-je pu vivre sans ces montées d'adrénaline ?

– Tu repars quand ?

– C'est dingue, je suis à peine arrivée que tu me renvoies avec armes et bagages ?

Clémence murmure à mon oreille : *Je reste.*

C'est vrai ?

Je suis tellement heureux que je lâche ses valises pour la prendre de nouveau dans mes bras, je la soulève, je crie à la cantonade, *elle reste ! Elle reste !* Je me fiche de ceux qui nous regardent de travers, allez tous vous faire voir, une seule chose compte à mes yeux. Clémence reste !

Paris — aujourd'hui

Clémence avait tenu cinq mois sur les six que comptait son engagement. De son séjour à Istanbul, elle avait gardé un sentiment amer dû à l'isolement. Ceux qu'elle aimait se trouvaient à quatre mille cinq cents kilomètres de là : Vincent, notamment, qu'elle ne voyait que le temps d'un week-end, et moi, gommé physiquement de son existence pendant toute cette période.

Désormais, je pouvais lui dire à quel point j'avais mal vécu son éloignement. De son côté, Clémence admit combien elle s'était sentie seule, sans vouloir me le confesser au téléphone, par fierté je crois. J'ai interprété cet aveu déguisé comme une preuve supplémentaire de son amour. J'en éprouvais un certain orgueil. Pour moi, elle avait rompu son contrat, pour moi elle avait pris la fuite un petit matin, comme une voleuse, sans prévenir personne, abandonnant un projet professionnel auquel elle avait cru. J'étais la cause de ce départ précipité, en quelque sorte.

La cause... Enfin, pas tout à fait. La réalité était un peu plus crue. Apparemment, le contrat mirobolant signé avec des étoiles plein la tête n'avait pas été respecté par les employeurs de Clémence qui l'avaient exploitée avec tout le mépris lié à sa condition de femme occidentale.

Finalement, peu m'importait les raisons exactes de son retour.

Je me plus à croire qu'il y avait un peu des deux.

Paris — février 1999

– Tu joues ce soir ?

Ce soir ? Mince ! Non seulement je joue, mais le théâtre qui nous accueille aujourd'hui se trouve au Mans. J'ai passé une demi-heure au téléphone à écouter Clémence me dire combien elle était heureuse d'être revenue, de me voir tout à l'heure, de... J'ai écouté Clémence me raconter au téléphone sa vie et j'en ai oublié de poursuivre la mienne.

Pas de panique, vieux. Si tu quittes Paris vers 11 heures, tu seras chez Clémence dans moins de deux heures, le temps de la prendre dans tes bras, puis tu repars dans la foulée, direction la capitale des rillettes pour le lever du rideau.

Facile, quand on aime !

Dans la série « j'oublie tout », il faut vraiment que j'arrive à joindre Max avant qu'il ne s'ouvre les veines. Ma soudaine disparition, hier soir, a dû lui causer une belle frayeur. Il faut dire que je suis parti comme un voleur.

La réaction de mon metteur en scène ne manque pas de me surprendre. Au lieu de parler à un responsable angoissé, je converse avec un homme d'une humeur effroyable. Premièrement, je viens de le réveiller. Deuxièmement, il a la tête comme une courge suite aux excès de la veille. Troisièmement, il ne s'est pas rendu compte de mon départ et enfin, il s'en bat les c... à partir du moment où je jure sur mon honneur que je serai au Mans à 21 heures.

C'est dingue, comme réaction... Alors comme ça, cette vieille arsouille n'a même pas vu que je m'étais fait la malle, occupé qu'il était de cuver sa vinasse. Je suis l'acteur principal de cette pièce, je peux partir sans laisser d'adresse en plein milieu de la nuit sans que personne ne lève le petit doigt. Je peux crever la gueule ouverte dans ma chambre, on ne déclenchera pas le plan Orsec pour autant.

Cette absence de considération m'incite à relativiser sérieusement le statut de « vedette ».

Amboise — mai 1999

Soleil pour deux s'est définitivement couché il y a trois jours, laissant place à une impression bizarre, sorte de néant provoqué par l'arrêt d'une pièce tant de fois jouée. À la satisfaction et au soulagement succèdent une impression de vide et une certaine gêne, aussi. Celle du dernier soir, où tout le monde se quitte avec une émotion sincère, où il faut se dire au revoir différemment, sur un ton plus proche du « à bientôt peut-être » que du « à demain ». On ne vit pas si longtemps avec ses semblables sans partager avec eux autre chose que de la considération professionnelle.

Ainsi va la vie. On se reverra forcément.

Avant de me consacrer à d'autres projets, j'ai choisi de me ressourcer ici, à Amboise, où Clémence a repris son train-train provincial. De son périple turc, elle a rapporté des tonnes de clichés qui lui ont donné l'idée de se lancer dans l'aventure d'une nouvelle exposition exclusivement consacrée à Istanbul.

Par l'intermédiaire d'une de mes connaissances, je lui ai fait rencontrer Paul Toussaint, propriétaire de la prestigieuse galerie du même nom et personnage incontournable dans le domaine de l'art moderne. L'homme s'est montré emballé par le travail de Clémence, ses techniques de colorisation particulières, et peut-être aussi par la photographe elle-même, si je m'en réfère à la tenue qu'elle portait lors de leur premier rendez-vous.

De tous ces arguments, je ne sais lequel fut le plus décisif, mais la partie est gagnée. À la rentrée prochaine, le Tout-Paris ne manquera pas de se précipiter rue du Faubourg-Saint-Honoré pour assister au vernissage de l'exposition « Rêves d'Orient ».

En dehors de ces activités artistiques, Clémence a repris sa casquette de muséographe. Il serait d'ailleurs plus exact de parler de son inactivité tant les commandes se font rares depuis son retour dans la région. Parmi tous les dossiers de candidature qu'elle a pu déposer jusqu'à présent, un seul a été retenu. Il s'agit du nouveau musée de la Poste, à Joué-lès-Tours. Tellement neuf, le musée, qu'il en est encore au stade de la construction ! Pas de quoi alimenter un compte en banque digne de ce nom.

En attendant, fidèle à la promesse que je lui ai faite, je veille désormais à ce que Clémence ne manque de rien au niveau de l'essentiel... et même du superflu.

Paris – aujourd'hui

Les gens heureux n'ont pas d'histoire.

Si une telle affirmation perdure dans l'inconscient collectif, c'est sans doute parce qu'il est difficile, pour ne pas dire impossible, de détailler un bonheur journalier sans tomber dans le piège de la mièvrerie.

Pourtant, je peux certifier qu'entre 1999 et 2001, j'ai vécu dans une atmosphère qu'aucune zone de turbulences n'est venue tourmenter. Durant cette période bénie des dieux, mon existence s'est résumée à un triangle d'or Paris-Chablis-Amboise où je naviguais au rythme de mes tribulations professionnelles, familiales et amoureuses.

Sur le plan du travail, après *Soleil pour deux*, j'ai pris un peu de distance avec le théâtre pour me consacrer de nouveau au grand écran. J'ai enchaîné sans faiblir quatre tournages qui, s'ils ont engendré des résultats fort différents au box-office, m'ont néanmoins laissé à chaque fois un souvenir très agréable.

Avec Adri, pas l'once d'un problème. Fidèle à elle-même, elle restait présente à mes côtés sans proférer le moindre commentaire sur cette situation quelque peu anormale. Je ne dirai jamais assez à quel point ma femme mérite mon estime... Je ne suis hélas pas certain qu'elle puisse me retourner le compliment. Combien de fois ai-je trahi sa confiance, l'abandonnant en plein milieu d'un week-end après avoir bafouillé une excuse improbable ?

Combien de fois ai-je renoncé brutalement à une réunion familiale parce que Clémence m'avait appelé pour une raison d'État que j'estimais supérieure à tout le reste ? Chaque fois, Adri masquait sa peine et râlait pour la forme.

Au-delà de mes absences récurrentes, il lui fallait, de plus, supporter les remarques insidieuses de ces gens qui, au courant de ma liaison – que je ne cherchais plus à cacher depuis longtemps –, lui demandaient si la situation n'était pas « trop difficile à supporter ».

Adri endurait.

Et puis, il y avait Clémence.

Ma Clémence.

Le terme de « maîtresse » ne pouvait plus convenir à celle qui, au fil des jours, des mois, des années, était devenue ma deuxième épouse, car hormis le caractère non officiel de notre histoire, rien ne pouvait différencier notre vie de celle d'un couple reconnu par l'état civil. Excepté, peut-être, ce léger frisson d'illégitimité, ce petit bonus de passion lié à une telle situation.

Auprès d'elle, je découvrais tous les plaisirs qu'un homme rêve de connaître. Nos rencontres étaient rythmées par mes déplacements vers Amboise et leur immuable rituel : tôt le matin, j'appelais de Paris pour donner le signal d'un départ imminent. Moins d'une heure plus tard, la sonnerie du portable retentissait dans la voiture. Je devais alors répondre à l'angoissante question *où es-tu ?*, question renouvelée trente minutes plus tard. La conclusion me revenait de droit puisque je m'octroyais la dernière communication, au moment précis où je quittais l'autoroute. Il ne me restait plus qu'à arriver, tel le Chevalier blanc, pour me jeter avidement dans les bras de ma princesse éplorée d'avoir tant attendu.

Quelquefois, l'inverse se produisait. Clémence saisissait au bond les jours où Vincent séjournait chez son père pour me rejoindre de façon impromptue à Paris après avoir laissé un ordre de mission sur mon répondeur. Je retrouvais avec délectation l'attente au bout du quai de la gare d'Austerlitz et le trajet en moto qui nous rapatriait vers Montmartre. J'adorais la voir évoluer dans mon appartement, même s'il lui fallait moins de temps qu'une armée de cosaques pour mettre un souk indescriptible dans si peu de mètres carrés. Jamais la femme de ménage n'aura autant mérité ses émoluments que lors de ces saccages épisodiques.

Mes amis les plus proches avaient fini par admettre ma double vie. Ils avaient compris que, lorsque j'allais dîner chez eux, si je me déplaçais en couple, c'était moins souvent avec Adri qu'en compagnie de cette jeune femme pétillante qui avait su les amadouer.

Albert, proie facile, avait été le premier à succomber, juste avant Rudy, incapable de résister aux attraits d'une jolie fille. Nicolas, quant à lui, avait fait la connaissance de Clémence plus tard, à l'occasion d'un concert au Zénith de Paris où il accompagnait dans sa tournée mondiale un jeune Yankee braillard. J'avais entraîné Clémence dans ce pensum épouvantable. À ma grande surprise, elle y avait pris un certain plaisir. Nicolas, ce soir-là, l'avait jouée très rock star, en en mettant plein la vue à la femme de ma vie.

Mes trois amis les plus chers avaient accueilli Clémence avec les honneurs dus à son rang de « favorite » et j'étais ravi que cette acceptation fût mutuelle.

J'avais, de mon côté, parfaitement su dompter les beaux-parents. Georges et Paulette se montraient heureux de me revoir à chacune de leurs réapparitions en Indre-et-Loire. Outre les remerciements face aux petites attentions dont je les gratifiais – invitations en tout genre, participation à des dîners de gala et autres réjouissances du même acabit –, ils ne cessaient de louer ma générosité envers leur fifille adorée.

Dans cet univers consensuel, quelques rares voix s'élevèrent pour fustiger mon comportement d'époux volage. Le désistement de ces donneurs de leçons ne constitua pas une perte immense et me permit de faire le tri dans le réseau de mes relations.

Les couples qui parviennent à maintenir un degré d'exigence élevé dans leur quotidien ne sont pas si nombreux. Avec Clémence, j'ai la prétention d'avoir connu cet équilibre si convoité. Notre passion commune ne semblait pas vouloir plier face à la lente et inexorable usure des sentiments. À l'époque, par vanité ou par aveuglement, je nous croyais au-dessus de ce genre de considérations.

Aujourd'hui, il ne me reste que des doutes. Bien sûr, quand viendra l'heure dernière, je pourrai dire : moi aussi, j'ai été heureux, moi aussi, j'ai été aimé...

Mais à quel prix ?

Carpentras — juin 2001

Cinq ans après le premier film, nous tournons la suite du *Rendez-vous des copains.* La gageure constituait à réunir la même équipe sous la houlette de Coralie Poiret, la réalisatrice. L'accord entre Philippe Parisello, Jean-Luc Douillet et moi-même fut une simple formalité, mais faire coïncider nos emplois du temps respectifs pour deux mois de tournage se révéla une véritable épreuve de force.

Le précédent opus relatait la déchirure de trois amis séduits par la même femme. Le second volume témoigne de leur réconciliation aux dépens de celle qui leur a fait tourner la tête et de la sinistre andouille qu'elle a fini par épouser. Voilà pour l'histoire.

La production a loué, pour ses trois acteurs fétiches, un mas luxueux avec piscine où je pourrai loger, pendant les deux mois que nous passerons en Provence, l'ensemble de ma tribu, soit : Clémence, Vincent, une baby-sitter attitrée ainsi que toute une horde de Huns constituée par les copains de passage.

L'endroit est spacieux. Cinq chambres, un beau salon et surtout, une immense terrasse avec vue imprenable sur les Dentelles de Montmirail d'un côté, et le mont Ventoux de l'autre.

Clémence et Vincent doivent faire face à un emploi du temps de ministres, écartelés entre la piscine, les chaises longues, les promenades à bicyclette et la visite journalière au glacier dont les triples cornets vanille-fraise-chocolat n'ont plus aucun secret pour eux.

Je les quitte le matin, généralement après avoir rapporté les croissants et du pain frais, et je reviens le soir pour un premier plongeon dans la piscine, éclairée la nuit par des spots qui lui donnent un air hollywoodien. Une fois sorti, je reçois mon verre de bienvenue – un rosé très frais – qui constitue la ligne de démarcation entre le rythme effréné du tournage et le retour dans un monde de calme et de volupté.

Depuis notre arrivée, nous avons même instauré le rite d'une balade au clair de lune, habitude à laquelle il a fallu déroger lorsque Clémence s'est rendu compte que les immenses pins parasols qui bordaient la route constituaient un repaire de choix pour les chauves-souris ! Cette révélation soudaine l'ayant tétanisée, j'ai dû la prendre à cheval sur mon dos pour regagner la maison au son de ses cris perçants. Depuis, nous restons sagement sur la terrasse où je la vois frémir dès qu'un animal volant non identifié passe dans un rayon d'une dizaine de mètres.

J'ai évoqué les copains de passage... On ne soulignera jamais assez à quel point ils peuvent se montrer omniprésents sous un climat généreux. Un dicton populaire affirme : « Maison dans le Midi, des amis pour la vie. » Permettez-moi de douter de la véracité de l'adage.

Avant-hier soir, j'ai été surpris, à mon retour du tournage, par la présence de Sylviane. Cette jeune femme, que Clémence m'avait présentée à Amboise il y a de cela quelques mois, était accompagnée de Gaëtan – un ami de ses amis – dont la particularité, outre celle de posséder un prénom à rendre jaloux tous les coiffeurs du pays, était de tenir un salon de thé littéraire à Chenonceaux.

Physiquement, il m'a immédiatement fait penser à ces intellectuels aux cheveux évaporés qui peuplent certaines réceptions aux débats stériles. À l'entendre, l'homme, grand spécialiste des auteurs français du XVIIIe siècle, aurait pu disserter des heures sur les vertus de la rhétorique autant que sur les mérites comparés de Voltaire et Rousseau. Sa manière de tenir le crachoir devant un auditoire féminin en délire valait le déplacement. Chapeau, l'ami ! Seul Vincent, accaparé par ses voitures, semblait insensible à ce remarquable discours. Avec moi, bien entendu.

Au bout d'une heure, j'avais la tête truffée comme un foie gras. Ce cher Gaëtan avait un avis sur tout et tenait à le faire partager à l'intégralité de l'auditoire. J'ai craqué au moment où cet énergumène a entrepris de me convaincre d'une prétendue supériorité technique du cinéma américain sur son homologue français. Ras le bol ! Nous avons tous nos limites, les miennes venaient d'être franchies. Dès lors, il valait mieux aller au pieu. Je m'y suis rendu seul : les trois femmes sont restées pour assister, bouche bée, à la fin de la conférence. En fait, j'ai même remplacé la baby-sitter en couchant le petit.

À l'heure du réveil, j'ai été presque surpris de ne pas retrouver ce brave Gaëtan, assis à sa place, en train de poursuivre son exposé devant les chaises vides. L'idée me faisait encore sourire alors que je pédalais, à la fraîche, en direction de la boulangerie, distante d'une dizaine de bornes de notre lieu de villégiature. Au retour, j'ai feint d'ignorer le ton narquois de celui qui, non content d'avoir passé la nuit sous mon toit, se permettait une remarque caustique concernant les bienfaits du sport sur l'esprit.

Imbuvable, le mec ! Un coup de pied bien placé lui aurait certainement remis les idées en place. Je me suis contenté d'un violent coup de poing sur la porte du réfrigérateur.

Non seulement ça ne m'a pas soulagé d'un poil, mais en plus, ça fait un mal de chien.

Paris — fin août 2001

Le seul problème vient du texte, un pavé épais comme un bouquin de Tolstoï qu'il a fallu ingurgiter à vitesse grand V. J'ai à peine le temps de souffler après le tournage du *Nouveau rendez-vous* qu'il faut enchaîner avec les répétitions de la pièce que je dois défendre début octobre au théâtre des Variétés. Je sens que ça va cartonner. Tout est en place : une distribution impeccable, un metteur en scène dynamique et une promo monstrueuse avec une campagne d'affichage exposant ma trogne hilare sur tous les murs de la capitale.

Nous avons quitté la Provence le lendemain du 15 août, après un barbecue gargantuesque sur notre terrasse qui, pour l'occasion, était plus bondée qu'un quai de métro aux heures de pointe.

Clémence a rejoint ses quartiers des bords de Loire et moi, je retrouve une capitale qui, petit à petit, récupère ses estivants infidèles partis bronzer sous d'autres horizons.

Ce week-end, j'irai rejoindre Adri à Chablis, où elle a passé presque toute la belle saison à s'occuper de ses fleurs. Pour elle, cette époque constitue chaque année l'Everest de sa carrière d'horticultrice. Tous les massifs, savamment entretenus au cours de l'année, sont à l'apogée de leur forme. Il faut bien reconnaître qu'en cette fin d'été, notre jardin de « la Bartolière » ressemble à un havre de paix.

Un peu de sieste, un zeste de vélo et je serai fin prêt pour affronter la dernière ligne droite qui mène à la rentrée.

Paris — septembre 2001

Hier, la planète a connu un bouleversement inimaginable. Deux tours sont tombées, causant un traumatisme épouvantable pour une grande partie de la population du globe qui, les yeux scotchés sur le petit écran, regarde sans forcément comprendre des images identiques repassées en boucle jusqu'à l'indigestion. Il semble inconcevable de penser à autre chose, et pourtant...

Que toutes les victimes innocentes me pardonnent l'offense que je leur fais, mais elles n'occupent pas l'essentiel de mes pensées. Si, en ces jours de chaos, j'ai les yeux rougis, c'est parce que je pleure sur mon sort et non sur le leur.

Seules les personnes exceptionnelles sont capables de faire passer l'intérêt général avant le leur. Je ne suis pas de cette trempe, mon acier est plus ordinaire. Je suis banalement égocentrique, comme peut l'être le commun des mortels, et je me moque par avance des reproches que pourrait me causer cet excès d'individualisme. Je m'en moque car je ne suis plus en état de penser. Mon 11 septembre à moi s'est produit avec vingt-quatre heures d'avance. Mon univers s'est effondré la veille, plus rapidement encore que les deux tours du World Trade Center.

Clémence m'a quitté.

Brutalement, sans préavis.

À sa demande, j'étais allé la chercher gare d'Austerlitz afin de la conduire à moto vers Neuilly où elle devait rencontrer un de ses fournisseurs. Après son rendez-vous, nous sommes allés manger un morceau dans un restaurant japonais où nous avons nos habitudes parisiennes. Je l'ai trouvée nerveuse, distante, à des lustres de ma Clémence habituelle. Je pensais qu'il s'agissait, une fois de plus, d'un tracas financier lié à son boulot et je l'ai questionnée sans méfiance.

– Ça n'a pas l'air d'aller. Tu as un problème ? Des soucis d'argent ?

Clémence n'a pas répondu tout de suite. Pendant ces quelques secondes où je l'ai vue poser ses baguettes sur la table puis repousser son assiette encore pleine, j'ai pensé au pire. Mais ce fut tellement douloureux que j'ai immédiatement chassé cette idée de mon esprit. Clémence a pris son inspiration puis, dans un soupir, m'a achevé en me crachant à la face ces quelques mots :

– Pierre, j'ai rencontré quelqu'un !

Une courte phrase, si laconique qu'elle en a claqué comme un coup de fouet.

Courte et hypocrite... Ce « J'ai rencontré quelqu'un » voulait dire « Je vais te quitter car je suis amoureuse d'un autre homme ».

Clémence, ma Clémence, l'amour de ma vie, c'est par ta bouche tant de fois embrassée que j'apprends ma condamnation à mort. Comment mon cœur pourra-t-il résister à une telle attaque ?

J'ai dû bafouiller quelque chose, mais quoi ? Je ne sais plus. Un *ah, bon ?* ou un *ah ?* tout simplement. Dans ces moments-là, on se fout pas mal d'avoir l'air original ou pertinent. Ce dont je suis certain, c'est d'être passé de la révolte gémissante – pourquoi ? – à la colère sourde – qu'est-ce que j'ai fait ? Qu'est-ce que je n'ai pas fait ?

Et puis est arrivée la question que je redoutais tant.

– Je le connais ?

Silence.

– Je le connais ?

– Oui.

Je veux savoir.

– Qui est-ce ?

Face à mon insistance, Clémence finit par m'asséner, d'un ton presque naturel :

– Tu l'as rencontré une fois, cet été. Je ne sais pas si tu t'en souviens, le copain de Sylviane...

Tu parles si je m'en souviens !

Gaëtan !

Paris — aujourd'hui

Entre la vie et le cinéma, il existe une différence de taille : pas de seconde prise. La première est la bonne... même si elle est mauvaise. Je n'ai pas le souvenir d'avoir joué aussi faux qu'en ce 10 septembre 2001. Depuis, j'ai filé la scène des centaines de fois, mais c'est trop tard. D'ailleurs, il était déjà trop tard, ce jour-là. Me révolter, me battre, implorer, supplier n'aurait fait qu'aggraver mon cas. Aucune issue possible à notre histoire.

En fait, pour Clémence, la romance avait pris son envol au printemps précédent. Son amie Sylviane – à qui je souhaite exprimer toute mon estime pour son rôle d'entremetteuse – l'avait invitée à une soirée organisée au Contrat social, le bistrot prétentieusement baptisé « salon de thé littéraire », dont Gaëtan est le propriétaire.

Notre as de la rhétorique, tel un vautour, avait immédiatement repéré sa proie et jeté son dévolu sur une femme avec qui je filais innocemment le parfait amour.

Le rentre-dedans avait fonctionné au-delà de ses espérances puisque l'un et l'autre s'étaient vus et revus plus que de raison. Trahison ultime, Clémence avait invité sa nouvelle conquête dans notre location provençale où elle m'avait réduit, tel le dindon de la farce, au rôle du témoin candide de cette mascarade. Sylviane, quant à elle, avait offert l'alibi nécessaire à cette rencontre.

Ce 10 septembre a sonné le glas de nos sept ans de

bonheur sans nuage. Je me suis retrouvé dans les cordes, pauvre boxeur sonné par le K.-O. d'une personne que j'aimais plus que tout au monde mais qui semblait l'avoir oublié.

J'ai tenté de me raccrocher aux branches, je me souviens avoir annoncé à Clémence que j'étais prêt à acheter une maison à Amboise pour que nous puissions vivre avec Vincent. Je lui ai même promis d'y passer l'essentiel de mon temps, au moins trois jours par semaine, si tel était son désir. J'étais prêt à faire n'importe quoi.

Même à divorcer d'Adri, bon sang !

J'étais disposé à montrer toutes les preuves de mon amour en échange d'un simple geste de sa part, ne serait-ce qu'une petite lueur dans son regard, une petite lueur qui aurait signifié que tout n'était pas perdu.

Ce geste, tu ne l'as pas fait, Clémence. Ce regard, tu ne l'as pas eu. Tout juste as-tu prononcé cette phrase comme on lance une bouée de sauvetage à la victime d'un naufrage.

– Ça ne m'empêchera pas de te voir ici... Tu seras toujours mon ami de Paris.

J'en suis resté sans voix. « Mon ami de Paris »... Mais je ne suis pas ton ami, Clémence. Tu m'entends ? Je ne suis pas ton ami ! Juste un pauvre type que tu viens de jeter comme on balance un sac-poubelle. Un pauvre type qui t'avait crue lorsque à sa question : « Notre situation de couple illégitime n'est-elle pas trop pesante pour toi ? » tu avais répondu, en posant ton index sur mes lèvres : « On accepte tout par amour, y compris d'être la deuxième. »

*
**

Clémence, pourquoi m'as-tu quitté ? Pourquoi ?

Rien dans ton comportement n'aurait pu laisser penser qu'un ouragan aussi puissant balaierait d'un seul souffle notre amour, notre bel amour. En sept ans, nous n'avons connu que le fantastique, le sublime, le merveilleux. Aucune dispute, aucune querelle pour ternir notre ciel.

Je ne suis pas le seul à être surpris par ce revirement de situation. Albert, Nicolas et Rudy n'ont aucune explication à fournir quant à ton comportement. Tout entre nous leur paraissait serein et harmonieux. Jamais ils ne m'avaient vu si épanoui.

Je ne peux me résoudre à accepter cette trahison. Si au moins j'avais fait quelque chose de mal... Mais là... Peut-on prétendre aimer quelqu'un pendant sept ans pour tout à coup l'abandonner ? Ne me dis pas que l'on change d'homme comme on change de chemise, ne me dis pas que la vie est un jeu, un jour on gagne, un jour on perd.

Ne dis rien.

J'ai du mal à croire que la tête de fou furieux que me renvoie le miroir soit le reflet de mon image. Pourtant, je dois me rendre à l'évidence, derrière ces yeux rouges et exorbités, il y a bien mon regard. Cela fait quinze jours que je ne dors plus, je suis incapable de trouver le sommeil. La peur m'empêche de m'endormir, j'ai peur de fermer les yeux, peur de mes idées noires. M'assoupir reviendrait à imaginer qu'au même instant, un autre que moi dort avec Clémence. Ou pis encore : ne dort pas.

Je passe mes nuits à regarder la télé, l'overdose de nicotine m'aide à tenir le coup, j'ouvre la fenêtre lorsque ma respiration m'oppresse.

Prendre l'air. Surtout ne pas dormir.

Si je dors, par pitié, faites qu'il ne se soit rien passé, faites qu'il s'agisse d'un rêve.

Un mauvais rêve.

Plus tard, à l'aube, j'essaierai de reprendre une apparence civilisée. Je repartirai au boulot – deux grosses répétitions par jour depuis une semaine – et prétexterai la fatigue pour répondre à tous ceux qui me trouveront mauvaise mine. La pièce est épuisante, le premier rôle réclame une incroyable énergie mais je ne suis pas fatigué. Malheureux, oui. Désespéré, oui. Mais pas fatigué.

À la moindre pause, je fonce sur mon portable pour consulter la messagerie. Chaque fois, je constate avec amertume que les appels ne proviennent jamais de toi, Clémence. Tu avais pourtant promis de me rappeler très vite. Oui, mais quand ?

J'aimerais tant me confier à quelqu'un... Impossible. Les gens qui m'entourent au théâtre sont tous adorables, j'en connais d'ailleurs certains depuis de nombreuses années, mais je n'imagine pas un seul instant leur avouer la raison de mon état pitoyable. De plus, la date de la première approche. Ma fragilité risquerait de contaminer le moral des troupes qui n'ont pas à supporter mes états d'âme.

Parler à Adri ? Je serais le dernier des mufles en m'épanchant auprès de ma femme sur les ravages d'un chagrin d'amour causé par une autre.

Sans trop savoir pourquoi, je redoute la réaction de certains de mes amis. Lorsque je leur ai annoncé la nouvelle, Albert, Rudy et Nicolas se sont rangés de mon côté. Mais je n'ai plus envie d'entendre leur « tant pis pour elle, elle ne sait pas ce qu'elle perd ».

Parce que c'est moi qui l'ai perdue, et moi seul...

Chablis — octobre 2001

– Ce n'est pas possible... mais quel con !

Tout a commencé hier après-midi par un cri au fond du jardin.

Si jamais les voisins doutaient encore de l'opinion qu'Adri se faisait de moi, ils doivent désormais être fixés. Le « mais quel con ! » faisait suite à une erreur regrettable de ma part : je venais de causer quelques dégâts dans un de ses massifs chéris.

– Tu es vraiment le Rambo de la débroussailleuse, toi ! Il ne faut pourtant pas avoir fait l'ENA pour savoir où s'arrête l'herbe et où commencent les fleurs.

Si j'avais été dans mon état normal, j'aurais pris la remarque avec le sourire. J'aurais même fait mine de protester afin de rappeler ma position de mâle dominant, juste pour le principe.

Mais je ne suis plus dans mon état normal.

Adri a remarqué le changement dès mon arrivée dans notre maison de campagne où j'ai choisi de la rejoindre pour changer d'horizon. Elle m'a accueilli en constatant à haute voix que je ne « respirais pas la santé ». Face à mon grognement, elle n'a pas cherché à ouvrir le débat. Sa discrétion m'a soulagé, je n'étais pas prêt pour les confessions.

Il a fallu ma connerie dans les plates-bandes, et cette remarque d'Adri pour tout déclencher.

Je me suis effondré sur une des chaises de la terrasse.

Et j'ai pleuré.

Toutes les larmes refoulées depuis trois semaines – je n'ai sangloté que deux jours – ont soudain surgi en un flot incontrôlable. Quel idiot ! Pourquoi fallait-il que je craque à ce moment-là, devant ma femme, la dernière à me vouloir du mal ?

Adri s'est assise en face de moi, posant tendrement ses deux mains sur mes épaules.

– S'il est la seule cause de ton chagrin, je pense que le massif de fleurs s'en remettra. En revanche, s'il existe une autre raison, tu peux me l'avouer. Il paraît que ça soulage.

Adri, si tu savais...

– Elle m'a quitté. Elle m'a abandonné pour un autre.

Le morceau était lâché. Mon lourd secret n'en était plus un. Le poids du chagrin restait le même mais je le partageais désormais avec une âme charitable. Le fait qu'il s'agisse de mon épouse ressemblait à une nouvelle facétie du destin.

– Tu n'as jamais pensé que cela pourrait un jour finir de cette manière ?

Dans sa question, ni reproche, ni ironie. Mais le message était clair : comment un homme approchant la soixantaine avait-il pu manquer de lucidité à ce point ?

– Tu ne t'es jamais douté de rien ?

De rien, Adri, de rien.

Clémence et moi avons vécu un bonheur parfait que je croyais solide.

Aujourd'hui, tu récupères un homme en miettes.

Paris — novembre 2001

Debout sur l'estrade, les mains derrière le dos, j'ai beaucoup récité ce texte étant enfant : « *Si l'on voulait dire combien les enfants aiment leur mère, ce serait vaine chimère. Car chacun de nous l'aime bien. Pour aimer sa maman, il faut être sage, respectueux, travailleur, bon et sérieux. Et loyal. Et sans défauts. Pour elle, je voulais être tout cela.* »

Maman, peut-être n'ai-je pas été tout cela...

Mounette, tu m'entends ?

Si tu étais encore de ce monde, tu me consolerais, j'en suis certain. Peut-être même me prendrais-tu dans tes bras. Tu me dirais que rien ne sert de se mettre dans cet état-là. Perdre quatorze kilos en deux mois, refuser de se nourrir, attendre désespérément le sommeil. Pour qui ? Pour quoi ? Mes nuits ne me laissent aucun répit. J'ai beau rester dans le noir les yeux fermés, respirer par le ventre comme tu me l'a appris, l'attente est insupportable. Alors je finis par me lever. Je jette un coup d'œil au réveil, les chiffres rouge sang ironisent : *Encore debout à cette heure-là* ? Allez vous faire foutre, un jour je vous balancerai par la fenêtre. Pas encore. J'ai besoin de vous pour me repérer dans le temps car j'ai perdu mon avenir, et mon présent. Abruti de fatigue et de chagrin, j'avale précipitamment les pilules anesthésiantes prescrites par mon médecin.

Voilà à quoi j'en suis réduit, maman.

Aux somnifères.

Je ne veux pas que Clémence m'abandonne.

L'abandon... Ma hantise... Mon cauchemar.

Souviens-toi, Mounette, comme je m'accrochais à toi lorsque nous avons quitté le Maroc pour rentrer en France sur ce charbonnier. Je n'avais que six ans. Papa venait d'obtenir une promotion. Perdu sur ce bateau immense, en route vers Marseille, pendant cinq jours et cinq nuits, je ne t'ai pas lâchée d'une semelle. Les hommes étaient répartis d'un côté, les femmes de l'autre. Heureusement, les enfants n'étaient pas séparés de leur mère. Que serais-je devenu, sans toi ? Nous n'avions pas de cabine, nous dormions dans la soute, sur des chaises longues, agglutinés les uns contre les autres. Je tirais sur tes jupes pour que tu me prennes dans tes bras. Si tu avais disparu, qui se serait occupé de moi ?

Mounette de mon cœur, que tout le monde appelait Loulou, je t'aime encore plus lorsque je te regarde de près sur ce cliché, là, accroché au mur. Nous sommes assis sur un muret. Je te tiens par la taille, j'ai l'air d'un collégien avec mes chaussettes blanches et mes pieds qui touchent à peine terre. Tu gardes croisées sur tes genoux tes mains noueuses. Ta mise en plis a viré au violet, je te regarde et je te parle comme je parle à Dieu. Tu aimais beaucoup ce portrait de Lui accroché dans ma chambre, te souviens-tu ?

Je t'ai connue avec des gestes brusques. De toi j'ai hérité une certaine nervosité. Je te ressemble. Je suis aussi brun et tendre que tu l'étais. Je me suis attaché à toi comme le lierre grimpe le long d'un mur. Il suffisait que tu sortes de mon champ de vision pour que mes angoisses rejaillissent. Heureusement, tu me protégeais, me couvrant de caresses et de baisers. À m'en étouffer.

Je garde vivant et intact ton visage expressif et mobile

sur lequel se lisait ton inquiétude à mon sujet. Une inquiétude viscérale, permanente, presque irritante.

Lorsque tu m'as inscrit à l'école, tu n'as rien compris à mon ennui. Je me moquais pas mal de mes résultats. La seule chose qui comptait était le goûter que tu me donnais... Après avoir avalé en solitaire mon pain beurré, je gardais précieusement le papier d'emballage que je serrais dans mes mains jusqu'à ce que ta silhouette apparaisse au loin. Je t'avais attendue des heures durant, inconsolable, et tu étais là, enfin ! Je courais te rejoindre, puis je brandissais fièrement ce papier dans lequel tu avais glissé le matin même de quoi me restaurer. Je le brandissais comme d'autres auraient tendu un trophée.

L'école ne m'intéressait pas parce que j'étais nul, maman, tu comprends ? Nul ! Les professeurs m'effrayaient, je ne supportais pas leur autorité, pas plus que celle de papa. Blocage total. Comment voulais-tu que j'apprenne quoi que ce soit ? Toute mon énergie était réquisitionnée par mon anxiété, alors s'il avait fallu, en plus, me creuser les méninges...

Papa n'a rien compris à mon ennui, lui non plus.

Pas facile, Yoland, hein ? Pas très démonstratif non plus. Je ne lui en veux pas de s'être montré si froid. Regarde sur cette photo comme il a l'air sévère, c'est à peine si l'on voit ses lèvres. Il était honnête, c'est vrai, scrupuleusement honnête. J'aimais le suivre lorsqu'il allait récolter son miel, ramasser des champignons ou pêcher des murènes. Mais même dans ces moments d'une parfaite quiétude, je redoutais ses emportements. J'avais tellement peur de lui...

Oui, je sais, maman, il était pourtant très gentil. Lorsque j'ai attrapé ce foutu zona qui m'a immobilisé plusieurs semaines de suite, je sais avec quelle patience il a construit de ses mains cette demi-jeep en carton et en bois spécialement conçue pour s'adapter à mon lit. J'ai passé des heures entières à la conduire, les doigts agrippés au volant. Je m'imaginais alors rouler vers un monde meilleur, un monde dans lequel il n'y aurait pas ce sentiment étrange que quelque chose de terrible allait m'arriver.

Terrible, oui. Mais quoi ?

Ne fais pas la sourde oreille, tu le craignais toi aussi, je t'ai vue pleurer. Comment ça papa ne m'a jamais frappé ? Et la fois où j'ai découvert mes cadeaux de Noël avant minuit et que je les ai ouverts sans attendre ? Sa main a claqué, j'entends encore le bruit sec de ses doigts sur ma joue, *toi, le jour où je t'ai conçu, j'aurais mieux fait de me couper les c... !* Tu vois, j'en tremble encore. D'ailleurs, papa n'avait pas besoin de hausser le ton, son regard bleu siamois suffisait à me ratatiner, à me transformer en nain face à ce géant.

Pourquoi était-il si dur ?

Il avait des excuses, selon toi. Tu m'as cent fois raconté de quelle manière il avait dû quitter Marseille à l'âge d'un mois, destination Cuba. Plus de soixante-dix jours de mer sur un charbonnier, lui aussi. J'imagine très bien ce que mamie a enduré : le manque d'hygiène, la promiscuité, le mauvais temps, les rats. Avec deux nourrissons sur les bras, qui plus est. Sans doute papa a-t-il été traumatisé par ce long voyage éprouvant. Il paraît que les enfants, telles des éponges, captent la moindre émotion de leurs parents.

Maman, crois-tu vraiment que ce déracinement puisse expliquer, à lui seul, tant de sévérité à mon égard ? Pourquoi mon frère, qu'il considérait comme son bébé, bien qu'il fût de douze ans mon aîné, n'a-t-il jamais subi les affres de ses colères ? Inutile de nier. Je l'ai toujours su. Paul était le fils préféré de papa.

Moi ? Moi, j'étais plus timide, plus renfermé, plus mélancolique aussi. J'étais fourré dans tes jupes du matin au soir, réclamant une attention de tous les instants. L'attention que je ne trouvais pas auprès de papa. Très tôt, je me suis senti différent.

Tiens, ne serait-ce que ça : tu m'as eu sur le tard. Tu avais alors trente-sept ans, et à l'époque, on ne faisait plus guère de bébés à cet âge. En plus, je suis sûr que tu ne me désirais pas. Je sais des choses, maman... Je sais, enfin... On m'a dit que tu m'as attendu dans l'amertume. La culpabilité ? Tu me désirais si peu que je suis né le cordon ombilical autour du cou, qui suintait l'angoisse, déjà. Ton angoisse... Tu m'as pourtant « adopté », puis l'amour nous a finalement soudés.

J'ai essayé de comprendre, je t'ai même posé la question à plusieurs reprises : « Pourquoi papa préfère-t-il Paul ? » Chaque fois, tu explosais, *comment peux-tu dire une chose pareille ?* Mais ça crevait les yeux, maman ! Et puis, il y avait ton regard, tes yeux tristes et fuyants chaque fois que tu me répondais. Perdu face à mes interrogations, au fil des ans, j'ai cherché de quoi me rassurer au fin fond de mon inconscient, le seul à me répondre...

Te souviens-tu des officiers américains qui vivaient chez nous au moment de ma naissance, à Rabat, ce 24 février 1942 ? Le capitaine Helmik, flanqué du brigadier Gruey, dont on m'a tant parlé dans la famille ? Te souviens-tu du tissu de leur veste que tu repassais si consciencieusement, paraît-il ? De l'odeur de leurs cigarettes, Craven A Virginia, soigneusement rangées dans des boîtes en métal ? Du ballon dirigeable de cinquante mètres de long qu'ils faisaient voler au-dessus de la maison ? Était-ce pour me faire plaisir, ou pour te faire plaisir ? Te souviens-tu de mon goût prononcé, dès l'adolescence, pour tout ce qui venait d'Amérique ? Jeep, Harley-Davidson...

Se pouvait-il que l'un de ces deux hommes soit mon père ?

Cette aberration a germé dans ma tête de gosse. Cette hypothèse n'était peut-être pas la bonne mais elle cadrait avec cet état de fait : je n'étais pas né « désiré » et si mon père me rejetait, il avait ses raisons.

Je me suis bien gardé de te faire part de mes soupçons. À l'époque, le bien-être moral de l'enfant était une notion qui n'existait pas. Les pédopsychiatres ne couraient pas les rues. Si vous en aviez consulté un, vous auriez probablement été obligés d'admettre que les paroles suffisent parfois à guérir.

C'est dans cet univers de non-dit qu'à dix ans, tu m'as laissé partir à l'hôpital pour une opération un peu particulière. Bien que je ne sois pas juif, tu m'as fait circoncire. Pour quelle raison, je l'ignore. Hygiène, je suppose ? En tout cas, vous ne m'avez rien expliqué. Tu imagines, Mounette, ce que ça fait à un petit garçon de voir sa mère empiler ses affaires dans un sac, comme si elle le rejetait sans merci ?

– Je pars ?

– Mais non, mon chéri, il s'agit juste de... C'est bénin, tu verras.

Qu'est-ce que ça veut dire, bénin ? Et qu'est-ce que tu avais, à regarder mon entrecuisse sans prononcer un mot ? Et mon père, toujours muet. Et Paul, étudiant en médecine, il n'aurait pas pu me parler, de frère à frère, d'homme à petit homme ?

Non. À la maison, tout ce qui touchait de près ou de loin au corps était classé sujet tabou. Beaucoup de gens, alors, réagissaient de cette façon.

Quoi qu'il en soit, vous m'avez juste dit que j'allais subir une petite opération...

« Une petite opération », ce départ pour nulle part, ce bloc où ils m'ont collé sur les lèvres ce masque monstrueux, sans autre forme d'explication, cette saloperie d'éther, cette odeur terrifiante ? J'avais dix ans, Mounette, et j'ai cru que j'allais mourir.

Crever.

Tout seul.

Abandonné.

Lorsque je me suis réveillé, nous étions trois garçons dans la chambre, ça pleurait là-dedans, je voulais te voir, maman. Le bandage sur mon sexe me serrait tellement !

Je suis resté peu de temps à l'hôpital mais ce séjour a fixé à jamais mon désarroi. Pendant les cinq années qui ont suivi, des troubles mentaux sont apparus, j'ai frôlé la schizophrénie. J'ai essayé de vous l'expliquer avec les mots simples d'un enfant :

– Mounette, je crois que je vais devenir fou !

– Comment ça, mon chéri ?

– J'ai l'impression que je rêve ce que je vis.

Tout d'un coup, j'étais là, dans la pièce, et je me dédoublais. Je n'étais plus seul, il y avait moi en train de jouer et moi en train de me regarder jouer, moi en train de parler et moi en train de m'écouter parler, comme si un autre gamin, perché sur mon épaule, murmurait à mon oreille. Pauvre papa, pauvre maman, vous étiez tellement inquiets... Le médecin interrogé n'a rien trouvé de mieux que de vous envoyer consulter un confrère ophtalmologiste. Mais je n'avais pas de visions, bon sang ! Mon dédoublement était bien réel. Évidemment, aucun signe de démence ne fut décelé dans mes yeux. Mais bon... Porter des lunettes teintées ne pouvait pas me faire de mal. Voilà comment je me suis retrouvé, pendant cinq ans, affublé d'une paire de binocles qui me donnaient sans doute un genre mais ne changeaient strictement rien au fait que dans mon esprit, il y avait Pierre et Pierre.

– Et puis elles te protègent du soleil, mon fils !

Maman, si tu avais pu entendre dans ma tête les cloches qui tintaient ! Une cacophonie insoutenable. Papa, tu ne m'aimes pas, pourquoi ? Est-ce que tu n'es pas mon père, est-ce que je suis américain ? Est-ce que je suis le fruit de la trahison ? En tout cas, je me sens abandonné. C'est peut-être pour cette raison que je me suis inventé Pierre numéro deux. Abandonné. Sans doute parce que je mérite de l'être, nul à l'école, égaré dans mes pensées...

J'ai perdu confiance.

Confiance en moi, et surtout en l'amour, même si le public m'aime, lui que je suis allé chercher pour ça. Le public, c'est chaleureux, ça vous exprime des deux mains sa tendresse d'un soir...

Mais ce n'est pas l'amour.

Avec Clémence, j'ai cru mon passé liquidé. Oubliés mes angoisses, mes quêtes d'identité, mes besoins d'amour. Clémence *était* l'amour, et elle était à moi. Elle m'a initié à la vie d'homme. Elle était mon énergie, ma thérapie. Sa grâce a refermé mes blessures, sa douceur a soulagé mes souffrances. Auprès d'elle, j'ai retrouvé la confiance.

Seulement, elle aussi m'a abandonné.

Mounette, ne pleure pas, je n'accuse personne. Si ne je ne peux pas t'expliquer à toi d'où me vient ce besoin intense d'être aimé, pourquoi l'idée de la mort et de l'abandon ne me quitte jamais, pourquoi il me faut à tout prix serrer une femme dans mes bras et dormir à ses côtés pour me sentir exister, à qui puis-je me confier ?

Mounette, pourquoi ne réponds-tu pas ?

Paris — début décembre 2001

Nicolas habite chez moi. « Pour quelques jours », a-t-il précisé. Profitant de l'enregistrement de son prochain disque dans un studio parisien, mon ami s'est installé à Montmartre. J'ai beau avoir le moral dans les chaussettes, je suis encore assez lucide pour comprendre. S'il voulait se loger correctement, sans friser la surpopulation à deux dans une pièce, Nicolas aurait pu demander à Rudy, qui l'aurait accueilli avec beaucoup plus de confort.

Après avoir été averti par une personne de mon entourage très proche – Adri, je n'ai pas tardé à le découvrir –, Nicolas s'est chargé de veiller sur ma santé. Voilà pourquoi mon copain a investi la place, pratiquant de ce fait un marquage à la culotte discret mais rassurant pour ma femme, qui a dû partir en province pour une huitaine.

Je ne sais pas ce qu'ils ont, tous, à me vouloir du bien !

Le premier à montrer des signes d'inquiétude – après Adri et Nicolas, bien entendu – fut Marcel Dumoulin, le directeur du théâtre. Sans doute anxieux à l'idée que je lui claque entre les doigts, il m'a conseillé, avec moult précautions de langage, de changer de médecin. À son grand soulagement j'imagine, j'ai suivi son conseil. Je suis ressorti du cabinet avec une liste de tranquillisants à me faire voir des éléphants roses à tous les coins de rue. Ces paradis artificiels, s'ils me permettent de tenir, ne m'empêchent pas de penser, malheureusement.

La présence de Nicolas me fait du bien. Avec lui, pas de tralala. À l'annonce de ma mise à pied par celle qui occupait les premières loges de mon cœur, il s'est écrié :

– Tu te rends compte de la chance que tu as ? Tu n'as jamais connu de grand chagrin d'amour auparavant. C'est magnifique, tu en ressortiras meilleur, plus fort et plus grand. Elle est bien plus à plaindre que toi !

Voilà au moins une épaule sur laquelle je ne m'épancherai pas. Pour tenter de panser mes plaies, Nicolas se base sur un raisonnement à la logique implacable qui pourrait se résumer en une phrase : « Il y a sur terre deux ou trois milliards de gonzesses, pourquoi se rendre malade pour une seule ? »

Sur le fond, le point de vue est imparable mais je me permets de lui faire remarquer que depuis « Une de perdue, dix de retrouvées », on n'a pas fait plus crétin. Je lui pardonne son insouciance car il a au moins le mérite de me redonner momentanément le sourire. C'est déjà énorme.

Et puis, je ne dois pas oublier que Nicolas n'est pas là pour me guérir. Il est mon ami, pas mon psychanalyste.

Paris — mi-décembre 2001

À ma grande surprise, Clémence m'a appelé à plusieurs reprises ces quinze derniers jours, mettant à mal mon système nerveux. Chaque fois que je voyais s'afficher son numéro sur mon portable, j'étais au bord de la crise cardiaque.

Pourquoi me téléphonait-elle après avoir gardé le silence si longtemps ? Aucune explication, à part un *j'en avais envie*, répété maintes fois, dont je devais me contenter. Lorsqu'on est affamé, on est capable de tout, même de ronger un os.

Je mentirais si je disais que je n'ai pas pensé qu'il s'agissait là de tentatives pour retrouver la première place au hit-parade de mon cœur. Il aurait alors suffi qu'elle prononce, une seule fois, le fatal : « Veux-tu encore de moi ? » pour que je rampe à ses pieds.

Je n'ai pas eu besoin de ramper.

La seule chose que tu voulais savoir était si j'allais bien.

Si j'allais bien ? Tu me quittes un beau jour de septembre, la fleur au fusil, devant un plat de sushis dégueulasses. D'après toi, quelle aurait dû être ma réaction ? Sauter de joie ? Te remercier, peut-être ? Te dire combien j'attendais avec impatience cette séparation ? Je pleure sans arrêt, je maigris à vue d'œil, je suis devenu maussade et agressif. Le vélo, les bonnes bouffes, le théâtre, les copains, la vie, je n'en ai plus rien à faire. À part ça, tout va très bien, merci Clémence.

Mais je t'ai menti, pour sauvegarder les apparences :

– La pièce me pompe toute mon énergie. Entre les représentations et les sollicitations qui vont avec, je suis sur les rotules. Je ne vais pas me plaindre, pourvu que ça dure.

Tu raccrochais alors sur un *parfait !* qui me laissait pantois.

C'est vrai, la pièce me pompe toute mon énergie. Depuis dix-huit jours, *Une famille recomposée* fait le plein chaque soir. Le succès est au rendez-vous, la critique unanime, le public se marre de bout en bout. Et moi je m'en fous. Jamais, de toute ma carrière, un triomphe ne m'aura semblé à ce point dérisoire. Je suis devenu un comédien qui ne fait rire que sur scène, sous contrat, et au prix d'efforts surhumains. Les spectateurs qui m'attendent à la sortie doivent être surpris de voir surgir un homme cachant ses yeux bouffis derrière des lunettes de soleil.

Non content de fuir le public, je plombe également l'ambiance qui règne au sein de la troupe. Cette attitude est contraire à mes principes mais je suis à bout. Tout le monde est au courant et un vent de sympathie souffle autour de moi. Mes collègues sont aux petits soins. Je voudrais donner le change de temps à autre. Les remercier, au moins.

Je ne peux pas.

Les parents de Clémence se sont déplacés à plusieurs reprises pour assister à la pièce. De deux choses l'une : soit ils sont vraiment fans, soit ils virent masochistes. Ils n'ont cessé de me répéter à quel point la situation actuelle les désolait. Chaque fois, ils ont promis de parler à Clémence pour tenter de comprendre et, éventuellement, de plaider ma cause auprès de leur fille.

La chaîne de solidarité fonctionne à merveille. Nicolas est à peine reparti qu'il promet déjà de revenir au début de l'année prochaine pour une série de concerts dans des clubs parisiens. Albert ne perd aucune occasion de m'appeler ou de venir me voir. Rudy m'a invité la semaine dernière à une démonstration d'avions de chasse. J'y suis allé avec autant d'entrain que pour une séance de vaccination, et me suis retrouvé perdu au milieu de militaires tous plus gradés les uns que les autres.

– Tu mesures combien exactement ?

– Un mètre quatre-vingts, pourquoi ?

– Impeccable, avec ta taille mannequin, tu as le profil idéal pour grimper dans un Rafale. Je t'installe, tu fais un tour de manège et au retour, je te présente le ministre ainsi qu'un plan de récup pour ta chérie. Rassure-toi, aucun lien entre les deux.

Mon pote est un mec carré. Pour lui, tout est question de stratégie, y compris dans les affaires de cœur. Mon cœur à moi, lui, n'a pas été suffisamment bien accroché pour résister à la balade supersonique. À peine revenu à hauteur du plancher des vaches, j'ai rendu l'intégralité de mon petit déjeuner dans les toilettes les plus proches.

Pour ce qui est du « plan de récup » de Rudy, il se résumait en deux temps forts.

– D'abord, tu fais le mort : aucun appel. Quand je dis aucun, c'est aucun ! Ensuite, quand son numéro s'affiche sur ton portable, tu ne décroches pas, tu la laisses causer en tête à tête avec ta messagerie.

– Ah ? Et après ?

– Après ? Elle revient, pardi !

Ben voyons...

– Et si elle ne revient pas ?

– Alors tu m'appelles, je suis à ton service, *SOS cœur en détresse* te répondra vingt-quatre heures sur vingt-quatre. Tu devrais savoir que je ne laisse jamais mes amis mouliner dans le pétrin.

Rudy, je ne sais pas ce qui m'a retenu de t'embrasser.

Quant à Adri... Mon ange gardien est revenu de son séjour en province. Je sais qu'à la moindre alerte, je peux compter sur son réconfort. Mais depuis ma séance de pleurs à Chablis, ma femme et moi n'avons plus évoqué le sujet maudit. Adri passe me voir régulièrement pour m'apporter des pains au chocolat. J'adore les pains au chocolat. Elle me prépare du café, range quelques babioles à droite, à gauche. Nous bavardons longuement, de notre métier, surtout. Elle reste souvent tard, pour me veiller. Lorsque le sommeil la gagne, de la main elle m'envoie un baiser.

– Excuse-moi, Pierre, mais je suis fatiguée.

Va, Adri, tu es tout excusée.

Paris — janvier 2002

Quelques mots échangés au téléphone. À part ça, toujours pas revu Clémence. J'avais secrètement espéré une rencontre, rapide, très rapide, comme ça, juste pour boire un verre...

Même pas.

J'ai passé les fêtes les plus tristes et les plus solitaires de ma vie. Réveillon du 24, matinée pour Noël, soir de la Saint-Sylvestre et Jour de l'An : nous sommes plongés dans les cadences infernales par la faute d'une *Famille recomposée* qui marche du feu de Dieu. Il serait indécent de s'en plaindre. Chaque soir, la salle manifeste bruyamment son plaisir. J'ai joué des pièces qui ont connu un gros succès, mais à ce point, cela dépasse toutes nos espérances. Le directeur, Dumoulin, et les producteurs ont des euros plein les yeux lorsqu'ils font leurs comptes.

Saloperie d'euros ! Voilà encore un truc qui m'aura pourri la vie en ce début d'année et dont je me serais volontiers passé. Réfractaire aux conversions en tout genre, je suis obligé de me balader avec une calculette dans la poche pour acheter ma demi-baguette. Évidemment, je passe pour un jambon dès que je m'en sers. Enfin... Il paraît que le progrès est censé nous conduire vers des lendemains qui chantent.

Seul hic... Le triomphe de la pièce me laisse de marbre.

Il y a encore quelques années, quelques mois, j'aurais laissé mon ego enfler au rythme de l'affluence mais aujourd'hui, je m'en contrefiche. Ce métier, qui faisait mon orgueil et contribuait à mon équilibre, ce plaisir toujours aussi fort de monter sur scène pour provoquer les rires, tout cela n'est devenu qu'un palliatif, un anti-inflammatoire qui calme mais ne soigne pas.

La simple idée d'être heureux sans Clémence me donne envie de vomir.

Adri était à Chablis où elle a réveillonné seule avec une grande partie de la famille. Je ne voulais pas les voir. Je les aime bien tous mais il aurait fallu affronter leurs regards, leurs questions et, qui sait, leur compassion. Le théâtre m'offrait le meilleur des mots d'excuse. Adri ne l'ignorait pas. Elle m'a appelé après les douze coups de minuit, à cette heure où la quasi-totalité de l'humanité communie fraternellement avec son prochain. Elle ne m'a pas souhaité une « bonne année » mais a simplement appelé de ses vœux que je redevienne un jour le Pierre disparu, celui qu'elle avait épousé pour le meilleur et pour le pire sans se douter que la deuxième version triompherait un jour.

Je l'ai remerciée d'avoir pensé à son vieux compagnon et lui ai mollement promis de faire tout mon possible pour réactiver le Pierre Bartoli disparu.

En attendant, l'ersatz réveillonnait en solo dans un appartement dénué de toute trace de fête. Je suis rentré peu avant minuit de ma soirée de labeur, j'ai festoyé avec un yaourt nature sucré et j'ai zappé sans conviction sur toutes les merdes que la télévision proposait à un horaire où il fallait sérieusement désespérer de l'existence pour la regarder. J'ai cru un moment que le rhum pourrait m'offrir l'oubli par l'ivresse, il n'a réussi qu'à me rendre malade comme un chien.

Cinq jours plus tard, je recevais – enfin ! – un coup de fil de Clémence, message sibyllin délivré à une heure où elle savait que je me trouvais sur scène et, par conséquent, ne pouvais lui répondre directement.

– Bonne et heureuse année, Pierre !

Comment mon année pourrait-elle être bonne alors que je ne ressens que du vide autour de moi par la faute de son abandon ?

Chablis – janvier 2002

– Qu'est-ce que tu vas t'emmerder avec cette fille ? Reprends-toi, mon vieux. Un clou chasse l'autre !

Alors celle-là, je vais me la peindre en lettres d'or sur le mur de ma chambre. Depuis Nicolas et ses « milliards de gonzesses » qui n'attendaient que moi, c'est de loin le lieu commun le plus débile que j'aie pu entendre.

Max, à qui je dois ce dicton tout en élégance, tourne un téléfilm à Auxerre et, sur l'initiative d'Adri, profite d'une opération table ouverte à la Bartolière.

Nos relations se sont franchement espacées ces derniers mois. Clémence est-elle étrangère à cet état de fait ?

À mon avis, je frise la parano complète. Max se moque tout simplement de mes déboires sentimentaux comme de sa première chope de bière. On ne se voit plus parce que la vie est ainsi faite, un point, c'est tout. Je constate pourtant que certains camarades m'évitent, dorénavant. Je l'admets volontiers : ma compagnie ne fleure pas la joie de vivre. Néanmoins, j'attendais plus de solidarité de la part d'individus qui semblent avoir oublié jusqu'à mon numéro de téléphone. Gerrit avait le don de résumer en une seule phrase certaines situations : « Souris, et le monde entier te sourira. Pleure, et le monde entier te fuira ! »

Loin de ces considérations, Max mange avec un appétit toujours aussi féroce. Cela fait une moyenne avec moi qui n'ai plus le goût à rien, pas même au bœuf bourguignon d'Adri, un de mes plats préférés, que j'avale désormais sans le moindre plaisir.

Dans quelques semaines, peut-être avant, Clémence ira vivre avec un autre homme. Il réalisera ce vœu pieux que je n'ai su qu'effleurer.

Je n'ai que cette image dans la tête et le reste ne compte plus.

« Un clou chasse l'autre »... Quelle connerie !

Paris — février 2002

Le jeu du chat et de la souris.

Lorsque je fais le mort, Clémence m'appelle. Je n'ai pas le courage de mettre à exécution le plan de Rudy selon lequel je devrais la laisser de temps à autre parler à ma messagerie. Je n'en ai pas la force. À chacune de nos conversations, je bois ses paroles, croyant encore à une issue positive. Mais la moindre suggestion quant à un nouveau départ est immédiatement transformée en fin de non-recevoir.

Sauf hier !

Hier, par je ne sais quel miracle, j'ai réussi à obtenir un rendez-vous. Du bout des lèvres, soit, mais un rendez-vous tout de même. Peu m'importe que Clémence ait accepté par pitié. J'ai liquidé ce qu'il me restait d'orgueil depuis longtemps. J'étais tellement heureux à l'idée de la revoir, en chair et en os. Depuis tout ce temps... cinq mois ! Je me suis senti pousser des ailes, fini ce poids de cent kilos sur les épaules, nous allions enfin discuter face à face et, qui sait, balayer le passé.

*
**

Je t'ai attendue sur le quai, Clémence, mais tu n'es pas venue. Je t'ai pourtant cherchée dans la foule, j'ai même regardé le train repartir. Tu as oublié ton « oui, je viendrai », sans doute concédé par lassitude. Tu aurais pu prétexter n'importe quoi : problèmes de transport ou symptômes grippaux avancés. Tu ne t'es même pas donné la peine de trouver une excuse.

Tu as tout simplement oublié.

Je me faisais une joie de t'embrasser, de marcher avec toi main dans la main, mais ce plaisir infime, tu me l'as retiré.

C'est ma faute : j'ai joué avec le feu.

Pourtant, que d'efforts consentis, des jours durant, pour suivre à la lettre les conseils de mes amis, qui me suppliaient de ne plus chercher à te joindre. Mais je ne suis pas Superman et mes bonnes résolutions ne sont pas éternelles.

J'en ai eu assez d'attendre un appel qui ne venait pas, alors j'ai composé ton numéro en priant tous les saints de ne pas tomber sur Gaëtan. Un simple « allô » de sa part aurait suffi à me filer une allergie.

En entendant ta voix, mon cœur s'est emballé, mais j'ai tenté de prendre une intonation détachée pour entamer une conversation pleine de non-dits.

Quand, de ta propre initiative, tu as évoqué une éventuelle venue à Paris pour des achats divers, j'ai saisi la perche à pleines mains et, rassemblant mes forces vives, j'ai proposé que nous profitions de cette occasion pour nous rencontrer. Tu as accepté « avec plaisir », ajoutant un « oui, je viendrai ». Puis, tu as embrayé sur la pluie, le beau temps et la crise dans le domaine très fermé de la muséographie... Bref, tout pour ne pas aborder les sujets qui auraient pu fâcher.

J'ai raccroché avec la perspective de te rencontrer la

semaine suivante. Huit jours... Une paille ! Mais une éternité pour qui a déjà tant attendu.

Le dimanche, veille de ta venue, je t'ai rappelée pour avoir la certitude de ton arrivée par le train de 14 heures. Ce fut une conversation indirecte, par messagerie interposée. Je me suis efforcé de paraître jovial.

– Clémence, c'est Pierre. Je n'ai plus de nouvelles. J'espère que tout va bien et que ton téléphone n'a pas été mis sur écoute par de dangereux terroristes. Passe-moi un coup de fil cet après-midi ou bien dans la soirée pour me confirmer que je passe bien te chercher à Austerlitz comme prévu. Je t'embrasse. Je t'aime.

Je n'ai reçu ton accusé de réception que le lendemain, au moment de quitter la gare, seul.

– Pierre, je suis désolée, mais je n'ai pas pu me rendre à Paris, j'ai trouvé ce qu'il me fallait à Tours. J'ai complètement oublié de te prévenir.

Elle avait « complètement » oublié. Elle se foutait de moi, oui !

Je t'ai rappelée illico, fou de rage. Tu m'as tout de suite demandé de ta voix sucrée si je ne t'en voulais pas trop.

Soit je mentais, soit j'explosais.

– Bien sûr que non. De toute façon, j'ai mille et une choses à faire. Dans un certain sens, ça m'arrange. Par contre, nous pourrions peut-être reporter notre rendez-vous à la semaine prochaine, y compris si tu n'as rien de spécial à acheter.

– Je ne sais pas encore. Je te ferai signe, sans faute cette fois.

Que d'hypocrisies partagées en quelques phrases...

Combien de temps allais-je avaler ces couleuvres avant de ne plus pouvoir les digérer ?

Il paraît que seuls les gens que l'on aime sont en mesure de nous décevoir. Pour tout ce qui émane des autres, on ne peut parler que de mépris.

Si je la cherchais, voilà donc, une fois de plus, la preuve irréfutable que je t'aime toujours.

Paris — mars 2002

Mon ami Adolphe Gassler, producteur de films, connu et reconnu, ouvre la porte de ma loge comme s'il était chez lui. Il me tend les bras :

– Mon cher Pierre, vous êtes formidable. Grâce à vous, la salle est pleine à craquer tous les soirs, le public repart heureux et conquis. J'aimerais bien que ce soit mon théâtre. Je connais un peu votre histoire... Tout se sait dans le métier, vous me comprenez... Et franchement, des chagrins comme le vôtre, je vous en souhaite encore de nombreux. Surtout, continuez à nous en faire profiter avec autant de talent !

Que celui qui n'a jamais eu envie d'étrangler un producteur de cinéma vienne me voir et je lui donnerai la recette.

Je n'ai pas souvenir d'avoir un jour insulté quelqu'un avec autant de virulence. J'ai pourri sur place ce connard à la gueule enfarinée dans son petit costume vert. Tout mon vocabulaire y est passé. Mes partenaires, ameutés par ses cris de goret, ont dû s'interposer avant que je l'achève !

Une fois l'importun éjecté de ma loge, j'ai claqué violemment la porte, au point de provoquer la chute de l'affiche du *Mal d'amour*. Ironique conclusion de cette triste journée.

*
**

– Ouvre, Pierre ! Ouvre... c'est moi !

Adri tambourine à la porte.

– Pierre, j'ai laissé les clés de ton appartement à Chablis, tu m'ouvres ou je défonce la porte !

Le rendez-vous « oublié » m'a achevé. J'étais déjà sacrément atteint, il ne manquait plus que cette cerise sur le gâteau pour me faire toucher le fond.

À part le théâtre, où je me rends chaque soir tel un mort vivant, je ne sors plus de chez moi. Après chaque représentation, je m'éclipse aussi vite que je peux. Je rentre me terrer. Envie de voir personne. Les rideaux sont fermés, je n'ai pas descendu les poubelles depuis une semaine, les sacs plastique s'entassent dans la cuisine. Je n'ai pas le courage de me préparer à dîner, d'ailleurs je n'ai pas faim. Hier, j'ai avalé deux yaourts dont la date de validité était dépassée depuis plus d'un mois. Rien à cirer. Je ne regarde plus la télévision, je n'écoute pas de musique, je reste allongé sur mon lit, dans la pénombre... et j'attends. Je fixe le plafond des heures durant, à la recherche de la moindre parcelle d'énergie. Parfois, j'aimerais fermer les yeux et dormir pendant quinze jours, un mois. Et ne plus me réveiller.

Les coups redoublent.

– C'est bon, Pierre. J'appelle les pompiers.

Je me lève péniblement, j'ai les jambes aussi molles que du coton. Lorsque j'ouvre enfin la porte, Adri ne peut cacher sa surprise. Stupéfaite par mon allure de déterré, elle s'exclame :

– Dans quel état tu t'es mis !

Et encore, tu n'as pas tout vu, viens faire un tour du côté de mon cœur, regarde, là, au plus profond, penche-toi et sens... Sens comme ça pue ! Mes sentiments pour Clémence ne respirent plus, ils se putréfient. Depuis son départ précipité, ils me réclament un peu d'air, m'encouragent à changer d'horizon. Mais tomber amoureux d'une autre femme, je ne peux pas ! Il faudrait d'abord que je guérisse de Clémence, et face à Clémence, la médecine est impuissante. Sans remède miracle, je ne vois pas d'issue à mon chagrin.

– Va prendre une douche, je m'occupe du reste !

Tu as raison, Adri... Me laisser dorloter ne me fera pas de mal. Je file dans la salle de bains pendant que ma femme se charge d'aérer mon antre, devenu, au fil des jours, un véritable nid à cauchemars.

Lorsque je ressors de la douche, une demi-heure plus tard, mon deux pièces a repris son allure des plus beaux jours. Les fenêtres sont ouvertes, les sacs-poubelles descendus, mon lit est fait. La poussière sur les meubles ? Envolée. Adri a allumé plusieurs bougies dont l'odeur – pin des Landes – imprègne l'appartement. Elle m'attend, assise dans le salon, détendue, une revue à la main.

– Tu en as mis du temps ! À croire que tu ne t'es pas lavé depuis des mois !

Adri me sourit. Il est tellement doux, ce sourire. Tellement serein. Je me sens bête, et surtout j'ai honte. Honte de ne pas être à la hauteur.

– Pierre, ressaisis-toi. Tu es aussi agréable à regarder qu'une serpillière mal rincée. Viens, approche, je ne vais pas te manger.

Je n'ose pas. Plus de trente ans que nous sommes mariés... et je n'ose pas. Adri fait le premier pas. Elle se lève tout en tirant de la poche de son gilet un mouchoir en papier avec lequel elle essuie mes larmes.

– Il faut que tu te battes. Si tu ne le fais pas pour elle, fais-le au moins pour nous.

*
**

J'aurais dû saisir la balle au bond. Bien entendu, je n'ai fait qu'enfoncer le clou en recevant chez moi, quelques jours plus tard, une journaliste venue m'interviewer pour un hebdomadaire à grand tirage. La jeune femme était sympathique et posait des questions originales qui me changeaient des *êtes-vous heureux du succès de votre pièce ?*

Tout à coup, au beau milieu de notre conversation, je me suis écroulé. Décontenancée par l'attitude d'un homme qui, cinq minutes plus tôt, dissertait fièrement sur sa réussite, la journaliste s'est assise à mes côtés, posant une main amicale sur mon épaule.

– Sans vouloir jouer les voyantes, j'ai l'impression que ça ne va pas fort. Vous voulez que je vous fasse un café, ou un thé ?

Je me suis excusé pour ce manque de maîtrise total. Encouragé par sa sollicitude, je lui ai balancé mon histoire dans les moindres détails. À la fin de ma confession, dont elle n'a pas perdu une miette, la jeune femme m'a glissé quelques paroles encourageantes avant de me demander :

– Je suppose que ces révélations doivent rester entre nous ?

Je lui ai répondu qu'en effet, elle supposait bien.

Puis, gêné par ma faiblesse passagère, je me suis empressé de prendre congé de la demoiselle en lui promettant une invitation pour la remercier de sa discrétion.

Le journal est paru ce matin.

Cette garce n'a pas plus de parole qu'une... Au jeu des comparaisons, j'ai peur de me montrer extrêmement désagréable ! L'article en question ne mentionne que ma confession hors micro avec, en gros titre : « Le chagrin d'amour de Pierre Bartoli », s'étalant sur la couverture du magazine.

Alors que je suis en plein repassage et à mille lieues de tout ce foin médiatique, Adri débarque chez moi comme une furie, brandissant l'objet du délit.

– Tu te rends compte de ce que tu as dit ? Mais quelle honte pour ta famille et tous ceux qui t'aiment ! Comment as-tu pu nous salir à ce point, en révélant cette affaire sans même prendre la peine de m'en avertir ?

Je l'ai rarement vue dans un tel état de rage.

Avant de la calmer, je demande à lire l'article pour savoir jusqu'où la journaliste a osé pousser sa plume. Mes confidences – pas une ne manque à l'appel ! – sont minutieusement relatées. Tout y passe, du prénom de Clémence jusqu'à mon envie d'étrangler son nouveau conjoint, ma dépression profonde, mon dégoût total du succès, tout ! Je me suis fait avoir comme le premier des bleus.

Adri est effondrée de la confiance que j'ai pu accorder à une inconnue dont le métier consiste justement à fouiner dans la vie des autres.

– J'ai toujours été avec toi, y compris lorsque tu ne le méritais pas forcément. Je t'ai soutenu face à tous ceux qui blâmaient ta conduite, je suis souvent passée pour une sainte dans les discours officiels, ou pour une folle dans la version « par-derrière », parce que j'acceptais ce que tant d'autres auraient rejeté. Je sais que tu vas mal, Pierre. Je le sais sûrement mieux que personne. Mais je voudrais également que tu saches à quel point tu n'es pas la seule victime et combien il est dur, parfois, d'aider quelqu'un à porter sa croix ! Le chagrin que tu vis, je ne le ressens pas dans ma chair mais je le subis au quotidien. Alors, s'il te plaît, fais un effort et commence par ne plus dire n'importe quoi à n'importe qui.

Après ce réquisitoire, je me retrouve encore plus seul, la tête au fond de mon seau de merde. Je me déteste d'avoir fait du mal à ma plus fidèle alliée. En une dizaine de jours, j'ai pris plus de coups de pied au cul qu'un homme normalement constitué est capable d'en supporter.

Que l'on m'apporte un pont et je saute !

À la lecture de ce torchon, Rudy s'est contenté de s'esclaffer :

– Tu es gonflé de te plaindre. À partir de maintenant, toutes les nanas seront au courant que tu es un cœur à prendre. Tu n'auras qu'à te baisser pour choisir les prétendantes au trône. Un beau parti comme toi !

Pourquoi ce type n'est-il jamais sérieux avec moi alors que, dans son boulot, il doit rigoler une fois toutes les années bissextiles ?

Paris — juin 2002

Ce matin, dans ma boîte aux lettres, une carte postale d'Adri qui se trouve loin de moi, quelque part dans le sud-ouest de la France. Partie depuis trois semaines, sa colère n'a duré que le temps d'un reproche. Que fait-elle à Toulouse ? Des amis à voir. La carte représente un point d'exclamation. Au verso, quelques lignes d'un écrivain : « Si tu penses que tes propres erreurs ont quelque peu détruit ton bonheur, accepte-le, en fait. Puis ne t'en préoccupe plus. Tu ne peux pas revenir en arrière. Apprends. Évolue. Tu es plus sage maintenant. Tu ne peux jamais refaçonner le passé, mais tu peux construire ton présent. » Signé Bounou Binou, sans autre commentaire : c'est le tendre surnom que je lui donne dans l'intimité.

Adri, merci, j'aimerais être sage mais j'ai mal, une douleur incessante me laboure le cœur, le dos, le ventre. En dehors des représentations, je continue de rester cloîtré à la maison, rideaux fermés, avec une foutue nausée qui ne passe pas. Toutes ces souffrances intérieures ne me laissent aucun moment de répit, je suis la proie idéale de ces vautours invisibles.

Je consulte sans arrêt. Je creuse sans vergogne le trou de la Sécu. Mon médecin attitré – qui soupçonne un ulcère – me prescrit toutes sortes d'analyses et de médicaments totalement inefficaces. J'en suis à ma deuxième fibroscopie négative et j'en arrive à prier qu'il n'y en ait pas une troisième. Qu'on me soigne, qu'on m'achève, mais que l'on fasse quelque chose !

Mon estomac ayant été innocenté, ce bon généraliste a inscrit les crises de spasmophilie à l'ordre du jour. J'ai passé soixante ans sans connaître la définition même de ce mot et on me le pointe d'un seul coup comme la source de mes tourments. Je me fous bien du nom que l'on peut donner à mes symptômes. Je les connais mieux que quiconque et je sais qu'ils ne figurent dans aucun dictionnaire médical.

Ça ne m'empêche pas d'avoir mal. Physiquement mal.

Le remède miracle serait que Clémence me revienne définitivement, qu'elle oublie une fois pour toutes son intello à deux balles, qu'elle le considère à sa juste valeur : une erreur dans sa vie... et que nous reprenions le cours de notre aventure au chapitre où nous l'avons laissée il y a bientôt un an. Neuf mois pour être exact. Pour toi, Clémence, une peccadille.

Neuf mois sans pouvoir te toucher.

J'en crève.

Samedi dernier, ultime date parisienne d'*Une famille recomposée*. Nous reprendrons l'affaire en septembre pour une tournée d'environ cent cinquante représentations. Je suis content d'arrêter. Jouer cette pièce me détruisait un peu plus chaque soir. Voir le bonheur irradier sur les visages de tous ces gens qui, deux heures durant, riaient de si bon cœur me rappelait combien je devais me forcer pour accomplir ma tâche. Décalage saisissant quand, à 20 h 30 précises, il me fallait endosser mon costume de clown alors que le reste de la journée, je naviguais au milieu de mes idées noires. Quel rapport pouvait-il y avoir entre cet homme qui, sur scène, trépignait, chantait, en rajoutait dans le ridicule sous les clameurs d'une salle en délire, et celui qui se traînait entre son lit et son canapé ?

Aucun, forcément... sauf qu'il s'agissait du même.

Je vais prendre un peu de recul, le temps de souffler. Pas trop puisque à la mi-juillet, je tournerai un téléfilm en Provence... Comme l'année dernière à la même époque, lorsque j'avais cruellement fait la connaissance d'un crétin lettré qui allait me crucifier peu de temps après.

Marre des coïncidences.

Paris — septembre 2002

J'ai retrouvé le théâtre des Variétés pour les répétitions précédant la tournée d'*Une famille recomposée.* La distribution a changé, la moitié des acteurs ayant d'autres engagements les empêchant de poursuivre l'aventure en province. Il faut donc remettre en place la mécanique... et ce n'est pas toujours simple.

Mon actualité professionnelle connaît un coup de chaud en cette rentrée : parallèlement à la pièce, le film tourné l'été dernier, *Le Nouveau Rendez-vous*, va sortir dans deux semaines dans toutes les salles de France. Depuis mon retour de Provence, je suis ballotté dans un tourbillon promotionnel intensif. Seuls ceux qui n'ont pas l'électricité peuvent ignorer mes paroles d'expert. Je retrouve chaque jour mes collègues Douillet et Parisello. Nous nous rejoignons sur les mêmes plateaux pour répondre aux mêmes questions et raconter une fois de plus les mêmes éclats de rire. Ça peut paraître lassant.

Ça l'est.

Sinon, rien de nouveau.

J'attends désespérément un appel qui ne vient plus. L'autre jour, de rage, j'ai balancé mon portable à travers la pièce, comme s'il était responsable du silence de Clémence. Il n'a pas aimé. Quelques minutes plus tard, j'arrivais la tête basse dans le magasin le plus proche avec en main les miettes de l'appareil, expliquant à un vendeur hilare qu'il me fallait un nouveau téléphone apte à remplacer le puzzle de l'ancien... avec le même numéro. Aussitôt dit, aussitôt fait.

Hélas, au niveau de la fréquence des appels, aucune amélioration. Plus rien. Pas la moindre nouvelle, pas le moindre message qui me permettrait de réentendre le son de sa voix. Il lui aura fallu moins d'une année civile pour effacer sept ans de notre vie.

Je me console en imaginant que je me déplace à Amboise pour casser la gueule à Gaëtan ou, plus sournoisement, que je crève les quatre pneus de sa voiture après avoir rayé la carrosserie sur toute la longueur. On peut légitimement trouver que j'ai la vengeance mesquine.

D'après Adri, qui n'a pas fait d'études poussées en matière de psychologie, mais qui me connaît un peu, il paraît que c'est bon signe.

Londres – septembre 2002

– Si tu veux mon avis, tu as laissé passer ton tour. Ta gonzesse, elle n'attendait qu'une chose : que tu demandes le divorce avec Adri et que tu lui proposes le mariage dans la foulée.

D'abord, si je compte bien, ça fait deux choses. Ensuite, j'ai horreur du terme « ta gonzesse » lorsqu'on évoque Clémence. Pour le reste, il me semble que Nicolas se trompe aussi.

– À aucun moment elle ne m'a demandé de l'épouser. Au contraire, j'ai toujours eu l'impression qu'elle s'accommodait bien de cette situation.

– Une femme ne demande jamais à un homme de l'épouser. Elle attend simplement qu'il le fasse. Après, c'est juste une question de patience et à ce petit jeu, certaines se lassent plus vite que d'autres. Tu en penses quoi, Rudy ?

Rudy n'en pense rien, Rudy a arrêté de penser depuis quelques pintes. Il faut dire, à sa décharge, que le week-end a été éprouvant. Nous sommes allés rejoindre Nicolas à Londres où il vient d'acquérir un superbe appartement dans le nouveau quartier des docks et, depuis notre arrivée, nous avons visité beaucoup plus de pubs que de musées. D'ailleurs, je crois que nous n'avons visité aucun musée !

Rudy, épuisé par un job qui lui prend de plus en plus

de temps, a autant de repartie qu'un lampadaire. Pour ce qui est de son avis sur la question, je repasserai.

– Je ne veux plus en reparler, je l'ai rayée de ma vie.

Le lampadaire sort de sa torpeur.

– Mon œil ! C'est elle qui t'a effacé de la sienne et depuis, il n'y a plus une seconde qui passe sans que tu y repenses. Mon pauvre... Ta neurasthénie n'est qu'une névrose sexuelle.

Je suis peut-être neurasthénique, mais pas manchot. Rudy, je ne sais pas ce qui me retient de te mettre mon poing dans la gueule.

Je préfère l'envoyer balader avant d'en arriver aux mains.

– Tais-toi et cuve !

Mes amis ont raison : je suis en train de leur mentir. Ce qui est loin d'être un signe de guérison. Bien sûr que j'y pense tout le temps ! Plus encore qu'avant.

– Dis-moi, tu l'appelles toujours ?

Nicolas en remet une couche, j'ai l'impression d'être au tribunal. Penaud, j'avoue.

– Oui, je l'ai appelée... une fois.

Sans doute excédé par mon indécision récurrente, Rudy frappe violemment sur la table.

– Merde ! Voilà une fille qui te lâche comme une bouse, qui te donne un coup de fil chaque fois qu'elle voit la comète de Halley, et toi, tu continues, en bon toutou à sa mémère. Fais-leur livrer les croissants tous les dimanches matin, à elle et à son mec, tant que tu y es !

Pour mes deux copains, il n'y a aucun doute possible, dans la catégorie « poire professionnelle », *the winner is* Bartoli !

Je leur fais savoir que je n'ai pas effectué le voyage en Eurostar pour m'entendre traiter d'andouille par un vendeur d'avions et un gratouilleur de cordes. Je leur annonce également qu'il serait préférable d'aiguiller notre conversation vers des voies plus consensuelles. C'est vrai, quoi ! Jusqu'alors, le séjour a été des plus agréables. Il a fallu que la serveuse du « Bloody Mariner » ait une physionomie assez proche de celle de Clémence pour que le flot des questions arrive en avalanche. Mes réponses n'ont pas convaincu les jurés.

Afin d'achever cette soirée sur une note positive, j'ai accepté d'accompagner mes amis dans un club enfumé pour écouter un trio de sauvages au profil néandertalien, qui massacrait les standards du rock 'n' roll dans un déluge de décibels.

Rudy en est sorti avec un sifflement dans les oreilles, indubitablement plus sourd qu'en entrant, mais dans un meilleur état de conservation que Nicolas dont les lunettes noires, à cette heure avancée de la nuit, traduisaient une épouvantable migraine.

Fallait pas me chercher, les gars !

Lille – septembre 2002

Combien de temps pourrai-je tenir à ce rythme ?

Le cirque d'*Une famille recomposée* s'est mis en branle. La tournée commence par une série de représentations dans le nord de la France, puis en Belgique. Pendant une semaine, nous sommes basés à Lille, hôtel Métropole, un grand bloc aux chambres aseptisées et à la propreté irréprochable.

Toutes les salles, y compris les plus grandes, sont remplies depuis des semaines, au point qu'on a dû rajouter des dates supplémentaires sur un planning déjà chargé. Il va me falloir éparpiller ma bonne humeur dans l'Hexagone et hors frontières, et donner tous les soirs dans le burlesque de façade.

La semaine dernière, j'ai piqué une gueulante contre la production. Depuis un certain temps, j'ai une fâcheuse tendance à m'emporter à la moindre contrariété. Mais là, la contrariété est de taille. Sur la nouvelle affiche du spectacle, on me voyait travesti en costume d'infirmière avec du rouge à lèvres plein la bouche. Pas question de me placarder ainsi sur tous les murs de province ! J'ai tellement braillé que j'ai obtenu gain de cause. La maquette a été changée. L'affiche actuelle n'a rien d'exceptionnel mais elle donne dans le sobre.

L'ambiance n'est pas encore des plus homogènes entre les nouveaux et les anciens. Je ne suis pas inquiet. Rien de tel qu'un bon tour de France pour arrondir les angles. Je m'amuse de voir certains de mes partenaires, paniqués par les premières représentations, réviser leur texte dès qu'ils ont un moment de libre alors que nous, les « vieux de la vieille », vaquons à des occupations qui n'ont qu'un très lointain rapport avec le théâtre.

C'est bizarre d'observer le trac chez les autres... Cette pièce, je crois que je pourrais la jouer à l'envers, je connais le texte dans ses moindres détails.

La boule au fond de l'estomac, je ne l'aurai que pour certaines dates bien précises, comme par exemple, ce vendredi du mois de janvier prochain, juste après les fêtes. L'administrateur m'a fait la surprise de rajouter une ville au programme... et pas n'importe laquelle, puisque ce soir-là, nous nous produirons à Amboise !

Je vais jouer dans le théâtre d'une ville où je n'ai plus mis les pieds depuis qu'un vent contraire m'a poussé hors de ses limites. Je vais, peut-être, devoir affronter les regards de personnes que je connais trop bien... À moins qu'il ne s'agisse de leurs fantômes.

Ce jour ne pourra pas être un jour ordinaire. Le trac, je l'aurai, mais pour tout un tas de raisons qui n'auront rien à voir avec la pièce.

Rien que d'y penser, ça me fout déjà en l'air...

Chablis — novembre 2002

J'ai passé la journée entière à hésiter, tergiverser, repousser, renoncer avant de me décider à appeler Clémence en fin de soirée. Mon coup de fil avait pour but de l'inviter à la représentation du mois de janvier à Amboise, le meilleur des prétextes, à mon avis.

Je n'étais pas fier, en composant le numéro.

Elle n'était pas là. J'ai donc laissé un message sur son répondeur : « Clémence, le hasard veut que ma tournée passe à Amboise prochainement. J'ai pensé que je pourrais peut-être t'offrir quelques places. Ça me ferait très plaisir de te voir un moment, après le spectacle... Je t'embrasse. »

Saint-Brieuc — novembre 2002

J'avais encore l'espoir d'une réponse positive à mon « invitation » lorsqu'une nouvelle épreuve est arrivée sous forme d'un message. Un message qui ne contenait ni présentation, ni salutations.

Comme tous les soirs en tournée, j'ai appelé chez moi pour consulter à distance mon répondeur. Après deux communications sans importance, effacées sans même en attendre la fin, j'ai reconnu instantanément la voix suivante. Effaré par tant de méchanceté, j'ai dû m'asseoir sur mon lit. Il y était question de rupture claire et définitive, de la négation de notre histoire d'amour, et autres horreurs. À l'entendre, je n'existais plus. Pis... Je n'avais jamais existé. L'incroyable brutalité des termes employés ne pouvait provenir d'une personne avec laquelle j'avais partagé tant de moments de bonheur.

Clémence, jamais je ne t'aurais crue capable d'en arriver là. Me salir ainsi, au téléphone... Comme si j'étais un malpropre, un vaurien. Qu'ai-je donc fait pour mériter de telles insanités ? Je pensais pourtant avoir dissimulé au mieux mon chagrin. D'un seul coup, tu me renvoyais en pleine figure sa présence par trop envahissante.

Et pourquoi « plus jamais » revenait-il avec tant d'insistance ?

Pourquoi vouloir m'assassiner de la sorte ?

Clémence, chacune de tes phrases m'a frappé comme

autant de coups bas. Tu n'as pas pu te montrer si cruelle sans que l'ombre d'une tierce personne ait plané au-dessus de ce message, tu ne me feras pas croire ça !

Dire que j'ai dû jouer, après ça... J'espère que le public breton m'aura accordé son indulgence.

Paris — aujourd'hui

Cette histoire de message a plombé ma vie pendant des mois.

En cette fin d'année 2002, nous avons joué sans arrêt pendant les fêtes, enchaînant les matinées et les soirées à un train d'enfer. Ce rythme m'a obligé à garder la tête hors de l'eau. Je ne redoutais rien tant que de me retrouver seul, que ce soit à l'hôtel ou, pire encore, dans mon appartement dont je ne supportais plus le silence étouffant.

Adri était en tournage au Québec pour une série et sa présence rassurante me manquait.

Comme elle me manquait !

Tomber amoureux d'une autre femme que Clémence me semblait inconcevable. Mais trouver refuge dans les bras de certaines m'a effleuré l'esprit. Mon cœur n'était pas disponible, mais des corps à corps auraient peut-être suffi à... À quoi, d'ailleurs ? Je ne sais pas. Combler un manque. M'aider à me sentir encore vivant.

À plusieurs reprises, j'ai tenté l'impossible, croyant trouver chez d'autres la trace perdue de celle que j'aimais. Je leur ai fait l'amour, mais de mauvaise grâce, et voilà le résultat : le dégoût. Il m'est même arrivé de me montrer cinglant, sans le vouloir, pour les punir.

Pour les punir d'avoir pris la place de Clémence.

La tâche était trop ardue pour qu'une femme ait la

moindre chance de réussir dans cette entreprise de reconstruction. Si j'ai pu en faire souffrir, qu'elles sachent ici combien j'en suis désolé. Le Pierre Bartoli qu'elles ont connu en cette triste fin d'année n'a qu'un très lointain rapport avec le véritable.

Amboise – janvier 2003

Dans une tournée, il y a forcément des soirées d'euphorie. Des jours où tout glisse comme sur du velours : un beau théâtre aux loges confortables, une salle pleine, un public réagissant au quart de tour... et cette impression de jouer sans risque. Des moments comme ceux-ci font un bien fou.

Et puis, il y a forcément la « date foireuse », celle où tout s'engage de travers.

Hasard ? Coïncidence ? Ou signe inéluctable du destin ? Notre soirée noire fut celle d'Amboise. Pouvait-il en être autrement ?

La plupart des membres de la troupe connaissaient l'amère saveur qui me liait à cette ville. Je ne voulais pas y aller. Pourtant, je n'ai pratiquement jamais manqué de représentations. J'ai joué avec des plâtres, des lumbagos, des poussées de fièvre, des dérangements gastriques, bref tout ce qu'un acteur endurant peut décemment endurer... mais là, je manquais de courage. J'ai d'abord cherché toutes les excuses possibles pour me faire porter pâle, sans rien trouver de plausible. Ensuite, j'ai croisé les doigts pour qu'un tremblement de terre, une chute de grêlons ou un avis négatif de la commission de sécurité quant au maintien d'un spectacle dans ce théâtre délabré permettent d'annuler cette date. J'ai tout imaginé... Mais il a fallu se rendre à l'évidence : je devais aller au charbon, à Amboise comme ailleurs.

J'avais laissé les consignes à Gérard, mon chauffeur : surtout venir me chercher le plus tard possible à l'hôtel et m'y reconduire immédiatement après la pièce, chaque minute passée sur place étant une minute de trop.

Pendant la traversée d'Amboise, j'ai fermé les yeux afin de ne rien voir de cette ville que je connaissais sur le bout des doigts. Ce retour sur les lieux de mon « crime » me rappelait les coups de téléphone échangés avec Clémence, que je m'empressais de rejoindre et qui, à l'époque, m'attendait avec une fébrilité passionnée.

– Où est tu ?

– Orléans. Je viens de passer la Loire.

– Tu arrives quand ?

– Encore plus tôt que ça !

Combien de fois ai-je roulé au mépris des limitations de vitesse afin de devancer l'appel et profiter de celle pour qui j'aurais donné ma vie !

En ce triste jour, Gérard pouvait rouler à trente à l'heure... Je n'étais pas pressé d'arriver.

Si curieux que cela puisse paraître, je n'avais jamais mis les pieds dans ce théâtre, auparavant. En le découvrant, je n'en nourris nul regret. Le lieu n'avait rien d'extraordinaire. Il y régnait une triste banalité qu'aucune attention agréable de la part des organisateurs ne venait rehausser.

Que faisait donc Clémence à ce moment précis ?

Depuis plusieurs semaines, les affiches fleurissaient dans sa ville. À moins de ne pas savoir lire – et encore, il restait les photos comme séance de rattrapage – elle ne pouvait ignorer ma présence, pour un soir, à deux pas de chez elle.

De toute façon, je savais qu'elle ne viendrait pas. L'aurait-elle souhaité que l'autre l'en aurait dissuadée. L'intello de service ne pouvait s'abaisser à applaudir une comédie. De boulevard, qui plus est !

J'ai joué sans saveur pour des spectateurs sans chaleur. La quantité de la chambrée ne rattrapait même pas la qualité puisque, pour la première fois depuis le début de la tournée, la salle n'était pas pleine. Chaque siège vide signalait la cruelle absence de Clémence, comme une insulte à ma venue dans cette ville où je n'étais plus désiré, y compris sur un plan strictement professionnel.

Ce fut une journée pourrie.

Niort – février 2003

– C'est pour Jeanine... avec un e et un seul n ! Si vous pouviez ajouter un petit mot, ce serait gentil.

J'appose sans enthousiasme mon autographe sur le billet froissé de cette fringante septuagénaire. La production aurait pu prévoir des tickets un peu plus grands, je n'ai même pas la place d'ajouter « amicalement ».

Suivent Roger, Madeleine, Jacqueline... Je n'en finis pas de noircir des bouts de papier et de dispenser des sourires aux instamatics. Ça flashe de tous les côtés, au point que je dois avoir les yeux aussi rouges que ceux d'un lapin atteint de myxomatose.

– Pierre ?

Je lâche mon stylo.

Je connais cette voix. Ne serait-ce pas celle de... Je me refuse à y croire. Pauvre Pierrot, après la dépression, les acouphènes !

– Pierre ?

Avec une certaine fébrilité, je cherche dans la foule qui m'entoure d'où provient l'appel.

Au risque de passer pour un grossier personnage, je n'accorde plus aucune importance au type qui s'époumone en plaçant son programme sous mon nez.

– Mettez « Pour Régis »... Il vous adore, c'est mon père !

Je me fous que son père, son fils ou n'importe quel

autre sain d'esprit m'adore... Je veux que ce mec m'oublie ! Je fixe désespérément celle que j'ai enfin repérée et dont je ne peux détacher mon regard de peur que le mirage ne disparaisse.

Le public attendra. Je me faufile jusqu'à elle.

– Clémence ?

Je prononce son prénom comme on se pincerait pour ne pas croire à une apparition.

L'autre blaireau revient à la charge.

– Vous n'avez pas écrit « Pour Régis ».

– Ta gueule ! Tu vois bien que je n'ai pas de stylo !

Il se barre en m'insultant. J'ai perdu son estime et celle de sa famille qui, pourtant, m'adorait. Mais au moins, je suis débarrassé.

Bon sang, qu'a-t-elle de si important à m'annoncer qui mérite un déplacement hivernal en Poitou-Charentes ?

– Je peux te parler ?

Bien sûr qu'elle peut.

– Tu es venue seule, j'espère...

Clémence me confirme d'un signe de tête et se racle la gorge.

– Je ne sais pas par quoi commencer. Il s'est passé tellement de choses... On ne peut pas aller ailleurs ?

Je lui propose les services de Gérard, qui nous conduit au bar de l'hôtel où je demeure, à cinq minutes du centre. Le trajet se déroule dans un silence pesant. Comme c'est étrange... J'ai attendu cet instant avec tellement d'impatience. Où est donc passé le sentiment de joie que je devrais éprouver ? Pour le moment, je ne ressens que de la gêne.

Le salon feutré où nous prenons place est plus approprié pour les confidences. Clémence commande un grand café sur lequel elle ne cesse de souffler. Tenir sa tasse lui donne une contenance.

À présent, je peux te dévisager, Clémence.

Quelque chose en toi a changé. Tu as laissé pousser tes cheveux. Cette nouvelle coiffure durcit ton visage. Non, je ne suis pas aigri. Non, je ne suis pas amer. Et puis je n'aime pas la manière dont tu t'es maquillée. Je t'ai connue naturelle. Pourquoi tant de fond de teint, tant de mascara ? Serait-ce une manière de te protéger ?

Des sentiments contradictoires me tiraillent. Je t'en veux férocement de m'avoir abandonné, une partie de moi te rejette. L'autre t'aime encore passionnément, mais nous ne sommes plus amants, dois-je te le rappeler ? Pas plus qu'étrangers, non plus. Existe-t-il un terme qui puisse convenir à la situation actuelle ?

Pour l'instant, je garde au chaud les questions qu'il me tarde de te poser. Je mets de côté les réflexions désagréables sans cesse ruminées depuis ce triste jour de septembre. De ton côté, tu feins d'ignorer ma métamorphose physique et mes traits bouffis par les médicaments.

– Comment vas-tu ?

Ne me dis pas que tu as fait le voyage pour prendre des nouvelles d'un type dont tu ne te soucies apparemment plus depuis des mois.

– Pour t'annoncer un jour que je vais bien, il va me falloir du temps.

– Je suis désolée... pour ce que je t'ai fait subir. Je me suis trompée sur toute la ligne.

La deuxième partie de sa phrase se noie dans des sanglots qu'elle lâche sans retenue. Le barman de l'hôtel nous regarde du coin de l'œil. Pour lui, pas de doute, j'ai tout du parfait salopard qui sirote peinard son demi en faisant pleurer la femme qui l'accompagne. Je voudrais hurler mon innocence au monde entier, préciser que je ne suis pour rien dans cette affaire et, qu'au contraire, depuis des mois, je suis seul à pleurer sur mon sort. *Pierre, qu'attends-tu pour prendre Clémence dans tes bras ?* D'un côté, j'en ai terriblement envie. De l'autre, je ne peux pas. L'excitation et la colère se disputent la partie.

Clémence poursuit son exposé entre deux hoquets.

La magnifique histoire qu'elle croyait vivre a révélé pas mal de fêlures. Gaëtan n'est pas l'homme idéal qu'elle avait imaginé. Le message anonyme du mois de novembre a constitué le point de non-retour de leurs querelles répétées.

– Il est incroyablement jaloux, jusqu'à en devenir étouffant. Parmi ceux dont il se méfie, ton nom figure en bonne place. C'est lui qui m'a ordonné de te laisser ce message sordide en me soufflant les mots pour être sûr de te faire encore plus de mal.

Avec une certaine ironie, je la remercie d'avoir exécuté les ordres de Gaëtan avec tant de servilité.

– Je ne sais pas ce qu'il aurait été capable de faire si je n'avais pas obéi. Tout s'est cassé pour moi, ce jour-là. J'ai eu comme un réveil brutal après des mois d'hypnose.

Je constate avec amertume que nous sommes en février. Depuis novembre dernier, la Belle au bois dormant a pourtant eu le temps d'ouvrir les yeux !

– C'est vrai, j'aurais dû venir te voir avant mais j'ai pesé le pour et le contre. Ce n'est pas aussi simple que tu le crois. Je te demande pardon.

Des mois ! Cela fait des mois que je rêve d'entendre cette phrase, et maintenant, je ne sais plus quoi te répondre ni quelle attitude adopter. Clémence, la violence de ton départ m'a mis plus bas que terre. J'ai vécu un véritable enfer mais cette souffrance m'a rendu ma lucidité. Tu es toujours aussi belle, toujours aussi désirable et pourtant... Pourtant, je te trouve moins jolie, moins séduisante. Je t'ai vue ange, mais les images qui me restent sont celles d'un démon.

Un démon sur lequel je déverse ma rancœur.

– Qu'est-ce que tu croyais ? Qu'il te suffirait de réapparaître avec ton plus beau sourire pour tout effacer ? Un peu trop facile ! Tu as peut-être fait le ménage chez toi, mais c'est loin d'être mon cas. Tu as mis suffisamment de bordel dans ma tête, je ne peux pas tout remettre en ordre en claquant des doigts. Je suis acteur, pas magicien !

En guise de réponse, j'ai droit à une nouvelle crise de larmes face à laquelle je ne peux rien. Je n'ai même pas envie de la consoler. Je préfère fuir.

– Si tu veux vraiment que nous en reparlions, autant le faire à tête reposée. Je rentre à Paris dans trois jours. Je suis crevé, tout juste bon à dire des conneries. Gérard va te raccompagner à ton hôtel.

Clémence se renfrogne.

– Je n'ai pas d'hôtel. Je suis arrivée en fin d'après-midi par le TGV et j'ai attendu devant le théâtre que la représentation se termine. J'ai agi sur un coup de tête. Je voulais te voir, le reste n'avait pas d'importance. Tu pourrais peut-être m'offrir l'hospitalité, juste pour une nuit...

Une nuit... Le trouble a bien failli me faire perdre la raison. Je préfère cependant décliner cette « invitation », ce n'est pas une question de désir, mais une question de principe.

Clémence n'en revient pas.

Tu es surprise.

– Pourquoi ?

– Parce que...

Elle serre les mâchoires, je la vois blêmir, elle, l'experte en réponses laconiques.

Allez, viens Clémence, je te raccompagne à la gare de Niort. Si tu acceptes de venir à Paris, j'y verrai peut-être un signe de bonne volonté. De là à imaginer un après, il y a un pas que je me refuse à franchir, pour le moment.

J'ai toujours en mémoire notre fameux rendez-vous « oublié ».

Paris — février 2003

J'étais déboussolé, ne sachant plus comment réagir face à la réapparition de la femme aimée, réapparition implorée de tous mes vœux, mais pas ainsi, pas si brutalement.

Le jour suivant sa venue à Niort, Clémence a réussi à me joindre à Clermont pour me confirmer qu'elle se rendrait à mon domicile le surlendemain avec l'espoir que je daigne l'écouter avec indulgence. Elle implorait ma mansuétude, je réclamais sa patience. On ne gomme pas en quelques heures des mois de cauchemar.

À Paris, j'ai repris le dessus. Ma paralysie, liée à l'effet de surprise, s'est volatilisée. Je voulais coûte que coûte éviter de tomber dans un nouveau piège. J'ai immédiatement téléphoné à Rudy pour bénéficier de son avis d'expert en relations humaines. « Envoie-la au diable ! » fut la tactique diplomate qu'il me conseilla d'adopter. Je l'en remerciai chaleureusement.

Par pudeur, j'aurais préféré ne pas me confier directement à elle, mais c'est encore une fois auprès d'Adri que j'ai pu trouver un avis plus pondéré.

– Que tu te sois trompé, passe encore. Mais si tu persistes dans cette voie, ce n'est plus de mon domaine, cela relève des psys. Maintenant, tu es libre de faire comme tu le sens...

Le problème, c'est que je ne sentais rien du tout.

En quelques heures, Clémence m'a tout raconté. Son désir d'indépendance à une époque où je devenais plus présent dans son quotidien – ce même désir d'indépendance qui, bravant toutes les lois de la logique humaine, l'avait poussée dans les bras du premier venu ! – et puis sa relation avec Gaëtan, pour qui elle avait sacrifié beaucoup en croyant à des mirages, son besoin inavoué d'une existence de couple ordinaire.

Comment cette femme sensée avait-elle pu lier son destin à un homme qui, derrière ses belles phrases, ne cachait que le néant ?

Ce qu'elle ajouta me stupéfia :

– J'ai renoncé à la garde régulière de Vincent au profit de François, car la cohabitation avec Gaëtan se révélait impossible !

Depuis deux mois maintenant, Clémence vivait seule, dans une petite maison qu'elle louait.

– Et toi ? Je sais que ta pièce marche bien. Tu dois être heureux.

Comme si le fait de provoquer le rire avec mes pantalonnades suffisait à me combler de bonheur...

– Moi ? En me quittant, tu m'as anéanti. Je n'ai plus d'appétit, je ne trouve le sommeil qu'au moyen de somnifères puissants, je marche au ralenti, mon métier m'énerve et je rigole quand je me brûle. Depuis ton départ, je ne vis plus, je survis !

J'aurais pu, pendant que j'y étais, lui raconter tous ces artifices médicaux dont j'abusais, les efforts consentis par mes amis et ma femme pour me pousser à remonter la pente, les angoisses qui m'obsédaient et les douleurs qui me rongeaient sans répit. J'aurais pu lui avouer que s'il subsistait en moi une petite flamme, seul l'espoir de son retour l'avait entretenue. J'aurais pu lui parler de ces mois passés à croire, sur les conseils d'une âme charitable, aux vertus de la télépathie, lorsque, chaque soir, je me concentrais fébrilement sur sa photo.

Je ne lui ai rien dit.

– Je suppose que tu ne te sens pas prêt à repartir de zéro ?

Là était le problème, en effet. Reconstruire notre relation sur des cendres encore chaudes ne m'enchantait guère. J'avais eu mal, je souffrais encore. Je ne me sentais pas encore assez solide pour « réparer » notre amour, plutôt patraque, lui aussi.

– Je ne sais pas. Ma tournée ne s'achève que dans deux mois ; d'ici là, je n'aurai pas trop le temps de me poser.

Clémence est repartie en fin d'après-midi sans que je lui propose de rester. Je l'ai tout de même raccompagnée à moto jusqu'à la gare d'Austerlitz.

Sur le trajet du retour, je me suis rendu compte que quelque chose avait changé. D'habitude, lorsque je quittais Clémence, il me fallait la journée entière pour digérer notre séparation. Là, je n'avais plus le cœur aussi lourd. Je me suis demandé si mon chagrin n'était pas en train de lâcher un peu de lest.

J'ai trouvé cette sensation terriblement agréable.

Paris — aujourd'hui

Le bonheur, ça se réapprend, me dit-on. Il suffit d'un peu de simplicité. Apprécier le soleil sur un paysage, savourer les tartines du petit déjeuner, ne jamais gâcher l'instant présent.

Cette philosophie me fait autant d'effet qu'un cautère sur une jambe de bois. Parce que je ne peux pas vivre à fond le présent quand tous les fantômes du passé s'acharnent à me hanter. Or, tout mon passé me revient en mémoire depuis ce chagrin d'amour, mon passé et la façon dont je m'en suis accommodé. Les doutes et les terreurs de l'enfance, l'implacable besoin d'être aimé et tous les palliatifs qui en découlent. Ai-je choisi d'être comédien, ou acteur de mon propre succès, pour que le public m'aime ?

Si j'ai tant « respecté » Adri, était-ce pour ne pas risquer de la perdre dans les méandres d'une passion mal contrôlée ? Pour qu'elle continue de m'aimer ? Et Clémence, Clémence, ne l'ai-je pas fabriquée de toutes pièces, pour me donner l'illusion de vivre enfin l'amour total ?

En tout cas, l'illusion était parfaite, et c'est pour cela que je n'ai pas admis son départ. Je ne peux pas admettre de m'être trompé de légende personnelle. Je ne peux pas me remettre en question, à mon âge, après avoir cru trouver la solution à mes problèmes.

Bon sang ! Je ne vivais pas si mal, avant... Pourquoi

a-t-il fallu ce raz de marée destructeur qui a démoli, un à un, tous mes châteaux de sable ? Qu'est-ce que je vais faire, maintenant ? Par quel bout vais-je reprendre l'existence, à un moment où d'autres l'estiment installée, bien cadrée, cohérente, sage ?

Ce n'est pas seulement un chagrin d'amour qui me ronge : c'est un chagrin de vie.

Angers – février 2003

Je viens de comprendre pourquoi je ne cesse d'entretenir ma forme physique. J'ai longtemps cru qu'il s'agissait d'un défoulement bienfaiteur ou d'une coquetterie persistante, mais c'est faux ! Il s'agit simplement de maintenir au sommet ma capacité pulmonaire afin de pouvoir éteindre ces foutues bougies dont le nombre s'accroît à chacun de mes anniversaires.

Après la matinée du dimanche où nous avons mis le feu – du moins je l'espère – aux planches du théâtre d'Angers, l'administrateur m'a fait le plaisir et l'honneur d'inviter toute la troupe au restaurant afin de célébrer dignement mon saut vers une année supplémentaire.

L'événement eut pour cadre bucolique une auberge troglodyte du coin où nous avons goûté sans modération aux fouaces, spécialité locale à base de petits pains fourrés de tout un tas d'ingrédients aussi délicieux que caloriques. L'ensemble était arrosé par un coteaux-du-layon qui, à lui seul, valait le détour.

Alourdis par cette multiplication des pains qui n'avait rien de biblique, nous attendions sagement le dessert lorsque le propriétaire himself vint me chercher pour m'annoncer une communication téléphonique.

Je le suivis, persuadé qu'il s'agissait d'un prétexte mis en scène par mes camarades pour m'éloigner de la table.

En partant, je leur jetai d'ailleurs le clin d'œil du type à qui on ne la fait pas. Aussi, quelle ne fut pas ma surprise quand le patron me tendit le combiné situé sur le comptoir.

– Joyeux anniversaire, Pierre !

Dieu merci, elle y avait pensé !

J'avais pourtant tout fait pour me sortir cette idée de la tête, mais au plus profond de moi, j'attendais que Clémence se manifeste pour me signifier que le 24 février restait, pour elle, une date clé.

J'étais aux anges mais je ne tenais pas à ce que ma voix trahisse mon état d'esprit. Clémence aurait pu crier victoire trop rapidement. Je n'écartais pas l'éventualité de son retour en force dans ma vie mais sans précipitation de part et d'autre.

– Comment as-tu fait pour me localiser ?

– J'ai téléphoné au théâtre. Je me suis fait passer pour une amie en disant que je n'arrivais pas à te joindre sur ton portable. J'avais une chance sur deux pour que ça marche. La personne à qui j'ai parlé m'a répondu que vous étiez partis dîner à la Grotte des Templiers. Simple comme bonjour...

Clémence a insisté pour savoir si nous pourrions nous revoir. Ironie du sort : il y a quelques semaines encore, c'était moi qui posais cette question.

– Je serai à Paris la semaine prochaine.

– Alors, à bientôt ?

– À bientôt.

J'ai filé rejoindre mes collègues, gonflé à l'hélium par ce coup de fil bienvenu.

À mon retour dans la salle, noir total. Enfin presque... car une ribambelle de bougies inondaient de lumière l'immense gâteau préparé à mon attention. Il devait y en avoir autant que de cierges un soir de Noël, au Sacré-Cœur ! J'aurais préféré quelque chose de plus sobre avec un chiffre pour les dizaines et un autre pour les unités, mais bon...

Paris – février 2003

Notre *Famille recomposée* s'est définitivement dispersée avec, pour chacun de ses membres, un curieux mélange de nostalgie et de soulagement.

Je suis enfin délivré de ce personnage qui commençait à me taper sur les nerfs. Je ne peux oublier le début des représentations, entamées au moment même où Clémence m'abandonnait. La fin de la tournée est plus conforme à mes désirs avec sa réapparition. La boucle est bouclée. Il me semble n'être ni pire, ni meilleur qu'il y a deux ans.

Différent ? Certainement...

Ah, mes chers partenaires... Vous m'avez subi, compris parfois, et soutenu tout au long de cette période noire. J'espère avoir compensé mes errements par d'autres qualités. Vous resterez le meilleur souvenir de cette longue aventure.

Je n'oublierai pas l'énorme fou rire, partagé l'avant-dernier soir, lorsque Christian a lamentablement foiré son monologue final, nous terrassant plus sûrement qu'une tonne de gaz hilarants. Il n'avait pas, dans cette pièce, un rôle majeur. En revanche, sa tirade – trois minutes quarante, montre en main – était impressionnante ! Pendant près de deux ans, il s'en était sorti avec les honneurs, récitant son pavé à la virgule près. Et là, en cette veille de clôture, patatras, le trou noir. Il a démarré les premières phrases avec sa vigueur habituelle... et puis plus rien ! Il s'était retourné vers nous, cherchant désespérément de l'aide avec, au fond du regard, cette absence de vie que l'on trouve chez les gallinacés élevés en batterie.

Au lieu de lui tendre une main secourable comme l'exige notre déontologie, nous lui avons soufflé n'importe quoi, l'enfonçant d'autant plus qu'il répétait ce qu'il entendait. Tout le monde pleurait de rire. Une des actrices, sur scène avec nous, a dû sortir en catastrophe pour ne pas faire dans sa culotte.

Bien sûr, le seul à avoir moyennement apprécié le burlesque de la situation fut le principal intéressé, qui nous a méchamment injuriés dès la fin de la pièce.

Le lendemain, l'aventure finissait. Rideau sans fou rire.

Quelques jours après le coup de téléphone de Clémence pour mon anniversaire, j'ai reçu chez moi une enveloppe rose parfumée dans laquelle se trouvait un petit mot.

« Cher monsieur,

Si ma stupidité et mon inconscience n'ont pas brisé votre désir, retrouvez-moi le week-end prochain à Amboise. Je vous y attendrai, quoi qu'il arrive, pour une nuit pleine de promesses... Promesses que je saurai tenir.

Bien à vous.

C. »

Paris – aujourd'hui

Ces quelques lignes ont eu l'effet d'un coup de tonnerre.

Je m'étais cru anesthésié... Balivernes ! J'avais soudain la sensation d'être comme un arbre retrouvant son feuillage après un rude hiver. Ce week-end en compagnie de Clémence ne représentait-il pas l'aube d'un nouvel espoir, l'espoir fou de nos deux corps retrouvés, de nos deux âmes enlacées ?

Je lui ai téléphoné tout de suite, sans même prendre la peine de retirer mon manteau. La première sonnerie fut la bonne. Clémence attendait mon appel. Nous avons parlé pendant près d'une heure. Je me suis excusé pour l'avoir traitée avec grossièreté lors de notre rencontre à Niort. Clémence m'a de nouveau demandé pardon pour son aveuglement et sa désinvolture. J'ai raccroché en lui promettant d'être à Amboise aux premières lueurs du jour, samedi prochain.

Et qu'on ne vienne surtout pas me traiter de naïf ou de crétin ! Mon attitude est absurde, je le sais. Que dis-je... ridicule. N'en ai-je pas assez bavé ? Pourquoi faut-il que je morde, de nouveau, dans ce fruit vénéneux ?

Parce que à partir du moment où Clémence me propose de revenir, je quitte le domaine de la logique.

Chablis – février 2003

– Pierre, j'ai quelque chose à te dire.

Lorsque Adri commence sur ce ton, ce n'est généralement pas pour une remise de médaille. Pourquoi prend-elle cet air de vieille institutrice ?

Je trouve ma femme resplendissante, depuis quelque temps. C'est encore plus vrai aujourd'hui, même dans cette robe toute simple, même les cheveux ébouriffés. Lorsque je la regarde, si sereine, assise en face de moi, je m'en veux d'être passé à côté d'elle, sans réellement la voir.

Il émane de son visage une sorte de paix intérieure. Il faut que je le lui dise.

– La beauté te va bien, tu es radieuse.

Adri me fait les gros yeux tout en se resservant une tasse de café. L'instant est solennel. Je me tais soudain comme un élève obéissant.

– Je reprends l'avion samedi soir pour Montréal. Je ne connais pas la date de mon retour. Je n'ai pris qu'un billet aller.

Billet aller... Deux mots injectés, tel un poison. La piqûre est douloureuse, et j'en ressens déjà les effets : je suis comme tétanisé. Mais je suis avant tout acteur. Je parie qu'Adri ne s'est rendu compte de rien. Face à elle, je garde le masque, celui de la bonne humeur.

– Le tournage a pris du retard ?

C'est fou les conneries qu'on peut dire quand on refuse de comprendre les phrases les plus évidentes.

– Pas du tout. Mais je suis confrontée à un choix professionnel et personnel. Je ne veux pas passer le reste de mes jours à le regretter.

Deuxième injection ! Le rappel, en quelque sorte...

Je ne suis pas plus idiot qu'un autre, je sais lire entre les lignes, mais j'aimerais tout de même y voir plus clair. D'un air détaché, je lui demande si elle a rencontré quelqu'un, là-bas. Ne mens pas, Adri, tes yeux brillent !

– Pierre, tu as ton jardin secret, j'ai le mien.

Tout de même... Moi qui ai toujours trouvé les Québécois plutôt sympas, d'un seul coup, leur accent passe beaucoup moins bien.

Ma femme va partir...

Si, dans quelques mois, les choses prennent la tournure qu'elle semble en attendre, elle lâchera définitivement les derniers liens qui la retiennent ici. Finie donc notre cohabitation qui durait depuis plus de trente ans.

Je reste silencieux, ce qui amuse beaucoup Adri.

– Ne dramatise pas ! Il n'y a pas mort d'homme, que je sache ! J'ai mis beaucoup d'aspects de ma vie entre parenthèses pour que tu puisses continuer à donner le change, il est temps que je pense un peu à moi.

Mais pourquoi sourit-elle comme ça, béatement ? C'est agaçant, à la fin !

Cela dit, Adri a raison. Je reconnais avoir été obnubilé par ma petite personne, ma vie, mes peines et mes douleurs. Je n'avais rien d'autre en tête que moi, moi, moi... au détriment de ma femme, que j'ai délaissée, voire négligée, sacrément même !

De là à me planter...

J'ai toujours pensé que le départ de Clémence m'avait

coupé une jambe, je crains que celui d'Adri ne m'enlève la deuxième.

Mais rassure-toi, je ne suis pas un monstre, je comprends que tu aies besoin de changer d'air, et j'accepte ta décision. Si tel est ton désir, je ne te retiens pas. Je suis heureux pour toi, sincèrement. Tu mérites mieux qu'un homme « courant d'air ».

– On ne se verra plus ?

– On se verra, Pierre, mais un peu moins souvent.

Tu dis ça avec une telle insouciance ! Un tel détachement ! Comme si le fait de partir te soulageait un peu. Je ne dois pas être loin de la vérité, à en croire la manière dont tu as chanté tout l'après-midi en t'occupant de tes orchidées.

Après tout, j'ai vécu suffisamment de mon côté pour te laisser voler de tes propres ailes, va Adri, je te rends la part de bonheur que tu m'avais gentiment prêtée.

Tu en feras meilleur usage que moi.

*
**

Rasé de près, je pars enfin pour Amboise rejoindre Clémence. Je me fais l'effet d'un collégien se rendant à son premier rendez-vous galant. J'ai les mains moites et le cœur battant. Porte Maillot, je suis déjà comme un fou, avec en tête la promesse de nos tendres retrouvailles.

Le paysage défile à toute allure, ainsi que certaines images de mon passé. Notre première rencontre, Clémence, puis notre première nuit. Nos sept ans de bonheur et ta trahison. Adri, à mes côtés. Nicolas, Albert et Rudy, aux petits soins. L'attente désespérée, ta trahison, Vincent, Gaëtan, ta trahison...

Petit à petit, la raison prend le pas sur l'excitation. Hep !

Pas si vite, l'excitation ! J'ai encore besoin de toi si je veux apprécier à cent pour cent mon week-end dans les bras de Clémence. Mais l'excitation ne répond plus, voilà qu'elle a eu un malaise, comme si c'était le moment ! J'ai beau lui faire du bouche à bouche, le pouls est faible, j'ai bien peur que ce ne soit la fin. En partant de Paris, je l'avais pourtant bien, ce nœud au fond des entrailles, qu'est-ce qui se passe, par pitié, ne me lâche pas en cours de route. Je ne peux tout de même pas arriver à Amboise avec un électrocardiogramme à plat !

Pas de panique, je mélange tout. Je suis heureux, bien entendu, c'est juste que... « chat échaudé craint l'eau froide ». Qui me dit que Clémence ne m'attend pas avec un bazooka ?

Arrête, Pierre, tu es complètement fada ! Tu nous as bassinés avec elle pendant des mois, et Clémence ceci, et Clémence cela. Tu n'as jamais autant pleurniché de ta vie : Pourquoi m'a-t-elle quitté ? Qu'est-ce que j'ai fait pour mériter ça ? Je suis l'homme le plus malheureux de la terre. Personne ne me comprend.

Alors maintenant qu'elle t'attend, tu ne vas pas nous faire le numéro du « je t'aime, moi non plus ».

Regarde, plus que quatre-vingts kilomètres, détends-toi. Il paraît que la musique adoucit les mœurs, dans la boîte à gants, tu as le choix entre le *Stabat mater* de Vivaldi, et les plus grands succès de Charles Aznavour. On a déjà fait plus gai ? Alors, mets la radio...

Adri ? Mais qu'est-ce que tu fais là ? Oui, je sais, tu pars pour Montréal, nous en avons déjà parlé, je t'ai donné mon accord, cours prendre ton avion, ce n'est pas chic de venir me perturber, sors de mon champ de vision, allez, ouste ! Bien sûr, je t'aime encore, quelle question !

Très affectueusement, très tendrement même... Mais ça ne te donne pas le droit de me faire la causette dans la voiture alors que je suis en passe de retrouver Clémence.

Qu'est-ce que tu veux que je te dise ? Merci pour tout ? Je n'oublie pas ce que je te dois, rassure-toi. Peu de femmes auraient eu la patience et le courage de me supporter. Mais je ne suis pas un mauvais bougre, tu le sais. Je n'aurai pas l'indécence de te faire l'inventaire de mes qualités, reconnais tout de même que je te téléphone tous les jours, soir et matin. Je n'oublie jamais ton anniversaire, je m'occupe de tes papiers, au moindre coup dur, tu m'appelles et je suis là. Note bien, n'importe qui agirait de même, à ma place. Tu es tellement...

N'en fais pas trop, Pierre.

Bravo, je viens de rater la sortie ! Si tu ne fiches pas le camp, je hurle.

Tiens, le panneau « Amboise », tu le vois, là ? Nous sommes arrivés, ne m'oblige pas à me montrer désagréable, Clémence m'attend. *Encore faut-il que tu trouves sa nouvelle maison.* Tu as raison. Si tu veux te rendre utile, tiens-moi ce foutu plan. Maintenant, tu me guides... Je te rappelle que c'est toi qui as voulu venir. Première à droite puis deuxième à gauche, au feu. Pas si vite, Adri, pas si vite... C'est quoi, ce sens interdit ? Bon Dieu, mets tes lunettes et fais un peu attention.

Stop ! C'est elle ! Là, au fond du jardin. S'il te plaît, pars. Comment veux-tu que j'entre si tu restes collée à moi ? Bon, d'accord, je gare ma voiture derrière la haie, mais cinq minutes, pas plus ! De toute façon, tu l'as déjà rencontrée. Souviens-toi... au théâtre. Tu veux la voir de plus près ? Adri, tu te fais du mal pour rien. C'est vrai qu'elle est belle ! Tu as vu cette silhouette ? Et ces jambes, tu as vu ces jambes ! *Porter des mules aphrodisiaques pour accrocher du linge, c'est d'un grotesque !*

Ah, oui ? Tu crois ?

Quel avenir vas-tu construire avec Clémence ? Adri, ne retourne pas le couteau dans la plaie. Je t'en pose, des questions ? *Tu as pensé à la suite ?* Pas vraiment, j'ai envie de laisser faire le destin. *Et si un deuxième coup dur survenait ? On ne peut pas dire que Clémence se soit montrée particulièrement fiable. Qui te prouve qu'elle ne recommencera pas ?* Adri, sois gentille, retourne d'où tu viens.

– Allô, où es-tu ?

Tout près de toi, mon amour, je suis garé de manière à ce que tu ne me voies pas, rien que pour le plaisir de t'observer en cachette.

– Il y a des embouteillages, j'aurai un peu de retard.

– Ah, bon ? Dépêche-toi quand même, j'ai préparé une tarte à l'oseille.

Adri, pince-moi, tu as entendu ? Une tarte à l'oseille, mais je déteste l'oseille ! *Pourtant, tu aimais ça, avant.* Tu es sûre ? Eh bien, j'ai changé d'avis.

– Ça va ? Tu as une drôle de voix !

– Mais non, mon amour, j'arrive.

Adri ? Adri ? Pourquoi tu t'en vas ? Tu comptes aller loin, à pied ? Pas d'accord. Tu m'as pourri le voyage de A à Z, tu ne vas pas t'en tirer aussi facilement. Reviens ici tout de suite. Monte, je t'emmène à Paris.

Et Clémence ?

Clémence attendra. J'ai bien attendu, moi...

De toute manière, je n'ai plus rien à voir avec le Pierre Bartoli qu'elle s'apprêtait à recevoir. Je ne suis pas guéri. J'ai besoin de me protéger. Si Clémence me lâchait de nouveau, je n'y survivrais pas. C'est bien beau de faire le joli cœur... Je suis fatigué, Adri, tu comprends ? Fatigué.

Je préfère partir, regarde, c'est facile, il suffit de faire demi-tour. *Tu ne l'appelles pas ?* Pour lui dire qu'elle ne compte pas sur moi ? Plus tard, plus tard...

Dis, il faut qu'on parle, tous les deux. Je ne vais tout de même pas te laisser t'envoler de l'autre côté de l'Atlantique sans que nous ayons eu une explication franche, toi et moi. Tu peux enlever tes escarpins, si ça te fait plaisir. *Mais, Pierre... Tu n'as jamais aimé que je me déchausse dans la voiture !* Adri, j'ai besoin de te sentir à l'aise, retire-moi ces escarpins.

Ton avion part dans trois heures ? Aïe, il va falloir que j'accélère, ne crie pas, cent quatre-vingts à l'heure, c'est beaucoup trop, je le sais, mais je suis bien obligé d'appuyer sur le champignon si je veux avoir une chance de te coincer avant...

Mince ! Il ne manquait plus qu'eux... les flics.

Ne bouge pas, Adri, je me range sur le côté.

Le motard, le grand, celui qui s'avance vers moi, il n'a pas l'air commode, je sens que ça va être ma fête. Combien ils retirent de points pour excès de vitesse, déjà ? Il m'a reconnu, je le vois à son sourire en coin.

– Alors, monsieur Bartoli... Pressé d'arriver à Paris ?

Tu vois, qu'est-ce que je te disais !

– Monsieur l'agent, je sais que ce n'est pas très prudent de rouler vite, mais on m'attend.

Adri, ne prends pas cet air effarouché, je sais très bien que tu ne m'attends pas, c'est juste pour l'amadouer.

– Bon, ça va pour cette fois, mais ralentissez un peu la cadence si vous voulez arriver vivant.

Il a de l'humour, celui-là !

Trêve de plaisanterie, j'aimerais bien savoir ce que tu vas faire à Montréal, mais oui, je regarde la route, c'est juste que je cherche mon briquet, tu ne l'aurais pas vu, par hasard ? J'ai besoin d'une cigarette. D'abord, il a quel âge ? Même si je ne me sens pas le droit de te poser la question, je la pose quand même : de qui s'agit-il ? Je le connais ? C'est un acteur ? Plus jeune que moi ? Si ça se trouve, je me fais mon propre film, tu pars pour des raisons professionnelles, tout simplement. Sauf qu'avec des yeux aussi coquins que les tiens... Je n'y crois pas. Tu n'arrêtes pas de sourire, en ce moment, ça m'horripile à un point...

Mais qu'est-ce qu'ils ont tous à rouler comme des lambins ?

Adri, si tu pouvais avoir oublié ton billet d'avion, si tu pouvais l'avoir perdu...

Et si nous rentrions à la maison ? Je pourrais acheter des blinis et du tarama chez l'épicier russe du coin, tu adorais ça avant... Avant...

Ensuite, nous pourrions sortir, tiens, je t'emmène où tu veux. Chez Charlie, pourquoi pas. *Pierre, dois-je te rappeler que tu n'aimes pas danser ?* Question valse, je ne suis pas très adroit, mais je suis encore vaillant. Tu pourrais m'apprendre les pas.

Des avions pour Montréal, ce n'est pas ça qui manque, ils ont trois vols quotidiens. *Comment le sais-tu ?* Je le sais parce que je me suis renseigné, madame ! Prends celui de demain, ou même celui de lundi, et ce foutu portable qui n'arrête pas de sonner. Tiens, je le balance par la fenêtre. *Pas capable !* Tu me provoques ? Voilà, c'est fait, qu'il aille causer avec le bord de la route.

Adri, je te propose quelque chose. Tu fais basculer ton siège et tu te reposes. Mon blouson est derrière. Mets-le sur toi, je te réveillerai au moment venu. Tu es vraiment certaine de ne pas vouloir ôter tes escarpins ?

Périphérique saturé, pas grave. Pour les vols internationaux, il faut que tu te présentes deux heures avant le départ, j'ai une chance sur cent de te rattraper, je tente le coup. *Tu veux m'empêcher de partir ?* Pas du tout, je souhaite juste te parler. *Pierre, il fallait le faire avant, c'est trop tard.* Tu dis n'importe quoi, Adri, d'ailleurs, j'arrive à l'aéroport. Aérogare 2, terminal F, je mets mon clignotant et je me gare devant. *Tu n'as pas le droit, tu n'as personne à déposer.* Comme si je ne le savais pas ! Qu'ils me mettent une prune si ça les amuse !

Je n'ai jamais couru aussi vite pour un rendez-vous.

On me dit que ton vol est déjà parti.

Oh non, Adri, pas toi... Pas toi...

Rentre, Pierre. Je t'appellerai dès mon arrivée à Montréal. Ça va aller ?

Ne t'inquiète pas, Binou, il me reste un morceau de chèvre dans le frigo, je vais me faire griller quelques toasts. Ce soir, plateau télé ! Demain, j'irai faire un tour de vélo, j'en ai terriblement envie. J'essaierai de dormir un peu. Et puis, je m'inviterai chez Albert, ou Rudy.

Dans les semaines qui viennent, je trouverai bien de quoi m'occuper. Max m'a parlé d'une nouvelle pièce, pars tranquille, je m'occuperai de ton jardin et donne-moi vite ta nouvelle adresse, que je te fasse parvenir ton courrier.

Pierre, ne fais pas cette tête-là ! Il va falloir que tu grandisses. Promets-moi d'être sage et de ne plus penser à toute cette histoire.

Mais oui... Je te le promets.

Paris — aujourd'hui

J'y pense encore...

Direction littéraire
Huguette Maure
assistée de
Marie Dreyfuss
et
Maggy Noël

Composition PCA
44400 - Rezé

Impression réalisée sur CAMERON par

BRODARD & TAUPIN
GROUPE CPI

La Flèche

pour le compte des Éditions Michel Lafon
en août 2003

Imprimé en France
Dépôt légal : septembre 2003
N° d'impression : 20197
ISBN : 2-84098-993-X
LAF 478